Libro del amor cortés

Literatura

Andrés el Capellán

Libro del amor cortés

Introducción, traducción y notas
de Pedro Rodríguez Santidrián

El libro de bolsillo
Literatura
Alianza Editorial

TÍTULO ORIGINAL: *De amore*

Diseño de cubierta: Alianza Editorial
Ilustración: Manuscrito medieval iluminado *Chronicas de España de la corte del amor.* ©Gianni Dagli Ortí / CORBIS

Calle Juan Ignacio Luca de Tena, 15;
28027 Madrid; teléfono 91 393 88 88
www.alianzaeditorial.es
ISBN: 84-206-5993-2
Depósito legal: M. 49.339-2005
Impreso en: EFCA, S. A.
Parque Industrial «Las Monjas»
28850 Torrejón de Ardoz (Madrid)
Printed in Spain

Introducción

Me permito adelantar al lector de este libro unas notas que hagan su lectura más fácil y placentera. *De Amore* –título que hemos optado por traducir como *Libro del amor cortés*– aparece en plena Edad Media y más concretamente en el último tercio del siglo XII, época que, aunque lejos de nosotros y muy desenfocada por muchos, tiene una *influencia importante en la historia de la cultura*. En efecto, el siglo XII es considerado hoy por los historiadores como un «prerrenacimiento». Escribe Étienne Gilson:

No es menos cierto que esta época tan fecunda, tan diversa y que tan diligentemente prepara el gran siglo de la Escolástica, posee también su originalidad; el siglo XII es un periodo de preparación, pero no sólo es eso; si se muestra menos potente y menos sistemático que el siglo XIII, en cambio tiene por sí mismo una elegancia, una gracia y una desenvoltura en la aceptación de la vida, cuya tradición no se mantuvo en la época siguiente, más pedante y formalista[1].

Esta elegancia aparece en el prerrenacimiento con Pedro Abelardo y una serie de filósofos, humanistas y teólogos cuya lista íntegra es difícil citar. Igual renacimiento se produce en la poesía, y en general en la literatura, sobre todo en los *cantares de gesta,* en las narraciones que dan lugar a la novela amorosa, heroica, que tiene su expresión más fuerte en el llamado *ciclo artúrico.* Nada digamos de la arquitectura, escultura, pintura, etc. En esta época tiene lugar el paso del estilo románico al gótico, con la construcción de las grandes catedrales. ¿Y cómo no recordar a trovadores y juglares recorriendo los caminos y cortes de Europa? ¿Y cómo pasar por alto el tránsito de las escuelas episcopales a las primeras universidades, sobre todo la de París, Chartres y otras muchas que influirán de manera definitiva en el pensamiento y evolución de la cultura medieval y moderna?

Nos llevaría muy lejos hablar de la teología y de la mística en el ámbito religioso y de algo tan típico y exclusivo de este siglo como la *fin'amor* nacida en las *courts of love* surgidas en las cortes reales, sobre todo en la corte de Leonor de Aquitania, que vivió entre Francia e Inglaterra y extendió su influencia por todo Occidente. Es aquí, en este ambiente, donde encontramos el libro *De Amore,* del que vamos a hablar a continuación.

1. *El libro y su autor*

Poco o nada sabemos de su autor, Andrés el Capellán. Como datos más seguros tomamos su título de capellán del rey de Francia. Así nos lo dice él mismo en el libro primero de la obra y así aparece también en numerosas cartas entre los años 1182-1186[2]. Otros datos posteriores afirman que viajó mucho y que tendría unos sesenta años cuando escribió el libro. Datos ciertamente poco fiables. Por ejemplo, su título, capellán, designaba a un sacerdote encargado del servicio religioso de una capilla real o señorial, pero también, durante la Edad Media, tenía otros sentidos: secretario, notario o canciller de una corte real. En conclusión, no se puede afirmar con seguridad que fuera sacerdote. Por otro lado, el personaje a quien el autor dedica la obra y que recibe el título de «amigo» despierta nuevas incógnitas, y éstas no quedan aquí: la fecha de composición, partiendo de la lectura del texto, varía según las distintas interpretaciones. Ciertamente se había compuesto en el último tercio del siglo XII, pero en fechas distintas, entre 1174-1198; 1185-1187; 1184-1186, respectivamente[3].

2. De Amore

Comenzando por el título mismo surge enseguida la pregunta: ¿De qué amor nos va a hablar el Capellán? Toda la literatura desde Platón hasta nuestros días está llena de tratados de amor. El tema es inagotable y se sigue buscando todavía la raíz y los secretos del mismo.

El título *De Amore,* sin adjetivo alguno que lo califique, ha hecho ver a algunos que se trata de un manual o guía de la relación amorosa entre un hombre y una mujer y cómo se ha de llevar ésta a su realización. Hay quien ve en él una adaptación a la época de la obra de Ovidio *Ars Amandi,* libro que, por cierto, se cita a lo largo de sus páginas. Otros, sin embargo, ven en la obra un método del amor celebrado y cantado por trovadores y juglares en las cortes de príncipes y reyes de centroeuropa, principalmente en Francia e Inglaterra. Es el amor conocido como *amor cortés* o *amour courtois* o *fin'amor.* ¿Qué tipo de amor es éste? ¿Cómo y dónde nació y se cultivó?

El nacimiento y desarrollo del amor cortés tuvo lugar, como hemos dicho, en el siglo XII. Una nueva generación de trovadores, poetas, juglares y cantores pasa sus días cantando a un nuevo amor. Hacen de la mujer la dama y señora de sus deseos. Y precisamente es esta dama afable, valiente y cortés, Leonor de Aquitania (1122-1204), la que se convierte en «la protectora de los trovadores, la figura emblemática de la *fin'amor*»[4], la que en su edad madura, «esta soberana de caballera blanca», Chrétien de Troyes describe como «dama muy noble, distinguida y sabia y de un altísimo linaje»[5]. En su palacio de Poitiers, bien defendida por el arte y por su encanto, la vemos rodeada de bellas jóvenes y de caballeros de pro, todos ellos entregados a la música, a la alegría y al amor. Vienen jóvenes, hijas de príncipes y de grandes señores, originarios de diferentes regiones. Cantan melodías y canciones deliciosas. A su lado se encuentran sus amantes corteses y valientes. Hablan de amor y de la verdadera fidelidad.

De 1168 a 1173, Leonor reside frecuentemente en Poitiers con sus hijos. La reina acoge en su palacio a poetas meridionales y espíritus cultivados en busca de ayuda; en la morada de su bienhechora, estos trovadores componen poemas inflamados reconocibles por un cierto estilo y por cierta tonalidad amorosa que une el amor y la compunción[6].

Para ser digno de su dama, el amante cortés ha de aceptar seguir un largo camino, lleno de barreras y sembrado de trampas... sin esperanza alguna de retribución; está condenado a suspirar y suplicar de lejos, porque su amada vive, a menudo, en tierra extranjera.

Noble dama, yo no os pido nada, sino que me aceptéis por servidor. Yo os serviré como se sirve a un buen señor, aunque no pueda sobrevenir por ello la recompensa. Heme aquí a vuestras órdenes, sincero y humilde, alegre y cortés[7].

Esta exaltación del amor hasta límites increíbles hizo del amor cortés un verdadero problema. Se llegó a reconocer en la inferioridad de la mujer un verdadero mito, y en la Edad Media la superioridad de la mujer no era una fantasía, sino un hecho. No era fácil que el hombre medieval pudiese aceptar, sin embargo, que la lucha de las mujeres contra los hombres siguiese avanzando.

El verdadero «problema del hombre» era algo más serio. Para Leonor, más que un simple interés personal, era, por el contrario, un dilema político de proporciones inquietantes. A pesar de los ideales profesados de caballerosidad y de amor cortés, los caballeros de Aquitania seguían siendo, según la Condesa, rudos y bárbaros bajo su apariencia de cortesía. Los jóvenes que se agolpaban en su corte, especialmente en el mes de junio, entre la fiesta del domingo de Pentecostés y de San Juan Bautista, en que acudían al armisticio anual en la lucha entre los varones, eran agitadores y belicosos, muchos de ellos desheredados, sobre todo, hijos menores, sin dinero, sin ocupación alguna, pero alborotadores [...]

Sin embargo, las ideas de Leonor iban más lejos todavía de lo que hoy llamaríamos feminismo en el sentido de que la igualdad de los sexos no era precisamente su meta. Más bien, creía en la superioridad de las mujeres. Lo que se necesitaba, en su opinión, era un código de civilidad que recogiera y difundiera estas ideas. No en vano había trabajado al servicio del pensamiento de Enrique II Plantagenet. Si el rey de Inglaterra podía dictar leyes para la Iglesia y el Estado, cuando estaba en Clarendon, la duquesa de Aquitania podría informalmente codificar y poner por escrito un sistema de normas que regularan la conducta social de sus súbditos varones[8].

3. ¿De Amore, *manual de amor cortés?*

Desde su corte de Troyes, María, hija de Leonor, trajo consigo a un capellán llamado Andrés, que había sido designado para servir de asistente en el trabajo de redactor de un manual sobre el amor para el hombre medieval. Aun cuando el capellán había puesto en párrafos muy cuidados las doctrinas heréticas, dictadas por la condesa María, las ideas eran de María, y por supuesto de Leonor; el punto de mira de su escrito era el amor; su meta, la guía y educación del varón hasta un alto nivel de conciencia. Es divertido observar que María se hubiese visto obligada a encomendar a un clérigo varón como su espíritu escritor, el intento de destronar el dominio masculino, pero mucho más divertida es la reacción de Andrés que se puso manos a la obra con evidentes e importantes reservas, pues, en una fecha un poco posterior, añadió un furioso epílogo, el libro III, en que rechaza la obra e implora que baje la ira del cielo sobre el sexo femenino. Aunque el libro *De Amore* apareció con el nombre de Andrés, era una obra de María. Y los 31 artículos de su código de amor reflejan las pasiones de las mujeres que han llegado a ser ellas mismas y sienten la suficiente confianza para usar su autoridad en temas no ortodoxos.

Teniendo como modelo el *Ars Amandi* de Ovidio, su contenido debe poco al original, pues en el texto de Ovidio el hombre, el Señor, emplea el arte del amor para seducir a las mujeres y gozar de ellas. En el tratado del Capellán, sin embargo, la situación es la contraria, la mujer es la figura dominante, el hombre un alumno que ha de ser instruido con esmero hasta que se convierta en la pareja adecuada a su señora. Hay poco de poético o etéreo en los principios establecidos en el código. Fija más bien los términos prácticos de las leyes que el hombre ha de recordar cuando trata con una mujer: «Has de ser obediente en todas las cosas a los mandatos de las mujeres; en todo momento has de tratar de entregarte al servicio del amor; en todas las cosas has de ser elegante y cortés. Te mantendrás casto en atención a aquella que amas; nunca excederás los deseos de tu amante [...]»[9].

La exaltación de la mujer por poetas y trovadores llegó a términos increíbles. Todas ellas son estereotipos: todas poseen el mismo cuerpo esbelto y delgado, una mirada clara, unos ojos hermosos, llenos de amor. Todas tienen una bella y dulce apariencia, pero a menudo su actitud se muestra cruel y distante, lejana y salvaje, momento en que no aparece noble y poderosa. Los prototipos ideales serán la reina Ginebra, esposa del rey Arturo, personaje inventado, a la que los jóvenes caballeros desean poseer. Y también Leonor de Aquitania

«tan cortés, tan bella y tan sabia que Dios no puso en otras mujeres, ni en otra lengua, tanta sabiduría.» [...] Evidentemente, esta imagen y esta autoridad tienen más de mito que de realidad.

Cuando vivía la condesa-reina existían ya los deseos y los fantasmas de sus contemporáneos[10].

La lectura de *De Amore* plantea muchos interrogantes. El primero es éste: ¿El amor que describe el Capellán en los dos primeros libros es el amor cantado por los trovadores? ¿Cómo explicar, entonces, la clara contradicción entre los dos primeros libros y el tercero? Son varias las respuestas a los dos problemas. Hay quienes ven en *De Amore* un verdadero código del amor cortés. Otros consideran el libro como un arte de amar inspirado en Ovidio, adaptado a las ideas de la época en que fue escrito y que entonces se desarrollaban en las llamadas cortes del amor del *mediodía de las Galias.* Otros, finalmente, han puesto en duda su carácter cortesano. Se encuentra en *De Amore* el concepto de amor, como raíz y origen de toda cortesía y de todo bien. Hay también en él sentencias como que el verdadero amor crece en los obstáculos. Y finalmente, que el amor conyugal está excluido totalmente del amor cortés[11]. Concluye I. Creixell:

Creemos que el tratado de Andrés no puede, en ningún caso, tomarse como base del sentido del amor cortés aisladamente, sino siempre de las obras de la lírica trovadoresca.y del «roman courtois», con las que se relaciona[12].

4. *Estructura y contenido*

De Amore consta de tres libros: en el primero, «Introducción al tratado del amor», se nos da una definición de amor, para pasar después a estudiar su origen y efectos, quiénes son los protagonistas del amor y maneras de conseguirlo. Particularmente interesante es el capítulo sexto que ofrece ocho diálogos entre un hombre y una mujer de distinta clase social, según el concepto predominante en la Edad Media. El tema y la intención de todos estos diálogos es convencer a la mujer de que debe someterse a las leyes del amor. El diálogo quinto narra los castigos que caerán sobre las mujeres que se niegan a servir al amor.

Los seis últimos capítulos versan sobre el amor de los clérigos, de las monjas, del amor por dinero, del amor que se entrega con demasiada facilidad, del amor de los labriegos y de las prostitutas.

El libro segundo, «Cómo mantener el amor», expone las diversas vicisitudes que se puedan dar en un amor ya conseguido: su mantenimiento, su aumento, disminución y muerte. Extiéndese en un comentario sobre el amor mutuo y el amor infiel. Lo más novedoso de este libro es la serie de veintiún juicios sobre el amor y las treinta y una reglas del amor. De estos veintiún juicios siete corresponden a la condesa María de Champaña; tres a Leonor de Aquitania, su madre; tres a Alix de Champaña; dos a la condesa de Flandes, Elizabeth de Vermandot; cinco a la vizcondesa Ermengarda de Narbona y uno a la asamblea de Gascuña. Finalmente, aparecen las treinta y una reglas del amor con que termina este libro.

En el libro tercero, condena o «Reprobación del amor», el capellán rechaza y condena las ideas defendidas en los dos primeros libros. Trata de demostrar que el amor carnal es incompatible con el amor de Dios y, por lo mismo, no se puede equiparar a la moral cristiana. El libro toma como fuente de inspiración la tradición misógina que desde antiguo venía transmitiendo una cierta literatura.

El amor [por tanto] no es ya fuente de bien sino de todos los crímenes; no es un pecado venial [...], sino el más terrible de todos los pecados y merecedor de los peores castigos[13].

¿Cómo se han producido este cambio y esta contradicción? Se ha intentado interpretarlos de modos muy diferentes:

a) «La condena del amor ya está implícita en la definición que de él se da desde el principio, desarrollándose a partir del sexto capítulo y que toda la primera parte [...] está marcada por la ironía.»

b) Este cambio se debe a «la doble condición de Andrés como teórico del amor cortés y hombre de Iglesia a la vez [...]: los dos primeros libros [los compuso] obligado por María de Champaña, y en contra de su voluntad. Y no [se] ve ningún entusiasmo en su defensa del amor cortés. En realidad, sería el tercer libro el que expresa su íntima ideología y sus verdaderos sentimientos».

c) «Andrés, como capellán, se dio cuenta de la herejía que suponía su teoría [...] que llevó a la obra a ser condenada por el obispo de París, Tempier, en 1277, porque contenía "vanidades y locuras falsas, así como también algunos manifiestos y execrables errores".»

d) La conclusión general es que «todas estas interpretaciones coinciden en la idea central: hay *contradicción* entre ambas partes del tratado [...]. Confronta dos puntos de vista distintos sobre la cuestión del amor (libros I y II: punto de vista de la sociedad; libro III: punto de vista de la Iglesia), y, al hacerlo, refleja voluntaria o involuntariamente una situación real: el conflicto entre Iglesia y sociedad»[14].

5. De Amore *y sus dependencias*

Ya hemos dicho que *De Amore* es un texto medieval para una sociedad medieval. Debido, sin embargo, a que las fuentes clásicas no eran accesibles a todos, el autor no las debió conocer de primera mano sino que las tomó de los *compendia* y de los libros de texto al uso en la educación religiosa.

Como hemos señalado, de los autores clásicos, Andrés se sirve de Ovidio, principalmente de *Ars amatoria, Remedia amoris* y *Heroidas*. Debía de conocerlo bien, pues es sabido que el siglo XII es la *Aetas Ovidiana*. Del resto de autores griegos y latinos, como Aristóteles, Cicerón, Virgilio, Horacio, Juvenal, Séneca, Catón y otros, citados por el Capellán, aunque leídos en las escuelas, su conocimiento era bastante superficial. En el aspecto religioso, la Sagrada Escritura, los Santos Padres y la Sabiduría árabe completan su formación.

Resulta interesante estudiar la influencia que ejerció sobre Andrés la literatura profana de su tiempo. *De Amore* demuestra una conexión muy estrecha con la época, sobre todo con la poesía trovadoresca y las concepciones de la *fin'amor*. Muestra asimismo conocimientos de literatura artúrica y de poetas como Chrétien de Troyes y otros de la época. Para este tercer libro el Capellán se nutre principalmente de la Sagrada Escritura, de la literatura misógina medieval y de los autores ascéticos[15].

6. *Sobre las escuelas del amor*

Adentrarse en la lectura *De Amore* supone, según los autores, enfrentarse a problemas que todavía siguen sin una solución definitiva: ¿Qué son las «Cortes de Amor»? ¿Qué sentido y valor tienen los «Juicios de Amor» y de qué nos habla el libro segundo? ¿Qué representa en este ambiente la persona y la actuación de la reina Leonor de Aquitania?

Vayamos por partes:

1) *Las Cortes de Amor*. ¿Existieron las Cortes de Amor? Ya desde el siglo XV, junto a la leyenda de Leonor de Aquitania, «de la que desciende todo el bien del mundo y cuya fuente y movimiento es ella»[16], surge también la leyenda de las famosas «Cortes de Amor» y los «Juicios de Amor», vigentes durante los siglos XV-XIX. A partir del siglo XIX, los medievalistas afirman que estos tribunales y cursos de amor no existieron jamás, al menos en formas tan codificadas. «A este respecto, el tratado del Capellán es un manual de decoro

mundano en el siglo XII, una especie de *pequeño catecismo* del saber vivir amoroso»[17].

2) *Los juicios o tribunales de amor.* Lo mismo cabe decir de los Juicios de Amor. «Hoy nadie considera estos veredictos como auténticos. Andrés el Capellán no hizo sino dar más peso a sus juicios, poniéndolos en boca de las grandes damas emparentadas con su protectora, "la feliz y alegre condesa que iluminó a toda la Champaña"»[18].

3) *¿Qué representa en este ambiente Leonor de Aquitania?* Para sus contemporáneos, Leonor de Aquitania fue el paradigma de la mujer: bella, elegante, culta, que trató de sacar de la brutalidad y vulgaridad a los caballeros de su entorno. Leonor de Aquitania es la mujer más importante de la época, una representación viva de lo que fue en la época artúrica la reina Ginebra, mujer de Arturo.

Terminamos este apartado con una advertencia muy acertada de Philippe Delorme:

> La lírica amorosa del siglo XII posee siempre la doble cara de *Jano Bifronte,* como le llamó ya Guillermo el Trovador. En una sociedad donde dominan todavía los apetitos masculinos, *el discurso cortés sobre el amor* aparece, a menudo, como un fantasma femenino, como una salida a la áspera realidad[19].

7. *Influencia y difusión*

Finalizamos esta introducción con una leve noticia sobre la influencia ejercida por el libro de Andrés, desde el siglo XIII al XVI. Los manuscritos y ediciones son numerosos, algunos de los cuales aparecen en la bibliografía que damos al final. Prácticamente todas las ediciones, desde el siglo XIV al XVII se basan en dos manuscritos: el *Codex Montepessulanus,* med. 217, del siglo XIV y el *Codex de Bouges,* 479, del siglo XV. La edición más antigua se imprimió en Estrasburgo en 1473. Le sigue la de Dortmund en el siglo XVII. Y en los siglos XIX y XX se reproduce el texto crítico latino del cual proceden las versiones modernas.

La obra del Capellán se traduce a partir del siglo XV al inglés, alemán, italiano y catalán. Desde entonces, y más concretamente en el siglo pasado, ha seguido traduciéndose en variedad de versiones críticas y populares[20].

Espero que esta nueva edición de carácter popular tenga cabida en el lector de hoy. También ahora, para hombres y mujeres, el amor es un dios a quien todos quieren llegar, sea como sea. Recuérdese que el amor tiene sus cauces y sus formas producidas a lo largo de los siglos y que constituyen el código valioso y seguro de la relación entre hombre y mujer.

Doy las gracias a cuantos me han ayudado con el consejo y la orientación inteligente y eficaz para hacer llegar al lector actual lo mejor posible el conocimiento y la lección de este libro. Los defectos son míos.

Notas

1. Étienne Gilson, *La filosofía en la Edad Media,* 2.ª ed., 3.ª reimpresión, Gredos, Madrid, 1982, p. 316.
2. Andrés el Capellán, *De Amore (Tratado sobre el amor).* Edición bilingüe por Inés Creixell Vidal Cuadras, Sirmio, Barcelona, 1990, p. 11.
3. Ibíd., pp. 13 y ss.
4. Philippe Delorme, *Histoire des Reines de France: Aliénor D'Aquitaine, Épouse de Louis VII, mère de Richard Coeur de Lion,* Pygmalion, París, 2001, p. 142. En este punto y otros seguimos el pensamiento del autor de esta obra.
5. Ibíd., p. 142.
6. Ibíd., p. 145.
7. Ibíd., p. 146.

8. Marion Meade. *Eleanor of Aquitaine. A biography,* Nueva York, 1977. The Court of love, pp. 251-252.
9. Ibíd., p. 252-253.
10. Philippe Delorme, *op. cit.,* pp. 150-151.
11. Inés Creixell, *op. cit.* Resumimos aquí brevemente la exposición de opiniones sobre el tema que hace Inés Creixell en el prólogo a su traducción: *Problemas de contenido.*
12. Ibíd., p. 19.
13. Ibíd., p. 20.
14. Ibíd., pp. 20-23.
15. Ibíd., pp. 35-37.
16. Philippe Delorme, *op. cit.,* p. 151.
17. Ibíd., p. 153.
18. Ibíd., p. 155.
19. Ibíd., p. 156-157.
20. Véase la bibliografía relativa a esta introducción, p. 21.

Bibliografía

1. *Ediciones en Latín*

Incipiunt tituli capitulorum tractatus amoris, de amoris remedio Andreae Capellani; pape Innocencii quarti, Estrasburgo, 1473.

Andreae Capellani regii Francorum De Amore *libri tres,* Dortmund, 1614.

Andreae Capellani regii Francorum De Amore *libri tres,* Copenhaguen, 1892.

Andreae Capellani regii Francorum De Amore *libri tres.* Text llatí publicat per Amadeu Pagès. Castellón de la Plana, 1929.

2. *Traducciones*

Andreas Capellanus, On love, Londres, 1982.

André le Chapelain, Traité de l'amour courtois, París, 1974.

Andrés el Capellán, De Amore (Tratado sobre el amor). Edición bilingüe por Inés Creixell Vidal Cuadras, Sirmio, Barcelona, 1990.

3. *Estudios*

ARIAS y ARIAS, R., *La poesía de los Goliardos,* Gredos, Madrid, 1970.

BEZZOLA, R. R., *Les origines et la formation de la litterature courtoise en occident,* Champion, París, 1967.

DELORME, Ph., *Histoire des Reines de France: Aliénor D'Aquitaine. Épouse de Louis VII, mère de Richard Coeur de Lion,* Pygmalion, París, 2001.

DUBY, G., *Women of the Twelfth Century: Eve and the Church,* University of Chicago Press, Chicago, 1998.

HOPKINS, A., *Most Wise & Valliant Ladies,* Collins & Brown, Londres, 1997.

LAFITTE-HOUSSAT, J., *Troubadours et tours d'amour,* París, 1950.

LAZAR, M., *Amour Courtois et fin'amor dans la litterature du XIIe siècle,* Klincksieck, París, 1954.

MEAD, M., *Eleanor of Aquitaine: A biography,* Penguin, 1992.

OWEN, D. D. R., *Eleanor of Aquitaine: Queen & Legend,* Blackwell Publishers, Oxford, 1993.

PERNOUD, R. *Leonor de Aquitania, la reina de los trovadores,* Salvat, Barcelona, 1995.

RIQUER, M., *Los Trovadores,* Ariel, Barcelona, 1983.

SEWARD, D., *Eleanor of Aquitaine: The Mother Queen,* Dorsett Press, Nueva York, 1978.

SIGUAN SOLER, M., *La psicología del amor en los cistercienses del siglo XII,* Abadía de Poblet, 1992.

WEIR, A., *Eleanor of Aquitaine, by the Wrath of God, Queen of England,* Pimlico Edition, Londres, 2000.

Sobre Leonor de Aquitania: www.royalty.nu/Europe/England/Angevin/Eleanor.html

Libro del amor cortés

Dedicatoria

El insistente reclamo de tu amistad, honorable amigo Gualterio[1], me obliga a manifestarte de palabra y por escrito cómo se ha de preservar íntegro el amor entre los amantes, así como los medios que han de emplear los que no son correspondidos en su amor para arrancarse las flechas que Venus clavó en su corazón. Me confiesas que eres un simple recluta en las lides del amor, que herido poco ha por una de sus flechas, no aciertas a controlar las riendas del caballo, no encontrando remedio alguno a tu mal. No podría explicar con palabras lo grave y lo molesto que esto es para mi alma. Sé, la experiencia me lo ha enseñado, que quien está sometido a la esclavitud de Venus es incapaz de pensar en otra cosa que no sea algo que le amarre más a sus cadenas. Cree que nada puede hacerle feliz, si no com-

1. No se sabe quién es este Gualterio al que el autor dedica la obra. En uno de los manuscritos aparece como el sobrino del rey de Francia. La mayoría de los autores ven en él a un personaje ficticio, como era costumbre ya desde la antigüedad clásica.

place a su amor. Aunque no me parece provechoso insistir en estos asuntos, ni que convenga a una persona sensata entregarse a tales cacerías del amor –lo veo más claro que la luz del día– caminarás más seguro en él, una vez instruido en su doctrina, así que procuraré ceder a tu solicitud.

Libro primero

Introducción al tratado del amor

Hemos de ver primero qué es el amor, de dónde le viene el nombre, los efectos del amor, entre qué personas puede haber amor, cómo se adquiere, se mantiene, aumenta, disminuye y se extingue; qué señales muestran que es un amor compartido y qué ha de hacer un amante ante la infidelidad del otro.

1. ¿Qué es el amor?

El amor es una pasión innata que nace de la visión de la belleza del otro sexo y de su desmedida obsesión por la misma, que lleva a desear, por encima de todo, la posesión de los abrazos del otro, y así realizar de mutuo acuerdo todos los preceptos del amor[1].

Es fácil ver que el amor es una pasión, pues antes de que haya llegado a un equilibrio por ambas partes no hay angustia mayor, ya que el amante teme siempre que su amor no llegue a alcanzar el fruto deseado y prodigue en vano sus intentos. Teme asimismo las habladurías del vulgo y lo que de alguna manera pueda dañarle, pues cualquier pequeño contratiempo puede hacer naufragar las cosas que todavía no han llegado a buen puerto. Si el amante es pobre teme que su amada menosprecie su pobreza. Si es tosco teme que se desprecie su fealdad y que su mujer se entregue a un amor más placentero. Si es rico tiene miedo de

1. El autor toma aquí la definición de Ovidio sobre el amor en su *Ars amatoria*, II, 515-517. A lo largo del texto el lector encontrará muchas alusiones a Ovidio, que señalaremos a su tiempo.

que la anterior avaricia sea un mayor obstáculo. Y, si decimos la verdad, no hay nadie que pueda describir los temores de un enamorado. Es pues ese amor una pasión que sólo es vivida por uno de los amantes y que puede definirse como amor singular.

Cuando al amor se llega por ambas partes surgen no menores recelos, pues cada uno de los amantes teme que lo conseguido con tantos esfuerzos se pierda con los intentos del otro. Algo, ciertamente, mucho más abrumador que cuando un hombre, frustradas sus esperanzas, siente que los esfuerzos no han producido efecto alguno. Es, por tanto, más grave carecer de lo que se ha buscado que verse privado de la ganancia esperada. Teme también ofender en algo a su amante. Teme tantas cosas que sería muy difícil explicarlas.

Te explicaré ahora con total claridad por qué la pasión del amor es innata. Esta pasión –si se busca la verdad con agudeza– no nace de acción alguna, sino de la sola reflexión del espíritu a partir de lo que ve. Así, cuando alguien ve a una mujer apta para el amor y moldeada a su voluntad, comienza al instante a desearla en su corazón, y cuanto más piensa en ella más se inflama su amor, hasta llegar a obsesionarse.

Pasa después a imaginar la hechura de su cuerpo, a distinguir sus miembros, a imaginar todos sus actos y a penetrar los secretos de su cuerpo hasta desear el goce pleno de cada una de sus partes.

Cuando el amor se ha apoderado enteramente de su pensamiento pasa inmediatamente a la acción, sin poder contener las riendas. Trata entonces de conseguir ayuda y de hallar un intermediario. Empieza, además, a pensar cómo podrá obtener su favor, a buscar el lugar y el tiempo oportuno para hablarle.

Esta pasión innata, por consiguiente, procede de la visión y de la contemplación. No basta cualquier reflexión para hacer surgir el amor. Se necesita una reflexión obsesiva, pues una reflexión serena no suele volver a la mente y, en consecuencia, el amor no puede nacer de ella[2].

2. Ovidio, *Ars amatoria,* II, 515-517; ibíd., Ovidio, *Metamorfosis,* VI, 490-494.

2. Entre quiénes puede existir el amor

Lo primero que se ha de notar es que el amor no puede darse más que entre personas de distinto sexo. El amor entre dos hombres o entre dos mujeres no puede justificarse, pues dos personas del mismo sexo en modo alguno son aptas para dar y recibir las formas del amor ni para consumar sus actos naturales. Lo que la naturaleza niega, el amor se avergüenza abrazarlo.

Toda la atención del amante se dirige a esto y ésta es su obsesión: gozar de los abrazos de la persona a la que ama. Quiere, en efecto, poner en práctica todos los preceptos del amor, esto es, los que encontramos en los tratados del amor. A los ojos del amante, por tanto, nada hay comparable al acto de amor. Y el verdadero amante elegiría más bien verse privado de todas sus riquezas o de todo aquello que el ingenio humano puede imaginar y sin lo cual nadie puede vivir, a verse privado del amor esperado o que ya ha conquistado. ¿Qué puede, pues, poseer o tener el hombre bajo la luz del sol y por lo que querría exponerse a tantos peligros como vemos que se someten con frecuencia los amantes?

Vemos, en efecto, cómo desprecian la muerte y las amenazas, dilapidan sus riquezas hasta quedar en la inopia. El amante prudente, sin embargo, no despilfarra las riquezas, como suele hacer el administrador pródigo, sino que desde el principio pone freno a sus gastos. Pues una persona que padece la pobreza y la necesidad empieza a caminar cabizbajo, a ser víctima de muchas cavilaciones que le arrebatan toda su alegría. Y cuando se ha ido la alegría, al instante nace la melancolía, fruto de la adversidad, y la ira se apodera de él. De esta manera, comienza a alterarse y a aparecer como algo horrible ante su amada. Así, el progreso del amor empieza a fallar y, en consecuencia, el amor comienza a debilitarse, porque el amor siempre tiende a decrecer o a afirmarse más. Por propia experiencia sé que cuando sobreviene la pobreza comienzan a debilitarse los estímulos del amor, «pues la pobreza no tiene con qué alimentar el amor»[3]. Amigo, no te cuento esto como si con mis palabras quisiera señalarte la senda de la avaricia. Es claro que ésta no puede vivir en la misma casa que el amor. Quiero más bien hacerte comprender que se ha de huir por todos los medios de la prodigalidad y que hay que abrazar con ambos brazos la generosidad. Observa también que el amante no consigue nada placentero de la persona amada, si no nace de la propia voluntad de ella.

3. Ovidio, *Remedia amoris,* I, 749.

3. Origen de la palabra amor

Se llama «amor» por el verbo amar, que significa «coger o ser cogido». Pues el que ama es cogido por los lazos del deseo y ansía coger a otro en su anzuelo. Porque así como el pescador astuto intenta con su cebo atraer a los peces y pescarlos con el gancho de un anzuelo, de la misma manera, el que ha sido atrapado por el amor se afana por atraer al otro con sus señuelos y con todos los recursos intenta unir dos corazones distintos con un vínculo no material o mantenerlos siempre juntos si ya están unidos[4].

4. El poeta juega aquí con el verbo *amare* ('amar') con *hamare* ('coger a uno en el anzuelo').

4. Los efectos del amor

El efecto primero del amor es éste: el verdadero amante no puede quedar ofuscado por ningún tipo de avaricia. El amor hace que una persona ruda e inculta resplandezca con toda su belleza. Sabe también dotar a los de baja condición de nobles costumbres y suele además adornar de humildad a los soberbios. El enamorado suele mostrarse complaciente con todos de muchas formas. ¡Oh!, qué maravilla de amor es aquel que hace brillar a un hombre con tantas virtudes y que enseña a cualquier persona a destacar por sus buenas costumbres.

Hay todavía algo más en el amor que se ha de alabar y no con pocas palabras. Porque el amor adorna al hombre con la virtud de la castidad, ya que el que resplandece con el rayo de un solo amor difícilmente podría pensar en los abrazos de otra mujer hermosa. Mientras se fija exclusivamente en su amor, la imagen de cualquier otra mujer es a su juicio ruda y desaliñada.

Querido Gualterio, quede esto bien grabado siempre en tu corazón: si el amor guardara un equilibrio que llevara siempre a los marineros a buen puerto, tras la inundación de incontables tormentas, me pondría de por vida a su servicio. Pero el peso que acostumbra a llevar en su mano es desigual, y mi confianza en su justicia es tan poca como la que suscita un juez sospechoso. De momento, pues, rechazo su juicio, ya que a menudo deja a sus marineros en el huracán de las olas.

En otra parte más extensa de este tratado te explicaré más ampliamente por qué el amor no usa pesos iguales.

5. Qué personas son aptas para el amor

Veamos ahora qué personas son aptas para el amor.

Has de saber que todo aquel que es dueño de sí mismo y capaz de practicar los trabajos de Venus, puede quedar herido por las flechas del amor a no ser que se lo impidan la edad, la ceguera o la desmesurada ansia de placer. La edad se lo impide: sabido es que después de los sesenta años en el hombre y de los cincuenta en la mujer, aunque el hombre pueda todavía consumar el coito, el goce no puede conducir al amor. El calor natural a partir de esa edad empieza a perder su fuerza y la humedad se introduce y crece intensamente, creando en el hombre alteraciones diversas que le molestan con todo tipo de enfermedades. No le queda, por tanto, más consuelo que comer y beber.

Por su parte, la mujer no suele militar en el ejército del amor antes de los doce años, ni el varón antes de los catorce, pero digo y afirmo con toda rotundidez que un hombre no puede ser un auténtico amante si no ha cumplido los dieciocho años[5], pues hasta esa edad se ruboriza por cual-

5. Esta interpretación del autor está basada en Hugo de San Víctor, *Summa Sententiarum,* VII, 15.

quier cosa. Algo que no sólo le impide llevar su amor a buen término, sino que, una vez consumado, lo apaga. Podemos hallar también otra razón más convincente, y es que antes de esa edad el varón no tiene constancia alguna y se muestra variable en todas las cosas. En edad tan inmadura es imposible penetrar en los secretos del misterio del amor. Quizá más adelante pueda mostrarte por qué el amor arde antes en la mujer que en el hombre.

La ceguera de nacimiento impide el amor, pues el ciego no puede ver y, por tanto, su espíritu no puede quedar ofuscado por algo que no ve. Tampoco puede nacer en él el amor, como quedó suficientemente probado al principio. Reconozco, sin embargo, que esto sólo vale a la hora de irrumpir el amor, pues no niego que el amor que prendió en un hombre antes de ser ciego pueda perdurar después de contraer la ceguera.

La obsesión del placer destruye el amor. Es el caso de aquellos que, invadidos por un deseo tan grande de placer, no pueden quedar prendidos en las redes del amor. Hay, a su vez, otros que, tras pensar mucho en una mujer y haber probado el fruto de su amor, tan pronto como ven a otra desean sus abrazos y olvidan, desagradecidos, los favores de su primera amante. Estos hombres, atrapados por su lujuria, quieren hacer suyas a cuantas mujeres ven. Su amor es como el de un perro impúdico. Nosotros los compararemos más bien a los asnos. Se mueven únicamente por esa naturaleza que iguala a los hombres con el resto de los seres vivos, no por la verdadera naturaleza, la razón, que marca la diferencia con los demás animales[6]. De tales seres hablaré en otra parte.

6. La comparación está tomada de la cita sin comprobar.

6. Cómo se consigue el amor y de qué maneras

En el capítulo que ahora comenzamos trataremos de las diversas artes o modos de llegar al amor. Según la doctrina común son cinco los modos para conseguirlo, a saber: la belleza, la integridad de costumbres, la facilidad de palabra, la abundancia de riquezas y la prontitud para responder a las exigencias o requerimientos. Nosotros creemos, sin embargo, que el amor se consigue solamente por los tres primeros medios, siendo por ello necesario expulsar de la corte del amor a los dos últimos, como a su tiempo te demostrará mi doctrina.

La belleza tira del amor sin gran esfuerzo, sobre todo si busca el amor de un amante necio. El necio cree que lo único que se ha de buscar en el amante es una cara bonita y un cuerpo elegante. No perderé tiempo en desaprobar este amor, pero tampoco pretendo aprobarlo, porque entre los incautos y más cándidos amantes el amor no puede ocultarse mucho tiempo y, en consecuencia, al instante empieza a venirse abajo. Un amor a los cuatro vientos pierde la estima del amante y suele vulnerar su reputación con rumores malévolos y a menudo hace que el amante se arrepienta. Entre esos mismos amantes raras veces se mantiene el amor, y si por acaso dura, ya no es posible volver a solazarse como al principio. Porque la sospecha nacida del rumor lleva a su pareja a mostrase con más prudencia, quitándole toda oportunidad de hablar, al tiempo que inquieta y pone en guardia a los parientes de la joven. Como consecuencia, nace una enemistad capital. En esta situación el amor, que ya no puede solazarse, empieza a crecer de forma desmesurada y lleva a los amantes a lamentar sus penas crueles. Porque «luchamos por alcanzar lo prohibido y siempre deseamos lo que se nos niega»[7].

En consecuencia, una mujer cauta ha de buscar el amor de un hombre a quien se pueda alabar por su integridad de costumbres, no el de aquel que se perfuma como las mujeres o que hace de su cuerpo un verdadero culto. No es, en efecto, propio de la belleza del hombre adornarse al estilo de las mujeres ni entregarse al cuidado del cuerpo. Así fustigó también a tales hombres el maravilloso Ovidio: «Aléjense de nosotros los jóvenes compuestos como mujeres, la belleza del hombre gusta de ser cuidada moderadamente»[8].

La belleza del varón gusta de sobrios cuidados. Pero, si ves a una mujer maquillada con una abigarrada variedad de colores no la elijas por su belleza, si no te fijas detenidamente en ella en un momento que no sea día de fiesta. Piensa que una mujer que sólo se vale de los trucos de su cuerpo carece del adorno de las buenas costumbres. Lo mismo que acabamos de decir del varón, estamos convencidos de que en la mujer no se ha de buscar tanto su hermosura como la honestidad de sus costumbres. Cuida,

7. Ovidio, *Amores,* III, IV, 17.
8. Ibíd., *Heroidas,* IV, 75-76.

pues, Gualterio, de que no te seduzca el hechizo falso de la mujer, pues su astucia es tanta que, una vez que hubieras empezado a disfrutar de sus favores, no te sería fácil desandar el camino que te ha llevado a su amor. La probidad de costumbres lleva a ese amor que resplandece por lo mismo. Un amante sensato, lo mismo que una mujer juiciosa, no rechaza a un amante deforme si por dentro está adornado de virtudes. Por lo mismo, quien se muestre honrado y prudente no se saldrá nunca fácilmente del camino del amor, ni llenará de turbación a su enamorado. Si una persona sensata conquista el amor de otra también sensata, con mucha facilidad podrá ocultar su amor para siempre. Y su ciencia enseñará a su pareja, si ya es juiciosa, a serlo mucho más. Y con su moderación terminará por hacerla más cauta, si todavía lo es poco.

De la misma manera, que la mujer no busque la belleza, la adoración del cuerpo ni el linaje, porque la belleza no atrae si carece de bondad y la integridad moral es lo único que hace que el hombre se enriquezca con la verdadera nobleza y brille de resplandeciente belleza. Pues, así como todos los hombres descendemos de un mismo tronco y por naturaleza tenemos un común origen, no fue la belleza, ni el culto al cuerpo ni tampoco la riqueza, sino solamente la integridad de las costumbres, la que desde un principio marcó la diferencia de los hombres con la nobleza y produjo la diferencia del linaje [9]. Son muchos, no obstante, los que se desvían por otros caminos y se pervierten, aunque lleven la simiente desde aquellos primeros nobles. «Y si lo piensas, observarás que lo dicho no es falso» [10]. Sólo, pues, la honradez es digna de la corona del amor.

9. Séneca, *De Beneficiis,* III, 28.
10. Cita sin identificar.

Muy frecuentemente la facilidad de palabra no arrastra el corazón de los amantes a amar. La conversación del amante suele despertar las flechas del amor y descubre la bondad del que habla. ¿Cómo sucede esto? Trataré de explicártelo con la mayor brevedad.

Te diré en primer lugar que de entre las mujeres, una es plebeya, otra noble y otra de más alta nobleza. También el hombre es plebeyo. Otro es noble y otro más noble. A la mujer plebeya la conoces bastante bien. Se llama mujer noble a la que desciende de un emperador o prócer, y también a sus respectivas mujeres. Se llama mujer de la alta nobleza a la que proviene de grandes señores. Dígase lo mismo de los varones, con la salvedad de que estar casado con una mujer de más alta o más baja nobleza, no cambia su condición social. En efecto, la mujer cuando se casa conmuta la nobleza por la del marido. Pero la nobleza del varón nunca puede cambiarse por la unión con la mujer. Por lo demás, en los varones encontramos una clase social más que en las mujeres y es que hay un hombre nobilísimo, el clérigo[11].

a) *Habla plebeyo a plebeya*

Acérquese, entonces, el plebeyo a la plebeya y háblele con palabras como éstas: empiece por saludarla según la costumbre. Y lo que con carácter general hemos de decir –ténganlo presente todos los amantes– es que no se ha de comenzar a hablar de amor inmediatamente después del saludo. Tal comienzo sólo es practicable con las rameras.

El hombre, por el contrario, una vez que ha saludado a la mujer, dejará un cierto tiempo para que ella, si quiere, co-

11. «Plebeyo», sinónimo aquí de una persona que no pertenece a la clase noble. «Clérigo», nombre con que se designa a un miembro de la Iglesia.

mience a hablar. Y si es la mujer la que primero rompe a hablar puedes alegrarte no sin motivo y más si careces de conversación. Pues su profusa elocuencia te dará abundante materia para tu discurso. Hay, en efecto, quienes ante las mujeres de tal manera pierden la palabra que olvidan lo que tan bien habían concebido y preparado, siendo incapaces de decir ordenadamente, fatuidad que parece bastante reprobable. No es, pues, conveniente que nadie se tome la iniciativa en la conversación con una mujer si es audaz y está bien preparado. Pero si la mujer tarda demasiado en comenzar a hablar, deja correr un tiempo moderado y lánzate seguro a la conversación. Comienza con un tema intranscendente y a ser posible divertido. O que sea un elogio de su patria, de su familia o de ella misma. Sábete que la mayor parte de las mujeres –sean plebeyas o rústicas– se alegran cuando se les alaba en persona y hacen suyas todas las alabanzas. Creen que todos los elogios de un cumplido se refieren a ellas.

Después de estas palabras intranscendentes ya puedes proceder con tino:

–Cuando Dios te formó, no le quedó nada por hacer. No encuentro nada que falte a tu belleza, nada a tu prudencia. Tampoco careces de nada, si se exceptúa, según creo, que a nadie has entregado tu amor. No deja de admirarme, sin embargo, que una mujer tan hermosa como tú, adornada con tanta prudencia haya permanecido tanto tiempo fuera de las filas del amor. ¡Oh, quién pudiera verte militar en su campamento! ¡Dichoso aquel sobre todos los demás a quien coronases con tu amor! Y si yo fuera digno de tan grande honor por mis propios méritos, ningún enamorado de este mundo podría compararse conmigo.

DICE LA MUJER: Una mentira parece esconderse en tus palabras, pues no estando dotada de una apariencia hermosa, casi me ensalzas por encima de todas las mujeres. Y careciendo yo del ornato de la sabiduría, tus palabras hacen de mí una mujer prudente. Sabes que las mujeres de origen plebeyo no pueden aspirar a la sabiduría suprema.

DICE EL HOMBRE: Es de sabios no proclamar por propia boca su belleza u honradez. Y esto es una prueba manifiesta de su honestidad, pues acostumbran a usar sus palabras con tal cautela, que jamás se les puede aplicar con justicia aquel proverbio popular que reza así: «En boca propia toda alabanza se envilece»[12].

»Deja, por tanto, que los demás te alaben, si, como sabio que eres, quieres evitar la sentencia de este refrán. Son tantos, en efecto, los que están dispuestos a llenarte de alabanzas, que nunca se podría decir con justicia que todos quieren mentir. Sé muy bien que los mismos que no te aprecian por tu linaje están dispuestos a colmarte de alabanzas. Y si sigues creyendo aún que no eres hermosa, precisamente por eso debes considerarme un enamorado verdadero, ya que para mí tu belleza está por encima de las demás. ¡Hasta tal punto el amor hace que una mujer fea aparezca hermosa ante su amante!

»Dijiste también que naciste de una familia humilde. Con esto te mostraste digna de las mejores alabanzas, de la más alta nobleza, pues ni tu nacimiento ni tu sangre te concedieron la nobleza. Fueron tu particular honestidad y tus buenos modales los que te dotaron de la más digna nobleza. Una sola naturaleza creó al principio a todos los hombres y una misma igualdad habría unido a todos los hombres hasta el presente si la magnanimidad y la rectitud moral no hubiesen empezado a diferenciarlos con la distinción de la nobleza.

12. Proverbios como éste se inspiran en Salomón, Prov., 27, 2.

DICE LA MUJER: Si, como tratas de demostrar con las palabras, soy de tan preclara nobleza, tú, que eres un simple plebeyo, trata de dirigir tu amor hacia una mujer de la plebe, que yo, noble como soy, buscaré el amor entre los nobles. Porque la nobleza y el pueblo, entre personas de distinto sexo, «no casan bien ni viven en una misma morada».

DICE EL HOMBRE: Tu respuesta parecería bastante convincente si las mujeres gozaran del privilegio de que por sus buenas costumbres pudieran ennoblecer su humilde linaje. Resulta, sin embargo, que las buenas costumbres no sólo llevan a la nobleza a las mujeres, sino también a los varones. Por ello, quizás, me niegas sin razón tu amor, pues mis costumbres pueden hacerme brillar también con la virtud de la nobleza. Has de averiguar primero si la práctica de las buenas costumbres me ha descalificado y si hallas que mi linaje se ha ennoblecido por encima de su naturaleza, en modo alguno deberás frustrar la esperanza que he puesto en tu amor. A la nobleza de costumbres, en efecto, le va mejor elegir un amante de nobles costumbres que uno de linaje ilustre pero inculto. Te diré más. Si encuentras a alguien que ostente estos dos tipos de nobleza, habrás de elegir el amor de éste antes que el de quien sólo brilla por la nobleza de costumbres.

»La razón es que el primero recibió la nobleza de su antiguo linaje y de su primer padre así como la de aquellos que, actuando como intermediarios, le dieron la simiente original. Al segundo, en cambio, la nobleza le viene de sí mismo y no de linaje alguno. Sólo la mantiene él por la excelente disposición de su espíritu. Tiene, por tanto, más valor la nobleza de éste que la del otro. Veo, en efecto, que un rey que habiendo heredado un pequeño reino, después ha sometido a extensas naciones, merece por su virtud mayores alabanzas y es digno de mayor recompensa que otro, que apenas consigue mantener intactos los numerosos reinos que por derecho de herencia le fueron trasmitidos. Si, pues, aceptas que tengo la nobleza de las costumbres, muéstrate bondadosa conmigo y devuélveme al menos la esperanza de tu amor tanto tiempo deseado. Y así podré vivir, porque si me niegas el amor, no me queda esperanza alguna de salud.

DICE LA MUJER: Aunque, ciertamente, tus muchas virtudes merecen toda alabanza, una doncella aborrece las caricias de los viejos.

DICE EL HOMBRE: No debemos condenar a la vejez. Todos somos arrastrados hacia ella y a ella nos lleva nuestra naturaleza, sin que nadie pueda resistirse. Por no poder, no pude oponerme al orden divino para que en contra de sus planes retrasara mi nacimiento y me trajese más tarde a la luz. Así que no has de acusarme porque se hayan alargado tanto mis días, ni esto debe ceder en mi perjuicio. Te diré aun más: si eres medianamente inteligente, notarás que mi avanzada edad es un motivo mayor para conseguir que me quieras, ya que en mi larga carrera hice muchas cosas dignas de elogio, me entregué a numerosos servicios y presté cuantos favores pude. Tantas y tan diversas cosas buenas hice como nadie hubiera podido hacerlas en tan breve tiempo. Por todo ello me he hecho acreedor a grandes méritos y a recibir una mayor recompensa. Y si, por el contrario, hubiera vivido pocos años, ahora no sería digno de tan grande honor. Pues muy pocas cosas buenas se pueden hacer en tan corto lapso de tiempo. Es natural, por tanto, que quien con más entrega sirve a los demás y hace más favores merezca mayores recompensas que el que sólo tiene en su haber pocas cosas laudables. Y observamos también que lo mismo en la corte del rey celestial que en la de los príncipes de la tierra, todos somos juzgados por el principio de esta norma: «Mayores premios lleva el que más servicios presta»[13].

»Digo esto, no como alegando que he sido honrado con la gloria de la vejez, sino con el deseo de expulsar de tu corazón este error: la creencia de que un hombre, que dejó atrás la adolescencia, ha de ser expulsado de las filas del amor cuando apenas se encuentra a algún adolescente que no sea tornadizo e inconstante en todas sus cosas. No se detecta, en efecto, la vejez por la canicie del cabello. Con frecuencia vemos a muchos jóvenes encanecer y observamos a otros ya decrépitos sin que tengan siquiera cana alguna. Se acusa, por tanto, la vejez más por el espíritu que por el cabello.

»Y si, por casualidad, el sujeto fuera jovencísimo, la mujer podría usar contra él este argumento: "No se ve en ti la edad para requerir *De Amores* a una mujer prudente. Grande me parece tu osadía, pues pides algo de lo que te muestras indigno. Quien solicita el amor de una mujer tan virtuosa debe, primero, gozar de una probidad ejemplar y haber prestado muchos favores. Me cuesta ver en ti señal alguna de integridad o qué hechos se cuentan de ti. Tampoco he recibido de nadie informe alguno favorable para que tu osadía pida tan precipitadamente cosas tan grandes. Si de verdad quisiera yo entrar en la milicia del amor, son muchos y célebres por su gran actividad y reconocida virtud los que me honran con su conversación y entre los cuales podría elegir un amor conveniente. Procura, pues, antes de pedir nada, hacer esas cosas que se juzgan dignas de los favores que exiges".

»Si no juzgara que me has dicho todas esas cosas para mofarte de mí o para ruborizarme de vergüenza, diría que

13. Alusión a la Epístola a los Colosenses, 3, 25.

tu prudencia se ha descarriado mucho. Confieso, efectivamente, que las acciones pasadas son dignas de grandes premios. Todos saben, sin embargo, que nada bueno o cortés se ejerce en este mundo, si no nace de la fuente del amor. El amor es fuente y causa de todo bien. Si desaparece la causa, desaparece el amor. Ningún hombre, por tanto, podría hacer bien alguno si no estuviera dominado por el amor. Por eso me debes conceder el amor que te pido, de forma que parezca que tú eres la causa que me mueve a hacer el bien y que por ti podré practicar las buenas costumbres y perseverar en ellas con constante firmeza. Redundará más en tu alabanza, lo reconozco, si de forma graciosa me ofreces el amor o la esperanza de tenerlo, e incluso más que si me lo otorgas como pago de mis acciones pasadas. En este último caso, lo haces para saldar una deuda, en el otro por pura generosidad. ¿No es, acaso, digno de mayor honra y gloria un maestro que con sus enseñanzas hace de un discípulo totalmente ignorante una persona sabia que aquel otro que con su sabiduría hace más sabio a aquel que ya lo es? Te pido, pues, yo, nuevo recluta en el amor, ignorante y torpe en cuestiones de amor, que seas mi maestra y que me llenes de tu doctrina. Será para ti un gran honor si con tus enseñanzas haces de mí, rudo e ignorante como soy, un sabio. Conviene que gente ruda e inculta como yo entre en las filas del amor, con cuyo ingenio pueda guarecerse la inexperta juventud.

DICE LA MUJER: Ignoras casi todo del amor, pues con tus palabras pareces oponerte abiertamente a las reglas del amor. En ellas se nos enseña que quien hace obras buenas debe gozar de mayor honor y ser estimulado con mayores méritos. Ahora bien, considerando que tus palabras son ciertas, hemos de concluir que las buenas obras dañarán a sus autores y, por el contrario, parecerá a los demás que beneficia a los otros haberse abstenido de obrar bien o de no haber hecho nada bueno. Pero, dices que quieres ser instruido por mis conocimientos en esta materia. Rechazo totalmente este trabajo, pues creo que debo elegir un amante docto antes que uno a quien tenga que enseñar con mi esfuerzo. Busca la manera de ser instruido en París, no por una mujer. Parece víctima de demasiada ignorancia el hombre rudo e ignorante que busca el amor de una mujer prudente e instruida.

DICE EL HOMBRE: Grande es mi asombro ante lo que me dices, pues tratas de refutar de una manera tan sofística mis palabras. No pareces haber entendido lo que te propuse antes, que si me ofreces tu amor sólo por pura generosidad redundaría más en tu propia alabanza que si me lo das como premio a mis acciones pasadas. Entiéndelo bien, figúrate a dos hombres, uno de los cuales ha hecho muchas buenas obras y el otro no ha hecho nada. Además se halla ya en edad avanzada sin haberse portado bien cuando pudo hacerlo. ¿No rechazarás a este que nada bueno hizo? ¿Y no aceptarás como amante al que realizó buenas acciones? Si, por el contrario, pones el ejemplo del que nada bueno hizo y no pudo hacerlo por ser joven y por no haber tenido oportunidad para hacerlo, ¿no elegirías como amante al joven? ¿A este joven que no hizo ningún bien, no porque sea más digno de ser amado que el que hizo muchas buenas cosas, sino porque el mundo puede sacar mayor bien de él? Pues, así como el Rey del cielo se alegra más por la conversión de un solo pecador, por el bien que de ello se deriva, que por la de noventa y nueve justos, así la mujer se porta mejor, si con su doctrina lleva a la corte del amor a un hombre menos bueno y logra con su virtud que sea digno de gloria, que si a uno ya bueno lo hace mejor. Lo que acabo de decir es que se ha de elegir el amor de quien no ha hecho obra alguna buena por encima de aquel que realizó muchas obras buenas. Y esto lo has de interpretar referido al cuarto grado del amor, no a los tres precedentes de que ya te hablé.

»Te aclararé su sentido, si es que la oscuridad de mis palabras te desorienta. Desde antiguo existen cuatro grados distintos de amor. El primero consiste en dar esperanzas, el segundo en el regalo del beso, el tercero en la fruición de los abrazos y el cuarto termina en la entrega total de la persona.

»Esto es, pues, lo que dije: en el caso de dos personas –una de las cuales ha realizado muchas buenas obras y la otra, ninguna– es mejor elegir el amor de la que no hizo ninguna obra buena. No has de entenderlo, por tanto, en el cuarto grado, es decir en la entrega total de la persona, sino en el primero, esto es, en dar esperanzas. Pero, si de pronto y sin pensarlo la mujer quiere elegir como amante a uno del cuarto grado, le conviene más elegir al que tiene muchas buenas acciones que al que carece de ellas. Y es así precisamente, porque la mujer puede estar segura del primero, pero no del segundo y con más frecuencia se abandona lo inseguro por lo seguro. No es conveniente, sin embargo, a las mujeres prudentes enriquecer a nadie con tan rápida entrega. No está bien tampoco que, saltando los primeros grados, opten por la entrega fácil del cuarto grado.

»La costumbre es proceder por el siguiente orden: Primero, la mujer ha de dar esperanzas. Y si advierte que el amante, una vez aceptada la esperanza, mejora sus costumbres, no ha de temer pasar al segundo grado. Y así de forma gradual hasta llegar al cuarto grado, si es que encuentra digno esto en todos sus aspectos. Si ahora te preguntas por qué en el artículo precedente el joven que nada bueno tiene en su haber, es elegido como amante de primer grado y, en cambio, en otro artículo es elegido como amante de cuarto grado el que hizo muchas buenas obras, la razón parece clara: porque hasta el tercer grado la mujer puede volverse atrás sin que merezca reproche. Pero si, consolidado su amor, ha llegado al cuarto grado, entonces ya no puede volver atrás sin una causa muy justificada. Y esto no sólo porque el amor ha quedado consolidado, como suele suceder en el cuarto grado, sino por lo mucho que significa para una mujer la entrega de su persona. ¿Puede, en efecto, una mujer entregar algo más que poner su persona a disposición de otro?

»Sobre lo que dijiste anteriormente que, para quitarte de encima una carga, preferías un amante instruido a otro a quien tuvieras que enseñar con tu esfuerzo, tu opinión me parece bastante reprobable. A cualquiera, en efecto, le es más dulce el fruto cogido en el propio huerto, que el que se coge de un árbol ajeno. Y se valora más lo adquirido con mucho esfuerzo que lo que se posee sin gran dificultad, pues "nada grande puede adquirirse sin duro esfuerzo"[14].

DICE LA MUJER: Puesto que nada grande puede alcanzarse sin un duro esfuerzo –y lo que pides es una de las cosas más grandes– has de luchar con denuedo para conseguir los favores que anhelas.

DICE EL HOMBRE: Mi mayor agradecimiento por la promesa que me haces de otorgarme tan generosamente tu amor, tras mucho esfuerzo de mi parte. Lejos de mí o de cualquier otro gozar del amor de una mujer tan virtuosa, si no se ha adquirido con muchos y anteriores esfuerzos. No es, ciertamente, verosímil que una mujer sensata otor-

14. Sentencia tomada de Horacio, *Sátiras*, I, 9, 59.

gue de repente su amor a cualquiera o que deje sin premio cuanto por ella hizo cualquier varón honesto. Parece desviarse del recto orden de las cosas que las buenas obras no rindan a sus autores los beneficios esperados.

b) *Plebeyo habla a dama noble*

Cuando un plebeyo solicite el amor de una mujer noble, podrá hacerlo de este modo. Si encuentra que la mujer, aunque noble, es ingenua, puede aplicar lo antes dicho en el diálogo entre un plebeyo y una plebeya. Pero habrá de fijarse en su linaje noble. Si la mujer noble es sensata y avisada cuide medir con cautela y moderación las palabras sobre su belleza física. Pues si se lanzara a elogiar de forma desmesurada a una mujer prudente y astuta, ésta creerá que carece de facilidad de palabra o que lo que dice es pura adulación y que la toma por una niña tonta.

Una vez iniciada la conversación, descienda a las palabras del amor del modo siguiente:

–Si pudiera recluir mi corazón tras el muro de mi voluntad, olvidaría en el silencio todo lo que en este instante me veo obligado a deciros. Pues mi corazón con sus afiladas espuelas fuerza a mi voluntad a divagar, desviada de su senda habitual, y a pedir mayores cosas de las que soy capaz de nombrar. Pero si mi amor me obliga a proferir algo inconveniente o poco razonable, ruego que vuestra nobleza lo sobrelleve con paciencia y con suaves palabras me reprenda. Tengo que conocer abiertamente que el amor no acostumbra a señalar a los hombres con el sello de la discreción, pero a todos sin excepción les acucia a lo suyo, esto es, a militar en el ejército del amor, sin atender a la belleza, ni al linaje, ni al sexo.

»Tampoco establece diferencias por el nacimiento. Tan sólo se fija en esto: si una persona es apta para manejar las armas del amor. Pues el amor es una imitación de la misma naturaleza. Por tanto, ni los mismos amantes han de marcar diferencias entre los linajes de hombres de manera distinta a como lo hace el juicio del amor. Así como el amor empuja a todos los hombres de cualquier clase que sean a la exaltación amorosa, así los hombres no deben marcar diferencias de clase más que en esto: si el que pretende ser amado ha sido invadido por el amor. Atrincherado tras este argumento imbatible, me es lícito acceder al amor de cualquier mujer, si no soy víctima de mis malas costumbres.

»Habéis de saber, pues, que debéis prestar atención a mis palabras. Sólo intentaré pediros algo que no podréis negarme por razón justa. Y si mis palabras molestan a vuestra persona y le obligan a hacerme callar con duras palabras, me haríais un mal intolerable y causa de todos los males. Sabed, por tanto, que la flecha de vuestro amor hace muchos días que me hirió y que por todos los medios he intentado ocultar esta herida. Y no porque me crea un soldado incapaz del amor, sino porque temo la cordura de vuestra belleza. Pues la sola vista de vuestra belleza hace temblar mi espíritu y altera mi mundo hasta el punto de presentarme ante vos totalmente olvidado de lo que antes había preparado con todo cuidado. Quería esconder mi amor, pero cuanto más me esforzaba por encubrir mi herida más sentía el tormento de mi dolor. La herida, sin embargo, ha quedado oculta al mismo tiempo que el dolor, que a pesar de su intensidad no ha podido vencerme.

»Pero después de haberme vencido con su insistencia, su gran poder me obliga a pediros grandes cosas y a buscar remedio al dolor que me ahoga. Sin duda sois vos la causa de mi dolor y el remedio de este sufrimiento que me mata.

Mi vida, tanto como mi muerte está en vuestras manos. Si me concedierais lo que pido, me devolveríais la vida, que tengo ya perdida, y las muchas alegrías de vivir. Pero, si me lo negáis, la vida sería para mí un tormento, peor que encontrar una muerte súbita. Sería mejor, en efecto, elegir una muerte rápida que estar constantemente bajo tormentos tan terribles. Tan imposible es, pues, revelaros lo que en mi interior había pensado deciros. Pero, sólo Dios conoce las palabras que quiere expresar un mudo.

DICE LA MUJER: Cuánto me extraña que ante tan gran perturbación de los hechos no fallen los elementos sin que tampoco se venga abajo el mundo. Si no estuviera dispuesta a olvidar la afrenta hecha a mi nobleza, mi lengua refrenaría con contundencia tus palabras. No obstante, mi espíritu tolerará tus locas palabras y te responderá cortés y pacientemente. Sería muy poco fino en boca de una mujer noble proferir contra cualquiera palabras fuertes y groseras. ¿Quién eres, acaso, tú, para pedirme tan grandes favores? Conozco tu cara y tu clase es evidente. Pero ¿dónde se puede encontrar mayor osadía que la de quien a lo largo de toda la semana se entrega ansiosamente a los diversos aspectos lucrativos de la compraventa y después, al séptimo día –el de descanso–, corre a los placeres del amor, saltando por encima de sus mandatos y alterando el orden social establecido entre los hombres desde antiguo? No en vano y sin motivo, se inventó desde los primeros tiempos la distinción social de los hombres. Se hizo para que cada uno permanezca dentro de los límites establecidos de su propia clase y encuentre en ellos la felicidad. Y también, para que nadie quiera usurpar y hacer suyo lo que la naturaleza destinó para la clase superior, renunciando a ello como algo que le es ajeno. ¿Quién, entonces, eres tú, que te atreves a violar decretos tan antiguos y echas por tierra, bajo el pretexto de amar, los preceptos de nuestros antepasados, intentando traspasar tan temerariamente los límites de tu clase? Pues aunque perdiera el sentido y tus palabras me obligaran a asentir a cuanto dices, estoy segura de que tu corazón no sería capaz de aguantar cosas tan grandes. ¿Acaso el milano pudo nunca, a pesar de su fuerza, superar en algo a la perdiz o al faisán? Los halcones y los azores acostumbran a cazar esta presa, pero no se inmutan por la pusilanimidad del milano. Tu fatuidad, por tanto, se ha de reprimir con contundencia, pues eres indigno de una amante de alto linaje.

»Tampoco lo que acabas de decir puede avalar tu opinión. Dijiste, en efecto, que el amor no hace diferencia entre clases y que empuja a amar a todos los que pueden empuñar las armas del amor. Dijiste además que los amantes no han de hacer distinción alguna, sino exigir tan sólo que, quien busca ser amado esté herido por el amor. Pero yo, lejos de contradecirte, confieso que el amor empuja a amar sin imponer condiciones, pero no puedo admitir lo que dijiste a continuación, esto es, que un amante no debe distinguir más que quien pretende ser amado, ama a su vez, pues se apoya en una falsedad. Porque de ser así, no podría aducirse aquel dicho que afirma que "el amor tiene en sus manos pesos desiguales"[15]. Invalidada la consecuencia de esta hipótesis, se concluye lo contrario de lo que tú afirmas. Tendrás que ver, por tanto, que mi opinión se mantiene en toda su firmeza. Y si quieres aducir lo que muchos con lengua insolente suelen decir: que el amor debe calificarse por todos de juez injusto porque sostiene pesos desiguales, mi respuesta es un rechazo total. Porque, aunque el amor sostenga pesos desiguales, podría califi-

15. Levítico, 19, 36: Deuteronomio, 25, 15.

carse de juez parcial. El amor no se sirve de la desigualdad del peso a no ser que se vea obligado por una razón muy justa. Pues aun cuando el amor viera que todos los hombres se ven arrastrados por el natural instinto libidinoso a desear a toda persona del sexo contrario, se daría cuenta en seguida de que sería un ejemplo demasiado bochornoso plantar sus tiendas frente a la mujer a quien requiere *De Amores,* incitándola a amar inmediatamente. En tal caso, cualquier persona desaliñada, ruda, trabajadora del campo u otra que pidiera limosna en las calles para alimentarse, podría llegar a conseguir el amor de una reina.

»Pero, para evitar que tal desajuste o desatino pueda suceder, el amor deja al arbitrio de cada persona poder amar. Pero si esta regla que tú dices la mantuviera el amor sin excepción alguna, a saber, que el que ama sea a su vez correspondido, iría contra el curso natural de la otra regla. Cualquier hombre, por ejemplo, busca con más gusto el amor de una mujer de clase más alta que la suya, y no a una de categoría inferior o igual. Por su parte la mujer de quien se solicita su amor, siguiendo la susodicha regla, busca también con gusto un amante de su misma clase o superior, para no verse inmediatamente excluida de la ley general del amor. Por todo esto, queda claro que luchas por metas inútiles y sabrás después que tus esfuerzos han sido vanos.

DICE EL HOMBRE: La respuesta benigna y amable que me dais es una prueba de vuestra honestidad, ya que habéis querido manifestar vuestra condición, haciendo que vuestras palabras correspondan a vuestro rango. Nada, en efecto, puede merecer los elogios de una persona noble que la delicadeza en sus palabras. Y nada más opuesto a un noble linaje ni más denigrante para la nobleza de sangre que proferir palabras desabridas y descorteses. Mucho me asombra, sin embargo, oíros decir que mi cara y mi linaje os son conocidos. Ello me hace pensar que vuestra prudencia yerra, pues parecéis asentir a los errores de quienes no aceptan la integridad moral si no va seguida de nobleza y de belleza, aceptando así la belleza del cuerpo y la nobleza de la sangre sin la integridad moral.

»La misma razón enseña lo arduo y difícil que es confesarlo y cuán absurdo defenderlo. Y así lo demuestra ese pensar tan respetable que dice que la nobleza surgió de las buenas costumbres, de la honradez del hombre y del fomento de la cortesía. Si, por tanto, sólo la probidad de costumbres fue capaz de realzar a los hombres con las virtudes de la nobleza, habéis de evitar radicalmente el error mencionado y que sólo la integridad moral os impulse a amarme. Por lo que se refiere a la objeción que hacéis a mi profesión de comerciante, si tuvierais a bien atender a mis palabras conoceríais con toda certeza que no puede dañarme bajo ningún aspecto. Pues cuando con ahínco me dedico a los honrosos beneficios del comercio, trato de trabajar conforme a los de mi clase y con mis actos llevo a cabo lo que más se adapta a mi condición. Con ello intento rechazar las murmuraciones del vulgo que suele decir: "Conviene que todos hagan aquello que pide su linaje y su condición social"[16]. Pero habéis de reparar mi nobleza y mi integridad de costumbres en el hecho de que no me acucia el ansia de acumular fraudulentamente para el futuro los beneficios de que antes hablé. Trato más bien de hacer partícipes de ellos a los demás, próvida y generosamente, en su tiempo y lugar[17]. Pensad, además, que, si no consigo beneficios honestos y lícitos, una oscura pobreza me impedirá llevar a cabo las obras propias de la nobleza, quedando así mi nobleza de

16. Cicerón, *De Officiis,* I, XXI, 113.
17. Aristóteles, *Ética a Nicómaco,* IV, I.

costumbres en vanas palabras –nobleza y cortesía que los hombres no suelen tener en cuenta–. Os diré más: Si un pobre indigente habla de la generosidad cortés, la gente se burlará así de él: "Ese hombre, no teniendo nada que presentar a los demás, se jacta de ser muy generoso. Pero cuando se posee algo en este mundo se ha de exhibir a los hombres según el linaje y la condición de cada uno. Pues no es de bien nacidos alardear de generosidad entre los que poseen algo".

»Y si me objetas[18] que poseo suficiente riqueza, te diré que es fruto honesto para un hombre de mi clase. Por otra parte, lo que dijiste, que cada cual ha de seguir viviendo dentro de los límites de su estado y sin pedir absolutamente el amor de alguien de clase superior, no puedo negarlo. Pero si una buena conducta ha purificado mi vida, creo haber entrado ya en los recintos de la nobleza y que la verdadera virtud me confiere su brillo. La rectitud de costumbres, por tanto, me hace digno de entrar a formar parte de la clase noble. Que nadie piense que es presunción por mi parte tratar de elegir un amor entre personas de la nobleza, pues ésta nace más de las costumbres que de su sangre. Dijiste también que mi corazón no podría soportar un peso tan grande, en el supuesto de que yo pudiera atraerte con mis palabras a que accedieras a mis deseos. Es necio el soldado que se dispone a llevar armas, que la estructura de su cuerpo no puede soportar. Tampoco a nadie apetece montar un caballo al que no puede dominar o guiar con sus propias fuerzas. Semejantes personas son la rechifla de la plebe. Admito, pues, que lo que pido es muy grande. En consecuencia, si me crees al menos un poco digno de recibirlo, que vuestra gracia me conceda lo que se pueda mos-

18. En el original, a partir de aquí se alterna el tratamiento (vos/tú), característica que hemos conservado en nuestra traducción.

trar sin suscitar la murmuración de la gente. Si, por el contrario, me encuentras totalmente indigno, me debes hacer objeto de vuestra mofa y de la de todos. Tengo, no obstante, entera confianza en que esa misma grandeza de corazón que me empuja a pedir algo tan importante, si vuestra gracia me lo concediera, lo mantendría para siempre.

»Lo que no se puede objetar es eso que dijisteis sobre el milano y el cernícalo. Sólo su arrojo hace aves preciadas al halcón, al azor y al gavilán. Vemos, en efecto, que halcones de poca envergadura, gracias a su fuerza, cazan aves grandes como faisanes y perdices y, con frecuencia, un perro pequeño apresa a un jabalí[19]. Y vemos, por el contrario, cómo muchos halcones de mar de apariencia noble temen a pájaros vilísimos y se espantan de una simple ave como el cernícalo. Es lógico, pues, que si vemos a un milano o a un cernícalo fogoso y audaz, que se aleja de sus padres, sea digno de ser tenido como vástago de azor o de halcón y de ser llevado sobre la mano izquierda de un soldado. Si, pues, adviertes que no he seguido el camino de mis padres, no veo que haya de ser nombrado por el deshonroso título de milano, sino con el honorable título de halcón. No desmerezca, por tanto, ante ti la virtud que encuentres en cualquier persona, pues sabes que las rosas que cortamos nacen entre punzantes espinas y el oro incrustado en un vaso de vil materia no puede ser privado de su valor.

»Veo claramente por tu respuesta que no has entendido bien lo que dije antes: sólo hay que preguntarse si quien pretende ser amado ha sido herido por el amor. Sin duda, el sentido general de la palabra os indujo a confusión. Lo que dije sobre que el amante no debe preguntarse, has de entenderlo así: quien es requerido *De Amores* no ha de

19. Ovidio, *Remedia Amoris,* V, 422.

preguntarse si el pretendiente ha nacido o no de familia noble. Inquiera tan sólo si está adornado de buenas costumbres y si son muchas sus virtudes. Esas palabras pueden vindicar este significado: el amor suele a veces colgar de su mano pesos desiguales, pero no se le puede acusar de injusticia, aunque sea cierto que el amor sostiene pesos desiguales. Basta con que el amor invada a uno de los amantes con el perfume de su rocío y que de su fuente de abundancia surjan los primeros brotes del amor. Pues, una vez que uno de los amantes ha sido herido por las flechas del amor, el otro queda sometido a su arbitrio. Y en ello no hay injusticia, de manera que si éste ejecuta lo que el amor encuentra gratificante, se hará digno de recibir grandes favores y de que el pueblo lo alabe. Si, por el contrario, actúa contra su voluntad habrá de sufrir los dones opuestos. El amor, por tanto, deja al arbitrio de la amante que ame, si quiere, cuando es amada. Y si no quiere, que no se vea obligada a amar, pues el que actúa de forma espontánea parece más digno de una respuesta favorable que quien lo hace obligado. Y se puede creer que imita la manera con que actúa el Rey del cielo que deja a cada hombre –cuando éste ha alcanzado el conocimiento del bien y del mal– a su propio arbitrio, premiando con premios inefables a quienes obran el bien y amenazando con castigos insufribles a quienes hacen el mal. Que la mujer se pregunte pues, seriamente, si el que pide su amor merece ser amado, y si lo halla totalmente digno, no le niegue su amor, a no ser que haya comprometido su amor a otro. Por tanto, si no lo estáis, ninguna razón puede serviros de excusa.

DICE LA MUJER: La gran facundia con que intentas defender tus errores no me hace fácil responder a tus vanas palabras. Trataré, no obstante, de refutar algunas de ellas con razones. Si, como sostienes, sólo la integridad moral es digna de recibir el premio del amor, y sólo ella hace que un hombre sea tenido por noble, en vano desde antiguo fue establecida y tan abiertamente ensalzada la nobleza, si ya estaba decretado que todo hombre que destacara por sus costumbres y por su honradez tuviera que ser tenido por noble. Por consiguiente, me está permitido afirmar que quienes instituyeron la nobleza como clase trabajaron en vano, cosa que, por absurda, me resisto a demostrar. Y por tanto, afirmo rotundamente que nadie debe traspasar los límites de su clase y que todo hombre íntegro ha de correr tras el amor de una mujer honesta que pertenezca a su misma clase. Y un hombre de clase media el de una mujer de su misma condición. De este modo, cada clase social se mantendrá limpia y cada cual será favorecido según sus esfuerzos. El reproche de mis palabras no va dirigido al ejercicio honesto que haces del comercio, muy congruente con tu clase social. Lo que sí te reprocho es que con tu dedicación a él pretendas a una amante noble, cosa absurda y su resultado amargo y lleno de tristeza. El hecho, sin embargo, de que repartas con generosidad las ganancias, te hace muy digno del amor de una mujer de tu misma clase. Añadiré además que aunque alguna vez el halcón huya del cernícalo no por ello deja de ser clasificado entre los halcones, ni el cernícalo entre los cernícalos, sin que por ello se le pueda llamar vil halcón y al cernícalo la mejor ave. De la misma manera, tu integridad no te incluye en la clase noble, pero te ayuda a ser tenido por un buen plebeyo y digno del amor de una buena mujer de la plebe. Es, pues, claro y manifiesto que, aunque no tengo compromiso con hombre alguno, tú, siendo de otra clase, no mereces mi amor.

DICE EL HOMBRE: No pretendo refutar tus argumentos, pero no llego a ver por qué, si un plebeyo es más íntegro que un noble, no deba superarlo también en recibir dones, siendo así que todos descendemos de un mismo tronco, que es el de Adán.

DICE LA MUJER: El oro está mejor en la mesa de una corte regia que en casa del pobre o en el tugurio del aldeano. Y es más hermoso montar un caballo trotón y flaco que un asno muy gordo y de buena y lenta andadura. Revisa los errores y deja que otros los asuman.

DICE EL HOMBRE: Aunque tus palabras me rechacen mientras viva, no me apartaré de mi propósito de conseguir tu amor. Pues, aun cuando no haya alcanzado el fruto de mi deseo, la sola esperanza, nacida de la genuina generosidad de mi corazón, hará que mi cuerpo lleve una vida tranquila, y quizás después os inspire Dios un remedio para mi dolor.

DICE LA MUJER: Que Dios conceda a tu empeño el premio que merece.

DICE EL HOMBRE: Esta sola palabra ya me indica que mi esperanza dará su fruto. Y pido también a Dios que siempre os cuidéis de mi salvación y mis velas lleguen a un puerto de paz.

c) *Plebeyo habla a una mujer de la alta nobleza*

El plebeyo que busca el amor de una dama de la alta nobleza ha de estar adornado de gran honestidad. Es indispensable que, si quiere ser considerado digno del amor de una gran dama, esté dotado de múltiples cualidades y que destaque por incontables servicios. A una mujer noble le parecería demasiado vergonzoso y redundaría en su deshonra si rechazara las clases superior y media y aceptara un amante de rango inferior, salvo que una gran integridad moral de éste le permita compensar la eminente nobleza de ella. No resultaría verosímil a los ojos de cualquier persona sensata que en una clase inferior se encontrasen hombres ponderados, buenos y dignos del amor de una dama de tan alto rango. Y por el contrario, no encontrase a nadie digno de su amor ni en la baja ni en la alta nobleza, rechazándolos a todos como despreciables. Así lo demuestra la regla general de los lógicos, que dice: «Si lo que más parece que está en algo, no está, tampoco estará lo que menos se cree que está»[20]. La integridad de un plebeyo, por tanto, ha de estar muy por encima de todos los nobles e incluso de los más nobles, para que merezca el amor de una dama de la alta nobleza. Por muy virtuoso que se considere a uno de la plebe, desentona mucho, y hasta la gente del vulgo ve como lo más degradante y humillante que una condesa o marquesa o una mujer de igual o mayor rango, entregue su amor a un plebeyo.

A simple vista se sospecha que es víctima de un arrebato pasional, que, como demostraremos más adelante, es totalmente condenable, a no ser que la reputación pública de su virtud disipe la sospecha antes mencionada. ¿Qué decir entonces? ¿No está bien, acaso, que una dama de la alta nobleza entregue su amor a un plebeyo, si lo encuentra interesante? Mi respuesta es que si encuentra a alguien más o igualmente digno en las clases más altas, debe elegir a éste. Pero si no encuentra a nadie en ellas no debe desechar al plebeyo. Conviene, sin embargo, que ponga a prueba su constancia con muchas pruebas, antes de que merezca recibir la esperanza del amor. Se dice también que entre los cernícalos surgen algunos que con su valor y arrojo cazan perdices. Pero, al ir esto contra su propia naturaleza, se dice que esta agresividad no puede durar más allá de un

20. Aristóteles, *Tópicos,* II, 10.

año a partir de su nacimiento. De este modo, después de una larga probación, si se le considera digno, una mujer de la alta nobleza puede elegir al plebeyo como amante. Pueden emplear también entre ellos las mismas palabras que se dijeron en el diálogo anterior entre un plebeyo y una mujer noble. Por su parte, el plebeyo puede emplear este otro argumento:

–De nada serviría insistir en alabar a vuestra persona, pues vuestra integridad y belleza son notorias en muchas partes del mundo. Añádase que las alabanzas hechas en presencia de la persona interesada parecen encubrir la falsedad de un fino halago. Mi propósito ahora y principal atención, que me inducen a llegarme ante vos, es ofreceros mi persona y mis servicios, así como suplicar atentamente a vuestra gracia que se digne aceptarlos. Y pido al Dios del cielo que por su gracia pueda llevar a cabo lo que más agrade a vuestra voluntad. Firme e inquebrantable es el propósito de mi corazón de ofreceros mis servicios, no sólo a vos, sino a todos por vos, y con ánimo humilde y complaciente. Tengo total confianza en que mi trabajo nunca podría permanecer junto a vos sin conseguir un dulce fruto. Si mi solicitud se juzgara infructuosa, me vería obligado –tras muchos sufrimientos y tormentos– a sufrir el naufragio de la muerte, a no ser que mi alma estuviese guiada por una fuerte esperanza, aunque fuera falsa. Sólo la esperanza, aunque alentada por un corazón que se apoya en falso, puede mantener el ancla ilesa.

DICE LA MUJER: No es mi intención rechazar tus servicios o los de cualquier otro. Ni tampoco responder a presentes que me halagan. Quien se niega a aceptar los servicios que se le ofrecen, avergüenza al que los ofrece y se delata a sí mismo, como dominado por la avaricia. Por el contrario, quien generosamente ofrece sus servicios a los demás, no tiene inconveniente en recibirlos de los otros. Tú, en cambio, caminas en otra dirección y pareces perseguir algo distinto a lo que eres digno de tomar, porque, según parecen indicar tus palabras, pretendes ser amado por mí.

»Has de saber que me niego a amar, máxime a un hombre que es inferior a mí en tercer grado, aunque, por tu infinita integridad, te adornen otras virtudes. Pero me dices que te basta para escapar a los peligros de la muerte la sola esperanza de que te dé mi amor; sin embargo te respondo así: digo, en efecto, que sólo con esto (lo que has dicho) afirmas que yo poseo la habilidad de mentir y engañar y demuestras que estás contagiado por el mismo vicio, que escondes en tu corazón otras intenciones y que con lengua falaz profieres palabras distintas a lo que piensas. Con razón mereces ser arrojado del regazo del amor, ya que personas falsas y mentirosas no deben entrar en el salón del trono del palacio del amor. Además pareces incitarme a descuidar mi propia honra, lo que es aún peor que lo anterior. Pero nada es más vergonzoso para una mujer noble que no respetar las promesas que hace, frustrar esperanzas concedidas y traicionar a su gente con su palabra. Esto parece más propio de las mujeres que se comportan como meretrices, que intentan trocar los mandatos del amor por regalos y deshonrar su servicio por dinero. Así, tu intención no parece sensata por los consiguientes graves peligros con que amenaza.

DICE EL HOMBRE: Confieso que pido ser amado, porque vivir con amor es más dulce que la vida en este mundo. Pero vuestras palabras me están demostrando que me niegan vuestro amor por la vileza que supone un rango inferior, si bien asentado en una gran probidad. A todo esto respondo diciéndote que mi linaje no puede quedar reducido a los límites de mi propia persona y a ello coopera mi propio instinto natural. ¿Por qué tratas de confinarme a determinados límites y unirme al yugo de las clases sociales, si la naturaleza misma no quiere recluirme dentro de los límites establecidos por mi categoría social, ni me cierra las clases superiores, si no lo impide vicio alguno? Desde muy antiguo, no quedó establecida esta distinción de clases más que para aquellos a quienes se juzga indignos del rango preestablecido, o a los que, fieles a su propia clase, no son juzgados dignos de una superior. Y en apoyo de esto invoco un texto parecido de las Sagradas Escrituras: «La ley no ha sido establecida para el justo, sino para los prevaricadores y rebeldes»[21]. La antigua distinción social, por tanto, no prohíbe que yo milite en la clase de cualquiera de mis mayores o que reclame los beneficios de la clase superior, sin que, por otra parte, nadie pueda reprocharme en justicia mi conducta. Por otra parte, al afirmar que la esperanza, aun cuando fuere concedida de forma calculada, bastaría para alejarme de la muerte, no lo dije como queriendo manchar vuestra gloriosa reputación, ni porque fuera consciente de alguna mancha urdida contra vuestra persona. Tan sólo quise daros una prueba clara de la pasión que me lleva hasta vos. Y si me lo concedieras, lo tendría por algo valiosísimo, pues conocida la intensidad de mi amor hacia vos, por lo menos, cambiaría más fácilmente vuestro ánimo.

DICE LA MUJER: No niego que la integridad moral de un plebeyo puede hacer de él un noble. Pero tampoco puede cambiar su condición hasta el punto de convertirle en un gran señor, a menos que le sea concedido por la autoridad de un príncipe. Si es verdad que la integridad moral puede ennoblecer a un plebeyo, no lo es menos que no puede cam-

21. Epístola I a Timoteo, 1, 9.

biar su condición y convertirle en un gran señor o valvasor[22], a no ser que, quizás, un príncipe con su autoridad se lo conceda, pues solamente él tiene poder para unir nobleza y buenas costumbres. Justamente, entonces, se te niega el derecho de amar a una condesa. Pienso, además, que tu engaño fue demasiado grande con la esperanza de alcanzar su amor, pues tu osadía profirió en su presencia palabras falsas.

»Pretendes entrar en la orden de los caballeros y advierto en ti muchas cosas nocivas y contrarias para ingresar en ella. Los que militan en esa orden han de tener, en efecto, piernas finas y largas por naturaleza. Y un pie pequeño hecho a torno y de modo desigual en cada una de sus medidas. Observo, por el contrario, que tus piernas son gruesas y asombrosamente rollizas y muy cortas. Tus pies de gigante, cuadrados, inmensos.

DICE EL HOMBRE: Me pregunto por qué un hombre no puede merecer el amor de una dama noble, si por sus costumbres y su probidad es digno de ser ennoblecido por un príncipe. Podríamos pensar que sólo la integridad moral merece la corona del amor de una noble dama, si sólo la integridad moral convierte a un hombre en noble y si sólo la nobleza se estima digna del amor de un noble. Pero no es muy razonable que os opongáis a mis piernas rollizas y pesadas y a mi pie de gigante. En Italia, según cuentan, vive cierto conde dotado de piernas delgadas y desciende de padres muy ilustres con cargos altísimos en el palacio papal. Se dice también que brilla por todo tipo de belleza y que posee grandes riquezas. Es fama, sin embargo, que carece de toda virtud y que las buenas costumbres se ruborizan a la hora de adornarle y que todos los viciosos parecen haber encontrado refugio en él.

22. «Valvasor», con pies más largos que anchos, bien proporcionado en todos sus miembros.

»Hay, por el contrario, un rey en Hungría que tiene piernas muy gruesas y rollizas, pies grandes, tan largos como anchos y está privado, casi por completo, de belleza. No obstante, consideran que brilla por su integridad moral y que es digno de la gloria de la corona real y en todo el mundo se hacen eco y se proclaman sus alabanzas. No debéis fijaros, por tanto, en mis piernas o mis pies, sino en las virtudes que me adornan y en las obras buenas que me avalan. Al recibir regalos no debemos fijarnos tanto en la belleza de quien los hace cuanto en si sus actos le justifican por sus propios méritos. No os opongáis, por tanto, a las piernas, sino a las costumbres, pues al objetar contra aquéllas dais la impresión de que despreciáis a la naturaleza divina.

DICE LA MUJER: Tu defensa me parece inteligente. Pero nadie me ha informado de tus buenas acciones ni de las virtudes que te permiten conseguir lo que pides. Quien pretende el amor de una dama virtuosa de la más alta nobleza, ha de venir rodeado de buena reputación. Y es conveniente que esté con las buenas maneras de la cortesía, cosa de la que, por lo que a ti respecta, no parece que tienes una fama sublime. Has de esforzarte, pues, por realizar, en primer lugar, acciones que merezcan los favores que pretendes y que lo que pides no se juzgue demasiado atrevido.

DICE EL HOMBRE: Una cortesía suprema parece abundar en todas vuestras palabras. Con ellas tratáis de convencerme de forma clara de que toda mi conducta sea digna de alabanza. Al veros, por tanto, tan conocedora del arte de amar, suplico a vuestra gracia se digne darme una lección sobre aquellas cosas que estiméis importantes en el amor. Esto es, qué cosas hacen a un hombre digno de ser amado, de manera que cuando esté instruido no pueda escudarme tras la defensa o la excusa de algún error. Pienso que si toda cortesía deriva de la corriente impetuosa del amor, si con este camino se me abre el camino a todo bien obrar y se llega a la perfección, y si hasta el presente soy un inexperto e ignorante de los caminos del amor, nada tiene de extraño que desconozca sus efectos. Quiero, pues, ardientemente, que se me enseñen sus preceptos, puesto que quien quiere saber con toda el alma, suele exigir con vehemencia y recibirlo con avidez.

DICE LA MUJER: Según parece, alteras el orden y el curso de la naturaleza. Pides primero ser amado y tú mismo te reconoces después indigno de ser amado, al mismo tiempo que pides ser instruido como un novicio en la ciencia del amor. Tendrás, sí, con largueza nuestra doctrina, puesto que, de lo contrario, sería un pésimo ejemplo y parecería que los expertos que negaran sus conocimientos a quienes, estando menos instruidos, se los piden, actúan movidos por la avaricia. Y si cuidas de escuchar con diligencia nuestras palabras, llegarás a saber lo que pides.

»Quien, por tanto, quiere ser tenido digno de militar en el ejército del amor, no es bueno que esté atrapado por la avaricia, sino que brille por su generosidad y, además, la ejerza con todos los que pueda. No debe esperar a ser solicitado si se da cuenta de que se tiene necesidad de él, sobre todo si se trata de personas nobles y de reconocida virtud, y piense que su generosidad favorece a alguien. Que piense que lo que se concede porque se ha pedido, puede parecer una compra cara. Pero si no llega a encontrar el momento y la oportunidad de demostrar su generosidad, que dé a quien se lo pide lo que necesite, con tal agrado que parezca que en su interior tiene más satisfacción y alegría, cuando da algo a un amigo, que cuando se lo queda para sí. Y si viera que unos pobres pasan hambre y les diera de comer, sería tenido por un hombre de gran cortesía y generosidad. Y si tiene un amo, que le preste el debido respeto, que no profiera jamás palabras blasfemas contra Dios o contra sus santos. Ha de presentarse ante los demás humilde y dispuesto a servir a todos. No ha de murmurar de nadie, pues no hay lugar para los murmuradores tras el dintel de la cortesía. Tampoco ha de alabar con mentira a los malvados, si bien debe tratar de enmendarlos con discreción, si es que puede. Si advierte, en cambio, que siguen totalmente incorregibles, procure alejarlos de su compañía. De esta manera no se le podrá acusar con razón de autor, colaborador y aliado en el vicio. No se burle de nadie, sobre todo de los desgraciados, ni sea picapleitos o provocador de altercados, pues, en lo posible, es conveniente que se muestre como pacificador.

»Ante las mujeres ha de reír con discreción, pues, según Salomón, la risa a carcajadas demuestra necedad[23]. Y sabido es que las mujeres astutas suelen rechazar a los estúpidos o poco inteligentes, sacudiéndoselos o despreciándolos con mucha gracia. Grande es, pues, la prudencia que exige el gobierno del amor y todas las artes son pocas para su ejercicio. Ha de frecuentar el contacto con los grandes y visitar las cortes superiores. Se dedicará con moderación al juego de los dados. Estudiará y repasará gustosamente las grandes gestas de la historia de los antepasados; se mostrará valiente en el combate, y audaz, inteligente, cauto e ingenioso con el enemigo. No ha de amar a varias mujeres a la vez, sino que honrará a una sola. Cuide con moderación su cuerpo y muéstrese ante todos prudente, tratable y amable, por más que algunos piensen que agradan mucho más a las mujeres con palabras estúpidas, casi in-

23. Eclesiástico, 21, 20.

sensatas, y a los hombres con gestos como de locos. No use palabras falaces y evite los discursos demasiado largos, ni sostenga un silencio demasiado prolongado.

»No haga tampoco a nadie una promesa precipitada y repentina, puesto que el que promete alegremente tarda después mucho en cumplir sus promesas. Y recuerde que a quien promete a la ligera se le da poco crédito. Reciba con semblante amable a un buen hombre que quiera demostrarle su generosidad y no lo rechace de ninguna manera, a no ser que el donante estime que el regalo que hace es oportuno, no siéndolo de verdad. En tal caso, puede rehusarlo así: "En este momento no necesito lo que me ofrece, lo doy por recibido y os lo devuelvo para que en mi nombre hagáis con ello lo que os plazca".

»Del mismo modo, su boca no ha de proferir palabras groseras. Evite los delitos graves y especialmente notorios. A nadie engañe con falsas promesas, pues cualquiera puede ser rico en promesas. No difame a nadie de palabra, si alguien le engaña con falsas promesas ni se muestre descortés con él. Devuélvale, por el contrario, bien por mal y ofrézcale todos sus servicios, obligándole así, discretamente, a reconocer su culpa. Acoja a todos con hospitalidad.

»Contra clérigos o monjes de Dios o contra cualquier otra persona del estamento religioso no ha de proferir injurias, infamias o burlas. Con todas sus fuerzas y con todo su corazón, siempre y en todo lugar, rinda el honor que se debe a la gracia de Aquel cuyos servidores son. Acuda con frecuencia a la iglesia y escuche con atención a los celebrantes de los divinos oficios, a pesar de que algunos muy infatuados, que desprecian todas las cosas de la Iglesia, agradan a las mujeres. Debe ser sincero en todas sus palabras y no envidiar la honra de nadie.

»Breve y sucintamente se te han dado a conocer todas estas cosas. Si las has escuchado con atención y te esfuerzas por ponerlas en práctica, te harás digno de defender tu causa en la corte del Amor.

DICE EL HOMBRE: Me veo obligado a dar infinitas gracias a vuestra Dignidad, pues os habéis dignado explicarme con tanta diligencia como sabiduría los postulados del amor, brindándome su conocimiento. Pero todavía sigo insistiendo en que os dignéis concederme la esperanza que os pedí, aunque sea con esta condición: que cumpla todo lo que me habéis enseñado. De este modo, la esperanza de un amor acariciado fortalecerá en todo momento mi propósito de hacer el bien. Ni se me podrá imputar lo dicho sobre la subversión del orden natural. Pues, si el amor es el inicio de cuanto bueno acaece en el mundo, con razón se ha de buscar sobre todo y como causa principal de todas las cosas buenas.

DICE LA MUJER: No sería decente y cortés otorgar a alguien la esperanza de mi amor de la forma que pides. El amor o se entrega sin reservas o se niega totalmente. Pues aun después de dar esperanzas, puede la mujer retirar su mano y quitar la esperanza dada. Trata de hacer todo el bien que puedas, para que nuestras palabras parezcan haberte sido de provecho.

DICE EL HOMBRE: Con razón la Majestad celeste os puso merecidamente en la clase de las grandes damas. Habéis querido dar a todos una respuesta tan prudente según sus propios méritos y a mí me concedisteis mucho más de lo que yo supe pedir. Pido a Dios que aumente siempre mi sincera voluntad de serviros y que mueva vuestro corazón a una recompensa según la medida de mis méritos, y que él os mantenga en este propósito.

d) *De noble a plebeya*

Si un noble quiere pretender el amor de una mujer plebeya, ha de atraerla con estas palabras. Salúdela, primero, según su costumbre. Si quiere, puede sentarse, después, a su lado, sin siquiera pedirle permiso, valiéndose para ello de la prerrogativa de su clase superior. En efecto, Gualterio, te advierto que, según la regla, un varón, si quiere, puede sentarse sin permiso al lado de una mujer, siempre que goce de unos privilegios superiores al estado de ella. Si, por el contrario, es de su misma clase, puede pedir licencia para poder sentarse junto a ella y, una vez concedida, podrá sentarse a su lado, de otro modo no podrá hacerlo. Si el hombre es de rango inferior al de la mujer, no ha de pedir permiso para sentarse a su lado, pero puede hacerlo para sentarse en un lugar inferior. Y si le permite sentarse junto a ella podrá acceder sin temor a su deseo. Después, háblele así:

–Mensajero soy que os envía la corte del Amor para que vuestra prudencia desate el nudo de una duda. ¿De qué mujer será mejor alabar su limpieza de costumbres? ¿De una de sangre noble o de la que se conoce su origen no noble?

DICE LA MUJER: No me parece muy adecuado obligarme a formular un juicio como éste. Pues, el presente asunto me concierne personalmente y, en propia causa, a cualquiera le está prohibido juzgar. Procuraré, no obstante, precisar lo que opino sobre esta materia, pues no me es lícito rehusar a un mensajero del amor. Quisiera, con todo, escuchar primero tu opinión sobre esto, para que, instruida con tan laudable patrocinio, ninguna falsedad pueda desorientarme en este particular.

»Más digna de alabanza parece, pues, a primera vista, la nobleza de sangre. Y lo que sabemos que sale de la misma naturaleza de uno nos parece más apetecible que lo que procede de fuera, como si fuera algo extraño. Así, en las mujeres alabamos más el color natural que el postizo y nos gustan más las palabras pronunciadas por un hombre que las de un loro parlanchín. El mismo color vivo escarlata parece sentar mejor a la lana inglesa que el pelo de las ovejas de la Champaña o de Italia. De la misma manera, la honestidad se compadece mejor con la sangre noble que con los descendientes del tronco de los plebeyos.

DICE EL HOMBRE: Me admira que pienses y sientas en tu interior lo que tus palabras parecen indicar. Pero lo que dices no es posible demostrarlo con los ejemplos aducidos. En todos ellos aparece el artificio humano y es preferible lo natural a lo anecdótico. En una mujer plebeya la honestidad, unida a la mejor disposición de la mente, es fruto solamente de las virtudes innatas de su alma y, por eso, se la considera como algo natural. Tus ejemplos, por tanto, no han lugar, por lo que me veo obligado a decir que la integridad moral se ha de alabar más en una plebeya que en una dama noble. Se reputa, en efecto, como más valioso, el faisán capturado por un gavilán que el cazado por un azor. Y merece un premio mayor el que devuelve más de lo que debe que el que cumple con lo que está obligado a dar. Añadamos el mayor aprecio que merece la destreza de aquel maestro que ha sabido construir una pequeña nave con maderas de baja calidad que el que la construye con mejores y bien conjuntadas maderas. ¿Y no es, acaso, mejor y más laudable para un hombre el haber alcanzado por sí mismo un arte perfecto que aprenderlo de otro? Estoy seguro que lo verías como cierto, si así quisieras reconocerlo. En este caso, por tanto, queda justificada la sentencia contra la mujer noble.

DICE LA MUJER: La prudencia de tu razonamiento me parece muy desconcertante, puesto que alegas argumentos que tan abiertamente van contra ti mismo. Tratas de denunciar, a pesar de considerarte de sangre noble y bien nacido, tu propia nobleza y quieres agradar contraviniendo tus propios derechos. Pero la defensa tan razonable de tus palabras me obliga a opinar que es más laudable la integridad moral de una plebeya que la de una noble, pues no se puede dudar de que «todo lo raro, si bueno, doblemente bueno»[24].

DICE EL HOMBRE: Juzgo enteramente justa tu opinión y creo que es bastante ponderada. En consecuencia, me siento obligado a confesar que es mejor buscar el amor de una plebeya de alta probidad que el de una noble también totalmente íntegra. Si, pues, la clase plebeya ha merecido ser en ti enaltecida por su gran probidad, yo, de forma consciente te elijo a ti sola, entre todas las mujeres, como señora mía, y por ti sola llevaré a cabo innumerables bienes. Y por eso mismo pido a Dios que afiance siempre en tu corazón tu voluntad de aceptar sin demora mis servicios. Así, mi alma podrá cada día fortalecerse con el ejercicio del bien y, por ende, podré llegar a recibir dignamente los bienes deseados.

DICE LA MUJER: No parece muy conveniente que tu nobleza se rebaje hasta el rango de una plebeya o pretenda su amor. Tampoco pareces haber alcanzado tu título de nobleza como pago a tus méritos, al no haber merecido el amor de una dama de tu condición. Y recuerda que quien no ha militado tan bien, dentro de su propia clase, nadie cree que haga un buen servicio en una clase ajena. Descubre, pues, el amor dentro de los de tu propia clase y no intentes dirigir tus tiros hacia una mujer que pertenece a

24. Sentencia popular que aplica aquí el autor a la mujer plebeya.

otra. De esta manera no tendrás que sufrir el rechazo que merece tu presunción.

DICE EL HOMBRE: Pareces ignorar mucho la doctrina del amor, pues demuestras desconocer por completo lo que a todos es evidente. A legañosos y barberos les parece claro que ni la excelencia de sangre ni la deslumbrante belleza física tienen que ver con la flecha que dispara Amor. Sólo Amor es el único que empuja al corazón del hombre al amor. Y con muchísima frecuencia acucia a los amantes a solicitar el amor de una mujer de distinto rango, es decir, que rompa la igualdad de clase o de belleza física. Efectivamente, el Amor convierte en noble y hermosa a los ojos del amante a una mujer plebeya y fea y consigue que todos la vean como más noble y hermosa que todas las demás. Sucede siempre que la belleza de una mujer, a la que alguien distingue con el amor de su corazón, termina encantando a su amante, aunque la considere muy fea y vulgar. Y por añadidura, el aspecto de las demás mujeres le parece como falto de encanto.

»En manera alguna, por tanto, has de asombrarte, si, a pesar de que no eres noble, me empeño en amarte con todas mis fuerzas. ¡Tal es el brillo y resplandor de tu belleza y la integridad de tus costumbres! Pues has de saber que no pido de ti estas cosas porque me haya visto rechazado por las mujeres de mi clase, sino porque el Amor me obligó a quererte así. Y, además, porque tu honestidad y tu nobleza me complacieron más que las de las otras mujeres. De todo lo cual ha de quedar claro a tu discreción que en modo alguno he de ser excluido de tu amor, si se descubriera que la calidad de mis costumbres responde a mi propio origen.

DICE LA MUJER: Aunque lo que propones pueda estar claramente basado en la verdad, te daré, no obstante, una justa refutación sacada de tus mismas palabras. En el argumento que expuse antes, y que tú aprobaste, parece afirmarse que la integridad moral es más laudable en un plebeyo que en una persona noble. De estas palabras concluiste que es mejor unirse por amor a una mujer plebeya, contenta de su condición, que a una dama noble adornada de una gran integridad. ¿Por qué, pues, no podría yo elegir como amante a un plebeyo perfecto en la moderación de sus costumbres antes que a alguien con muchos títulos de nobleza? Te pido que me respondas.

DICE EL HOMBRE: En modo alguno has de entender, a pesar de mis sinceras palabras, que es mejor elegir el amor de una plebeya, cuidadosa de su virtud, que el de una mujer noble y hermosa. Tampoco que el amor de una mujer noble no haya de ser laudable y muy apetecido. Creo, por el contrario, que es más digno de elección el amor de una dama noble, si goza de mayor virtud que la plebeya. Con esta intención pronuncié la palabra «más», de manera que, si se considera más virtuosa a la mujer plebeya que a la noble, habrá de ser elegida con preferencia a la noble. Pero, si se sabe avanzar con pesos iguales por el camino de la virtud, podemos elegir tanto el amor de la una como de la otra, según la opinión de la reina Leonor de Inglaterra[25].

»Yo, sin embargo, sostengo que, en esta igualdad de condiciones, se ha de preferir la de la clase inferior y, por ende, habrá que elegirla. Pero, si el adverbio "más" se entiende en sentido distinto al que yo intenté darle, llegaremos a una conclusión totalmente absurda y nos llevaría a una gran injusticia. Parecería, en efecto, que la nobleza de san-

25. Se trata sin duda de Leonor de Inglaterra, casada con Luis VII de Francia, de quien se divorció para casarse después con Enrique II de Inglaterra.

gre produce a los hombres un daño irreparable, y que no les aporta ningún beneficio, si se pospone por una dama noble a una plebeya menos virtuosa. Si, pues, encuentras a un plebeyo con una integridad moral mayor que la mía y le otorgas tu amor, no me detendré en desaprobar tu decisión. Porque, como dije antes, esa facultad ya te fue concedida. Que tu prudencia te lleve a una información más diligente y se una al amor más digno.

DICE LA MUJER: Según parece, das marcha atrás, como un cangrejo, en tus palabras. Pues intentas negar lo que con tanta audacia afirmabas con tus elogios. No parece, sin embargo, propio de la astucia varonil, conformarse con la palabra de una mujer, por prudente que ésta sea, renegando de forma tan desvergonzada de su propia opinión, y negando ahora lo que poco antes habías reconocido. Si, pues, intentas enmendar tu ingenua e incauta opinión, puesto que es lícito apartarse del error y arrepentirse de lo que se había juzgado en falso, serás tenido por hombre honesto y reconocerán tu gran prudencia. Me complace no poco el sentido de tus palabras, pues me permite decidir a quién he de elegir como mejor amante. Así defiendo como mía aquella puerta del palacio del amor, que ni impide a cualquiera la entrada ni deja entrar a todo el que se lo pide, sino que, tras sopesar su decisión, y después de una madura deliberación, admite a uno solo por su propia integridad. Trataré de aceptar, en consecuencia, al que sea más digno, tras deliberar y ponderar mi decisión.

DICE EL HOMBRE: Si esta serpiente no se ocultara en la hierba y no pidieras una deliberación, fruto de tu ingenio astuto, esa deliberación sería para mí muy grata y placentera. Sin embargo, no me parece seguro prestar mi personal aprobación a tu deliberación, pues mucho me temo que haces esto con objeto de ganar tiempo. Es ciertamente muy grave para mí, y me parece que me muestra las huellas de la muerte, si dejais que me vaya sin la esperanza de conseguir tu amor. Una larga espera suele ser presagio del amor que fenece. Y el curso de la fortuna suele cambiar con un pequeño retraso. Si, por tanto, me despides sin la esperanza de conseguir tu amor, me obligas a sufrir la muerte. Ninguno de tus remedios servirá entonces contra ella y, con razón, podrías ser llamada «homicida».

DICE LA MUJER: Lejos de mí cometer un homicidio. No puedes, sin embargo, negarme por ninguna razón que me lo piense, pues, según dice cierto sabio, lo que tras meditarlo se lleva a término, no suele cubrirse de vergüenza, sino que se mantiene estable y perpetuamente[26].

DICE EL HOMBRE: No puedo negarte que lo pienses. No dejaré, sin embargo, de rogar a Dios en todo momento que te haga amar al que debes.

DICE LA MUJER: Ten por cierto que, si decidiera entregarme al amor, trataría, en la medida de lo posible, de buscar los servicios del que mejor me atendiera.

DICE EL HOMBRE: Nadie duda de que eres libre para elegir tu amante. Pero yo nunca dejaré de servirte y por ti estaré siempre dispuesto a favorecer a todos.

DICE LA MUJER: Si de veras quieres poner en práctica lo que afirmas con tus palabras, podría suceder fácilmente que consiguieras una generosa recompensa por mí o por otra.

DICE EL HOMBRE: ¡Ojalá que tus palabras lleven un significado verdadero! Y yo seguiré unido a ti de corazón, aunque parezca que estoy ausente con el cuerpo.

26. Cicerón, *Tusculanas,* V, 81.

e) *Habla un noble a una dama noble*

Si un hombre pretende el amor de una dama noble, éstas son las palabras con que ha de procurar hacerlo. Tras el obligado inicio de la conversación, exprésele de este modo lo que lleva en su corazón:

–Es tanta la nobleza que emana de vos y tanta la cortesía que se digna realzaros, que, vista vuestra honradez, creo me es lícito revelaros, sin miedo a la censura, todo lo que guardo en mi corazón. Porque, si los hombres no pudieran abrir cuando quieren los secretos de su corazón a sus damas, el Amor, fuente y origen de todos los bienes, desaparecería para siempre. Nadie sabría socorrer a las damas y quedarían en el olvido todas las obras de la cortesía.

DICE LA MUJER: Estás en lo recto y es para mí un gran placer escucharte.

DICE EL HOMBRE: Nunca me alejo de vos con el corazón ni con el alma, aunque con el cuerpo rara vez esté en presencia vuestra. El constante pensamiento que de vos tengo me hace estar siempre en vuestra presencia, y con los ojos del corazón me hace ver continuamente ese tesoro con el que sueño y que me causa penas y muchas alegrías. Pues, quien con todo su corazón desea algo, está temiendo siempre verse turbado por cualquier acontecimiento adverso. Mis palabras serían incapaces de expresar hasta qué punto me mantengo fiel al afecto que me une a vos. Si, pues, según parece, la fidelidad de todos los seres vivos pudiera acumularse en una sola persona, en modo alguno sería tan grande como la que me motiva a serviros. Nada se mantiene tan inmutable en mi corazón como la voluntad de entregarme a vuestra gloria. Sería para mí la mayor honra y estimaría una gran victoria, si con mis actos pudiera hacer algo que fuera de vuestro agrado y que vuestra gracia aceptara complacida. Pues, cuando me es permitido veros, pienso que ningún dolor puede alcanzarme, ni traición alguna perturbarme. Antes al contrario, la sola visión de los lugares en que habitáis, que me trae el aire, me llena de fuertes ansias de vivir y colma al amante de inmensa alegría.

»Pero cuando no os puedo ver con mis propios ojos, ni puedo respirar el aire que os envuelve, los elementos me asaltan por todas partes y todo tipo de desgracias se estrellan contra mí. No puedo gozar de descanso alguno, a no ser cuando el sopor del sueño me sume, mientras duermo, en falsas visiones. No obstante, y a pesar de que el sueño me engaña de vez en cuando con su falsa generosidad, le doy las más expresivas gracias por haber querido engañarme con tan dulce y noble ficción. Esa largueza del sueño me deja ver un camino y una forma de vida y me aleja del furor de la muerte, algo que me parece el mayor y más importante regalo, pues en vano se ofrece una medicina a un muerto. Pero mientras tenga vida, por penosa que sea, una leve brisa podrá enviarme la lluvia de la liberación y me traerá el rocío de la dulzura. Creo y tengo total confianza en que una mujer tan noble e íntegra como vos no dejará pasar mucho tiempo viéndome sometido a esta terrible tortura y me librará de todas estas penas.

DICE LA MUJER: Ciertamente, en tu persona la sabiduría parece ennoblecerse y tus palabras han hallado en ti una dulce morada, pues has sabido proponer tus derechos con tanta inteligencia y previsión. Te agradezco que hayas pensado en mí, también en mi ausencia, así como tu deseo de querer servir por mí a cuantos puedas. Por mi parte, yo también pensaré con gusto en ti en tu ausencia, y, en su lugar y tiempo, estaré dispuesta a aceptar tus servicios. Tan importante eres y tan sorprendente es tu integridad, que ninguna mujer consideraría un honor rechazar tus servicios. No quiero tampoco que te contentes sólo con respirar el aire que envuelve a mi persona, sino que podrás verme y contemplarme cara a cara. Prefiero ayudarte a que seas tú mismo el que lleves las riendas de la vida a ocasionarte la muerte o incurrir en homicidio.

DICE EL HOMBRE: Aunque en tiempo de verano se puede alargar la vida de las mieses del campo por medio de suaves lluvias, no se puede evitar el peligro de la sequía a no ser que las riegue un aguacero. Podéis, pues, según la forma que dijisteis, prolongar la vida del amante, pero no liberarlo del gravísimo peligro de la muerte. Una recaída es más grave que la enfermedad inicial y lleva a morir al hombre con una muerte más dolorosa. Y se pierde con más amargura lo que se creía poseer, porque había sido prometido, que aquello que nos hacía esperar nuestro deseo. Yo elegiría, por tanto, una muerte repentina antes que sucumbir a los peligros de la muerte tras dolorosa agonía.

»Medite, pues, vuestra sabiduría e inquiera atentamente qué es lo que más conviene a vuestro honor, si dar esperanzas a la persona que os ama y arrancarle de las iras de la muerte, abriéndole a una vía desconocida para que haga toda clase de bienes o, caso de negarle esto, cerrarle el camino de todos los bienes y abrirle el sendero de la muerte.

DICE LA MUJER: Te prometí libremente el voto que puedo otorgarte, a saber, que todos los días puedas verme en persona. Lo que pides no puedes conseguirlo con tus ruegos y estratagemas. Mi firme propósito es, y mi alma así lo desea, no someterme jamás al servicio de Venus, ni quedar aplastada por los tormentos de los amantes. Pues, de no tener experiencia, nadie puede conocer los suplicios a que están sometidos los amantes. Sólo, en efecto, quien los ha experimentado, puede conocer los innumerables sufrimientos y fatigas a que están expuestos. Pero, aunque huya por todos los medios de caer en las cadenas del amor, nunca rehusaré, sin embargo, ayudarte a hacer el bien a ti y a otros hombres que quieran hacerlo.

DICE EL HOMBRE: Señora mía, deja ya de mantenerme en tan persistente error. Sabido es que sólo las mujeres que se enrolaron en el ejército del amor merecieron las alabanzas sinceras de los hombres y por su integridad merecieron entrar en todas las cortes reales. No alcanzo a ver, en efecto, qué bien puede hacer alguien en este mundo, si no tiene su origen en el amor. Que ese decoro tan grande y esa integridad de costumbres se decidan a recorrer los caminos del amor y prueben fortuna. Nada hay, sea lo que sea, que se pueda conocer con entera verdad, si antes no se ha probado. Sólo después de haber experimentado una cosa es lícito rechazarla.

DICE LA MUJER: La entrada en la corte del amor se considera muy fácil. Difícil es, sin embargo, permanecer en ella, debido a los tormentos que amenazan a los amantes, ya que las apetencias del amor hacen imposible y muy dura la salida. Una vez que ha entrado en la corte del amor, el amante ya no puede querer o dejar de querer lo que le ofrezca la musa del amor y lo que le pueda agradar al amado. Por tanto, no se ha de apetecer esa corte. Se ha de evitar a toda costa la entrada en ese lugar, del que no está claro poder salir libremente. Lo podemos comparar a la puerta del Tártaro, pues cuando ésta permanece abierta al que quiere entrar, una vez franqueada, ya no hay posibilidad de salir.

»Prefiero, en consecuencia, vivir en Francia, contenta con poco dinero, y quedar libre para ir donde quiera, antes que someterme al poder de otro, por más que esté cargada de dinero húngaro. En tal estado, tener mucho es no tener nada. Ahora comprendes por qué el palacio del amor me es odioso y por ello, hermano, te conviene buscar el amor en otra parte.

DICE EL HOMBRE: La capacidad de arbitrio de una persona nunca puede ser más libre que cuando no puede apartarse de lo que desea con toda su alma. A cualquiera le debe ser grata la incapacidad de rechazar aquello que desea con toda su alma, y más si la cosa es apetecible. Ahora bien, nada en el mundo tan apetecible como el amor, puesto que él es el origen de todo bien, y sin él nada bueno puede realizar nadie en el mundo. Hay que estrechar, por tanto, con ambos brazos su corte. Y su palacio nunca os será odioso en modo alguno.

DICE LA MUJER: A cualquiera que lucha bajo el escudo del amor le parece que es libertad y cosa apetecible. A mí, sin embargo, me parece la más terrible servidumbre y algo que se ha de rechazar por encima de todo. Te esfuerzas en vano, pues ni siquiera el mundo entero podría apartarme de este propósito.

DICE EL HOMBRE: Si por tal camino os empeñáis en caminar, os perseguirá un tormento insuperable, sin igual y difícil de explicar.

DICE LA MUJER: Te ruego me digas cuáles son esos sufrimientos que parecen inminentes, para que, una vez previstos, sus flechas no alcancen a herirme tanto, ya que, según se dice, «las flechas que se ven venir, dañan menos»[27].

DICE EL HOMBRE: Esas flechas que veis venir de lejos no dejarán de haceros menos daño si no tratáis de borrar el error mencionado. No obstante, podéis escuchar, si os place, qué clase de tormentos os esperan. Pero quisiera pediros primero que vuestra gracia se digne mostrarme qué lugar del palacio del amor está destinado para vos.

»Se dice, y es verdad, que en el centro del mundo fue construido un palacio con cuatro hermosísimas fachadas

27. Juan de Salisbury, *Policraticus,* III, capítulo XI.

y que en cada una de ellas hay una puerta por demás hermosa[28]. Pero en este palacio sólo el Amor y algunas comunidades de mujeres merecieron vivir. La puerta oriental se la reservó para sí solo el dios del amor. Las otras tres quedaron destinadas a determinadas clases de damas.

»La puerta meridional siempre mantiene las puertas abiertas y en todo momento se encuentran mujeres en el umbral. Lo mismo sucede con las damas de la puerta occidental, pero a éstas siempre se las encuentra ociosas ante la puerta. En cambio las que merecieron la custodia de la puerta del septentrión permanecen siempre con la puerta cerrada y no ven nada de los exteriores de palacio. ¿A qué clase de éstas pretendéis pertenecer?

DICE LA MUJER: Lo que dices me resulta difícil de comprender. Y tus palabras me son demasiado ocultas. A menos que las aclare tu misma interpretación.

DICE EL HOMBRE: Las que siempre están con la puerta abierta y están a todas horas en el umbral son aquellas mujeres y damas que, cuando alguien pide acceso al palacio, tratan de indagar con toda diligencia de qué méritos es digno y de qué virtudes está adornado. Y cuando su confianza es total los admiten con todos los honores de que son dignos. Por el contrario, alejan del palacio del amor a los indignos. Las que tienen como suya la puerta occidental son mujeres vulgares que no rechazan a nadie y admiten a todos sin diferencias, expuestas como están a toda clase de deseos. En cambio, las que cuidan de la puerta septentrional y viven siempre con la puerta cerrada son las que no abren la puerta a nadie que llame, sino que cierran la entrada al palacio del amor. Por último, las de la puerta

28. Descripciones como ésta de su palacio del amor hay muchas en la literatura antigua, por ejemplo en *Claudiano,* en *Carmina Burana,* etc.

meridional son las que quieren amar y no rechazan a los amantes dignos. Y, con toda razón, pues están todas orientadas hacia el sur y han merecido ser tocadas por el rayo del amor, el mismo que habita en oriente. Las de la puerta occidental son las meretrices que apenas aman a alguien, ni se advierte tampoco que sean amadas por hombre íntegro alguno. Y es comprensible, puesto que, como sus habitaciones dan a occidente, el ardiente rayo del amor no puede llegar a ellas desde oriente. Las del septentrión son aquellas mujeres que se niegan a amar, si bien son amadas por muchos. Y ello, porque Dios no mira a las que están colocadas a su izquierda, porque son malditas[29]. Por estas palabras aparece claramente la disposición del palacio del amor.

DICE LA MUJER: Detrás de la puerta septentrional, confieso sentirme segura, no maldita.

DICE EL HOMBRE: Escucha, entonces, las penas sin fin que te aguardan. Cierto día muy caluroso de verano, estando yo como escudero del rey noble Roberto, mi señor, cuando salía a cabalgar por el bosque real de Francia con él y otros muchos caballeros, un sendero nos adentró a un paraje muy ameno y agradable. Era un lugar cubierto de hierba y rodeado por todas partes de árboles. Nos apeamos todos y dejamos pacer a los caballos, mientras nosotros nos entregábamos a un corto sueño. Una vez despiertos, ensillamos rápidamente los caballos que vagaban por la hierba.

»Como el mío se había alejado un poco de los demás mientras pacía, me entretuvo tanto tiempo su enjaezamiento que me quedé solo en ese mismo prado. Ignorando el camino, iba errante por los campos y, mirando con

29. Mateo, 25, 41.

atención a todos lados, pude distinguir a lo lejos una multitud incontable de jinetes que cabalgaba por los límites del prado. Firmemente convencido de que mi señor cabalgaba entre ellos, lleno de alegría, hice lo que pude por dar alcance a dicha tropa, lo más rápido posible. Y a pesar de fijar con insistencia mis ojos, no fui capaz de reconocerlo, porque no estaba entre ellos. Y cuanto más me iba acercando a los jinetes y mejor contemplaba a aquella multitud, vi al hombre que les precedía ceñido con una corona de oro, montado en un espléndido caballo, distinto de los demás. Le seguía, en primer lugar, un enorme coro de bellas mujeres, cada una de las cuales cabalgaba sobre un hermoso alazán muy bien alimentado y de elegante paso. Todas vestían hermosísimos y variados trajes y se cubrían con clámides bordadas en oro. Se hacían acompañar de dos caballeros, uno a la derecha y otro a la izquierda. Les servía un tercero, precediéndoles a pie y llevando la brida en la mano sin soltarla para que cabalgaran con más comodidad y sin miedo a dañarse. Tal era el estilo y la marcha de este primer grupo de mujeres.

»Les seguía, después, un ejército infinito de caballeros que las protegía del tumulto y la agresión de quienes las perseguían. Venía a continuación una no pequeña multitud de mujeres, a las que asediaba toda clase de hombres, a pie y a caballo, ofreciéndoles sus servicios. Era tanto el griterío de los que se ofrecían a servirlas y tan peligrosa su compañía, que ni ellas podían aceptar sus ofrecimientos, ni ellos estaban preparados para servirlas. Y así, la exagerada oferta de servicios se convertía para ellas en total carencia y escasez, hasta el punto de considerar un gran alivio poder prescindir de ellos.

»Seguía, en tercer lugar, un ejército vil y despreciable de unas pocas mujeres. Eran muy hermosas, pero iban cubiertas con vestidos horribles, impropios del tiempo que hacía pues, contra su voluntad, llevaban pieles de zorro, a pesar de estar expuestas a la alta temperatura del verano. Montaban además sin gracia en jamelgos torpes e indecentes que trotaban con dificultad sin silla, sin bridas y cojeando. Nadie les prestaba ayuda, desprovistas como estaban del apoyo de todos. Además, los hombres, tanto de a pie como a caballo, que iban delante, levantaban al caminar tal nube de polvo que apenas podían comunicarse, pues tenían los ojos cubiertos de polvo y los labios apretados.

»Mientras contemplaba atento todo este espectáculo y trataba de ahondar en su significado, he aquí que una dama de solemne apariencia, que cabalgaba detrás de todas ellas, sobre un jaco flaco, escuálido y que cojeaba de sus tres patas, me llamó por mi nombre y me pidió que me acercara. Al llegar junto a ella, viendo su hermoso y agraciado rostro, y que montaba un caballo tan feo, al instante le ofrecí el mío. Ella se negó a aceptarlo y se dirigió a mí con estas palabras:

»–Buscas a tu señor, pero no lo podrás encontrar aquí, porque te has apartado mucho de su camino.

»Y yo respondí:

»–Os pido, señora, que, por favor, os dignéis indicarme el camino correcto.

»A esto contestó ella:

»–Si primero no observas al ejército destacado en estos campamentos, no podré indicarte el camino a seguir.

»A lo que yo respondí:

»–Te pido, entonces, que, por favor, me aclares de quién es el ejército que aquí veo. Y por qué una mujer tan hermosa ha elegido un caballo tan vil y un vestido tan pobre.

»–Este que ves –respondió ella– es el ejército de los muertos.

»Al oír esto se estremeció mi espíritu y mi rostro quedó desencajado y todos mis huesos empezaron a salirse de sus articulaciones. Tembloroso y aterrorizado quise con toda mi alma alejarme de su lado. Ella, sin embargo, trató de tranquilizarme al instante y me prometió preservarme libre de todo peligro:

»–Aquí estarás –me dijo– más seguro y a cubierto que en casa de tu padre.

»Cuando oí esto, volví a sentir el soplo de vida que casi había perdido y, acercándome más a ella, le pregunté interesado por todo lo que había visto. Ella comenzó a explicármelo ordenadamente, diciendo:

»–El caballero que, según ves, va delante de todo el pueblo, ceñido con una corona de oro, es el dios del Amor, que se deja ver un día a la semana al frente de este ejército y retribuye a cada uno, según merece, por el bien o el mal realizado en vida. Por tanto, las mujeres que le siguen en primer lugar, tan espléndidamente ataviadas y honradas, son las más felices, pues, mientras vivieron, supieron comportarse sabiamente con los caballeros del amor, otorgando su favor a los que querían amarlas. Y fueron capaces de anticipar una respuesta digna a los que pretendían su amor, fingiendo con engaño que las amaban. Por ello, son recompensadas ahora y se las honra con innumerables dones.

»Las que avanzan en segundo lugar, y se ven asediadas por tanta gente que les ofrece sus servicios, son esas mujeres inmundas que en la vida no dudaron en entregarse al placer de todos los hombres, consintiendo, además, a los deseos de cuantos las solicitaban, no negando a nadie la entrada en la casa. Su alocada e indiscriminada entrega a todos los hombres y el incesante y desmedido acoso de obsequios por parte de innumerables personas las llevaron a tal situación en esta corte. Los servicios así prestados se vuelven contra ellas, causándoles perjuicios y llevándolas a la mayor angustia y vergüenza.

»Las que siguen en este último lugar, como puedes ver con tus propios ojos, tan desastrosamente vestidas y caminando cabizbajas, desprovistas de toda ayuda y acosadas por toda clase de desgracias –en cuyo grupo me encuentro yo–, son las más desgraciadas de las mujeres. En vida, cerraron el palacio del amor a todos los que querían entrar. Se negaron a pagar según sus méritos a quienes hacían el bien o pedían una causa y una ayuda para hacerlo. Excluyeron a todos los que solicitaban un servicio en el ejército del amor y los repudiaron como algo odioso. Con ello, no dieron el debido culto al sabido dios del Amor, a quien querían servir los que solicitaban ser amados.

»Por eso, ahora sufrimos justamente estos ultrajes. Y del rey del Amor, que rige el universo mundo, y sin el cual nadie hace nada bueno en este mundo, recibimos el pago que merecen nuestras obras. Estamos también destinadas a otro género de tormentos mayores que nadie podría imaginar, si antes no los hubiera experimentado. Tormentos que a mí sería imposible describir y a ti insoportable escuchar. Que se guarden, por tanto, las mujeres que todavía viven, de no ser nuestras compañeras de desgracias. Pues, tras la muerte, no habrá lugar para el arrepentimiento.

»Yo respondí a la mujer:

»–Por lo que veo y entiendo claramente, quien elija realizar lo que agrada al amor, recibirá centuplicada su recompensa. En cambio, el que se atreva a ofenderle, no podrá quedar impune, sino que, según creo, se le aumentará por mil el castigo por el delito cometido contra el dios del Amor. No es prudente ofender a un dios semejante, pero es más seguro servir en todo a quien puede colmar con tales recompensas a los suyos y afligir con duros castigos a los que le desprecian. Os pido, señora mía, y os suplico con todo encarecimiento que me concedas permiso para retirarme y poder contar así a mis damas cuanto he visto.

»Ella, a su vez, me respondió así:

»–No te daré permiso para retirarte hasta que no conozcas nuestros mayores y más duros castigos y admires la gran alegría y felicidad de las otras[30].

»Mientras íbamos charlando hicimos un largo camino hasta llegar a un lugar muy ameno, formado por los prados más hermosos y mejor cuidados que el hombre ha visto jamás. El lugar estaba rodeado por todas partes de árboles frutales que lo perfumaban todo, y cada uno estaba cargado de sabrosísimas y variadas frutas. Tenía la traza de una rotonda y estaba dividido en tres partes. La primera ocupaba el centro, a la que rodeaba por todas partes la segunda. La tercera y más exterior servía de límite entre la primera y la central, a la que rodeaba formando un círculo perfecto. En la primera y, por tanto, en la parte interior, en el mismo centro, erguíase un árbol de extraordinaria altura con toda clase de frutas. Sus ramas cubrían toda la superficie de esta parte central. De sus raíces brotaba una fuente maravillosa de agua purísima, que recordaba a los que la paladeaban el sabor del néctar. En ella nadaban pececillos de todas las especies. Junto a la ancha fuente, en un trono de oro y adornada de toda clase de piedras preciosas, se sentaba la reina del Amor, que llevaba sobre su cabeza una bellísima corona, vestía riquísimos vestidos y sostenía en la mano un cetro de oro. A su diestra había

30. En la larga descripción del ejército de los amantes aparecen, como ha podido ver el lector, las diferentes clases de los mismos, con sus vestidos, sus premios y castigos, sobre todo de los que se han negado a amar y hacer el bien.

preparada una silla llena de esplendor y de luz, en la que no había sentado nadie.

»Esta parte central recibía el nombre de "Delicias", por encontrarse en ella todos los placeres y deleites[31]. En esta parte central había también muchísimos lechos, decorados con primor y cubiertos con colchas de seda y adornos de púrpura. De la fuente que he mencionado partían muchos riachuelos y arroyuelos que regaban por todas partes el jardín de las Delicias y cada lecho estaba flanqueado por uno de ellos.

»"Humedad" era el nombre de la segunda parte. Su trazado era como sigue: los riachuelos que regaban el jardín de las Delicias desplegaban toda su fuerza dentro de su cauce e inundaban toda la Humedad, de tal forma que la hierba aparecía encharcada, como suele aparecer en los campos en los días de lluvia de la primavera. Pero, cuando llegaba a este punto, se ponía tan fría que ningún viviente podía aguantar su contacto. Por otra parte, el calor del sol que caía de lo alto se hacía insoportable, pues ningún árbol daba sombra al lugar. Pero el agua no sobrepasaba los límites de esta zona.

»"Aridez" era el nombre de la tercera y última parte, nombre justificado, pues carecía de humedad y la sequía cubría todo el lugar. Los rayos del sol quemaban como oleadas de fuego, y la superficie de la tierra, como el suelo de un horno encendido. Abundaban por todas partes infinitos troncos de arbustos cubiertos de espinas y su centro estaba atravesado por un tronco que sobresalía dos codos por cada lado. En sus dos extremidades había un hombre

31. A continuación, sirviéndose de textos y referencias de Virgilio y Horacio describe el lugar hermoso y ameno con que desde antiguo se hace referencia a la naturaleza. Virgilio, *Eneida* V, 734; VI, 638; VII, 30.

fortísimo que sostenía la punta del leño. Desde Aridez y Humedad había, sin embargo, un paseo que llegaba hasta Delicias, y que, caminando por él, no se sentía ninguna de las molestias que hemos descrito.

»Cuando llegamos a estos lugares, el rey del Amor, primero en recorrer el camino, fue recibido con un abrazo por la reina. Ésta le ayudó a sentarse en el trono, preparado para él, mientras sostenía en una mano un cetro de cristal. Llegó después, por el mismo camino, todo el coro de damas y caballeros de primera categoría. Un lecho, magníficamente decorado, esperaba a cada una de las mujeres, mientras, por su parte, los caballeros elegían libremente su puesto. Ninguna lengua humana os podría describir la paz y la gloria que inundaba a todos. Todo el jardín de las Delicias estaba preparado para recreo de estas mujeres. A su lado, en efecto, jugaban y cantaban toda clase de comediantes y sonaba la música de todo tipo de instrumentos.

»Por el mismo camino avanzó, en segundo lugar, el séquito de mujeres vulgares y los hombres que querían servirlas, llegando hasta el círculo de las Delicias. Como no pudieron atravesarlo, empezaron a aflojar sus riendas dirigiéndose hacia la región de Humedad, pues éste era el lugar que tenían asignado por la corte del Amor. Me sería muy difícil describirte los gritos y lamentos que oí allí. Al ver el honor de que gozaban los moradores de Delicias, sus penas aumentaban todavía más.

»Por la misma avenida llegó, en tercer lugar, el último coro de mujeres y se acercó hasta el círculo de Humedad. Eran las que no quisieron compadecerse de los caballeros del Amor. Como no se les permitía entrar, empezaron a dar vueltas por la región de Aridez, pues éste es el lugar que, desde antiguo, les correspondía. Allí, cada una de ellas tenía preparado como asiento un matorral de espinas, que era constantemente agitado por hombres apostados en el lugar como se dijo anteriormente. Así quedaban desgarradas por las espinas agudas, y pisaban con las plantas desnudas el ardiente suelo. Tanto era el dolor y tan grande la aflicción que apenas puedo creer que haya más en los mismos reinos del Tártaro.

»Al ver todas estas cosas, pedí permiso para ausentarme.

»–No puedo darte permiso –me dijo ella–. Deja aquí tu caballo y trata de adelantarte por el mismo camino por el que entró el rey del Amor. Después, como si fuera tu señor, pídele la venia y procura estar muy atento a cuanto te mande. Y no te olvides de interceder por mí.

»Cuando oí esto, la mencionada vía me condujo a presencia del rey del Amor.

»–Rey poderoso y glorioso –le dije–, te doy infinitas gracias por haberte dignado a revelarme las grandezas y maravillosos secretos de tu reino. Te suplico, pues, sin cesar, que te dignes manifestarme a mí, tu siervo, tu voluntad y a enseñarme los principales preceptos del amor. Te pido también que seas propicio y libres por mi intercesión de sus terribles tormentos a la mujer por cuya mediación me siento tan feliz de ver todo esto. Apiádate de ella e introdúcela en el jardín de las Delicias en compañía de estas mujeres que veo aquí rodeadas de tanta magnificencia. Y ahora, dame, si te place, licencia para partir.

»–Te ha sido concedido ver nuestros prodigios –me respondió él–, para que puedas revelar nuestra gloria a los que no la conocen, y lo que estás viendo sea motivo de salvación para muchas damas. Te ordenamos, pues, y te encomendamos encarecidamente que, cuando hallares que una mujer de cierto rango está alejada de nuestro camino por negarse a entrar en los certámenes del amor, trates de contarle lo que has visto. Al mismo tiempo, has de apartarla de su error, para que así pueda sortear tan terribles castigos y recibir los honores que aquí le esperan.

»–Has de saber que son doce las reglas principales del amor, que siguen a continuación:

»I. Huye de la avaricia como de una peste maligna y abraza su contrario.

»II. Mantente casto para tu amada.

»III. No quieras destruir a sabiendas el amor de una mujer unida rectamente a otro.

»IV. No pretendas el amor de una mujer con la que te impide casarte un sentimiento natural de vergüenza.

»V. Acuérdate de evitar todo tipo de engaño.

»VI. No quieras tener muchos confidentes de tu amor.

»VII. Trata de permanecer siempre fiel al ejército del amor, obedeciendo las órdenes de sus damas.

»VIII. Has de mantener siempre el pudor al dar y recibir las compensaciones del amor.

»IX. No debes ser maldiciente.

»X. No propales los secretos de los amantes.

»XI. Muéstrate educado y cortés en todas las cosas.

»XII. No excedas los deseos de tu amante cuando te entregues a los placeres del amor.

»En el libro escrito a Gualterio encontrarás otras reglas menos importantes que no te hace falta escuchar[32]. Pero la mujer en favor de la cual has intercedido no puede tener un sitio en el jardín de las Delicias, según suplicas. Sus obras le impiden permanecer en tan gloriosa morada. Le

32. Se refiere al capítulo VIII del libro II, donde se encuentran algunas de estas reglas.

concedemos, no obstante, como gracia a tu intercesión, un caballo lustroso y de paso suave, con brida y silla. Y es nuestra voluntad también que, en torno a su matorral, no haya servidores y que tenga una piedra bajo sus pies. Ahora, recibe este báculo de cristal y retírate con nuestra venia. Pero habrás de arrojarlo en el primer río que encuentres.

»Me puse en camino y volví junto a la dama que me había conducido. La encontré sentada en un matorral y sin servidores, con los pies cómodamente apoyados sobre una piedra y con un caballo de fina estampa, bellamente enjaezado junto a ella. Sufría un castigo bastante llevadero, que me agradeció infinitamente. Luego añadió:

»–Amigo, ya puedes retirarte con la bendición del cielo, pues ya no te es posible conocer más secretos de nuestra corte. Sabes, en efecto, que la gloria de las otras es doble y nuestro sufrimiento dos veces mayor que lo que has visto y que a ningún ser viviente le está permitido ver.

»Después de esto subí a mi caballo y en un abrir y cerrar de ojos, llegué a la corriente del río. Arrojé en ella el bastón de cristal y regresé a casa sano y salvo.

»Ved, pues, señora mía, qué gran suplicio es el de la que no quiere amar. A cuántos sufrimientos está sometida y de cuánta honra y gloria son merecedores de las que no cierran la puerta a los que quieren entrar. Deponed, pues, vuestro error y mereceréis recibir las recompensas que os he descrito y eludir los sufrimientos de que os he hablado. Sería vergonzoso y produciría un mal incurable que una mujer tan inteligente y hermosa como vos se viera sometida a castigos tan graves o a peligros tan numerosos. En consecuencia, y por lo que respecta a vuestra persona, yo me siento ya libre de la carga que me impusiera Amor. A vos corresponde ahora atender sus mandatos y, así, merecer la entrada en la gloria de su dicha.

DICE LA MUJER: De ser cierto lo que afirmas, es glorioso entregarse al servicio del amor y muy peligroso oponerse a sus mandatos. Me llena de espanto el relato que haces de tan horribles penas, sean o no verdad. Quiero, en cambio, no ser ajena a su militancia y encontrar un sitio en la puerta meridional. Es preciso, por tanto, que yo guarde, por encima de todo, las costumbres de las damas de la puerta meridional, para no admitir ni rechazar a cualquiera que llame a la puerta del amor. Me cuidaré por ello de distinguir quién es digno de entrar y, una vez examinada y conocida la verdad, lo recibiré.

DICE EL HOMBRE: Doy gracias al muy poderoso rey del Amor, que se dignó revocar vuestro propósito y alejó de vos un error fatal. Me llena, sin embargo, de amargura, y vuestras palabras me parecen muy crueles, el hecho de que sometáis a deliberación si he de ser admitido cuando llame a la puerta del palacio del amor. No hay lugar a someterme a un juicio, si os consta de la integridad de mi persona. Pero, sin embargo, como todas mis buenas obras no pueden llegar a conocimiento de todos, cabe la posibilidad de que a vos os sean desconocidas. Y quizá por ello fue justo que pidierais tener conocimiento de ellas. A pesar de lo cual confío tanto en la integridad de mis actos y en el ejercicio equilibrado de vuestra nobleza que, aunque me sea diferida esta petición que os hago, no creo que podáis defraudarme largo tiempo, privándome de las mejores recompensas que merezco.

»Quiera Dios que pueda probar el fruto eficaz de mi esperanza. Y que el poder divino haga que os acordéis de mí, cuando esté ausente, tanto como vuestro constante recuerdo me acompañará siempre al separarme de vos.

f) *Un hombre de la alta nobleza habla a una plebeya*

Si un hombre de la alta nobleza solicita el amor de una mujer plebeya, puede adoptar el mismo estilo que emplea el noble al hablar con la plebeya. Puede también proceder fácilmente de esta manera:

–Hace ya mucho tiempo que deseo la llegada de este día y que tengo el propósito sincero de abriros mi corazón y mi alma para deciros hasta qué punto me invade vuestro pensamiento. Las circunstancias, sin embargo, del tiempo me han impedido hasta ahora declararos mi amor. Sabed que tengo puestas en vos todas mis esperanzas y mis más íntimos deseos. Y nada me es más grato en este mundo que el valiosísimo tesoro de vuestra persona. Sin él me parece no poseer nada en la tierra y estimo como una miseria las mayores riquezas de este mundo. Solamente vuestro amor podría coronarme con la diadema real y colmarme de riquezas en medio de la más espantosa miseria. La esperanza de alcanzar vuestro amor me hace sentir vivo en el mundo, pero si la pierdo me veré obligado a dejar esta vida.

»Dígnese, pues, vuestra gracia mantenerme a su servicio y no rechacéis el amor de un conde, pues sólo un conde o alguien superior a él merece vuestro amor. No quiera Dios que tanta belleza y tal probidad de costumbres elijan un amante de entre la plebe. Que vuestra cordura tenga en cuenta la fidelidad y devoción del conde que os habla y le premie con una respuesta digna de sus méritos.

DICE LA MUJER: Dichosa, ciertamente, la plebeya que se estimara digna del amor de un conde. Pero, bien pensado, ¿qué elogio o qué recompensa merecerían un conde o un marqués que pretende el amor de una mujer plebeya? Deberíamos juzgar al azor que, olvidándose de las perdices, grullas y faisanes, busca su presa entre los pajarillos. Me alegro, por tanto, de que se me encuentre digna del amor de un conde. Temo, sin embargo, que un hombre de tan alto rango y noble linaje busque el amor de una mujer tan humilde. Parece que todo esto nace de un espíritu pobre. Sólo hombres magnánimos merecen entrar en los secretos de las damas y gozar de su amor.

»Nuestro amor, en efecto, no podría permanecer mucho tiempo, en el caso de que yo generosamente os concediera mi amor y echara en falta las cualidades que en vos exige el amor, y que yo no puedo poseer, puesto que quizá me lo impide mi condición social. Será mejor, por consiguiente, abstenerse desde el principio que tener que arrepentirse después de haberme comprometido.

DICE EL HOMBRE: Cada uno ha de buscar el amor allí donde le lleve el corazón, porque el amor auténtico es el que nace del placer y del deleite que produce una mujer bella, cualquiera que sea su condición social, y no el que sólo se busca por los privilegios de clase. Cuando elijo el amor entre las mujeres de la clase inferior, no estoy violando los preceptos del amor, más bien creo cumplir así sus mandatos. Pues éste es el precepto del amor: quien desea ser poseído por el amor, que no se atreva a traspasar los límites de su deseo ni haga distinción de clase al amor.

»Has de saber que Amor quiere decorar su palacio con toda clase de personas, y que en su corte todos militan en igualdad de condiciones y sin privilegio de clases. La mujer plebeya, por tanto, merece ser considerada igual que un conde o una condesa en la corte del Amor. Y, puesto que todo mi corazón se centra en vos, sin reproche alguno puedo elegir, sin que por ello se me tache de mezquino, sino de noble. Siendo, pues, digna de la honorable corte del Amor, y empujándome el corazón a amaros, vuestra prudencia ha de contarme entre los magnánimos. No rechacéis mi amor, a menos que veáis que estoy falto de buenas costumbres y soy ajeno a las buenas acciones. Recuerda que es más hermoso el halcón cuando caza al vuelo una veloz alondra que cuando caza una alondra descuidada que vuela en línea recta.

DICE LA MUJER: Aunque, por las razones dichas, pudierais forzarme a amaros, otra razón acabaría con semejante necesidad. Pues, aunque a nuestros abrazos sucediera la prosperidad, si llegara a oídos del vulgo echarían por tierra mi reputación, criticándome en público, por haber traspasado los límites de mi propia condición natural. Te diré además que un hombre de mayor rango social no suele amar con fidelidad a una mujer de condición inferior. Y si la ama, se cansa pronto de su amor, despreciándola por leves motivos, cosa ciertamente contraria a los preceptos del amor, en cuya corte no hubo nunca tal discriminación. Allí, en efecto, se encuentran amantes de toda clase social, dispuestos a prestar sus servicios, en igualdad de condiciones y sin gozar de prerrogativas de clase. Se me brinda, pues, una ocasión de justa defensa ante vos, a fin de que la desigualdad de la defensa de nuestra condición pueda impedir vuestro propósito.

DICE EL HOMBRE: No salgo de mi asombro ante el hecho de que vuestra prudencia quiera defenderse con argumentos tan disparatados. ¿Qué clase de amor sería el que estuviera sometido al juicio de la gente y fuera hecho jirones por las habladurías del vulgo? ¿Es que un precepto del amor no prohíbe tener muchos confidentes?[33]. Os daré otros argumentos: ¿Puede una mujer de cierta valía y virtud amar con la idea de echarse atrás, cuando ya ha co-

33. Véase Libro primero, cap. 6, regla VI; y Libro segundo, cap. 8, regla XIII.

menzado a recorrer el camino del amor, por causa de los falsos rumores de la gente y de las medias verdades de los alcahuetes? No, porque entonces el deseo de los malvados conseguiría el efecto apetecido. Sabéis muy bien que el propósito constante y la intención de todos conocida de la gente malvada es oponerse, siempre que pueden, a la manera de obrar de los buenos e impedir los placeres de los amantes. Aprenda, pues, vuestra serenidad a despreciar las falsas calumnias de los malos y a evitar sus asechanzas, para que la actuación de los malvados no se torne nociva para los buenos. Sabido es que el mayor premio que pueden exhibir los malos es ver cómo llenan de tropiezos el camino de los buenos.

»Creo, no obstante, que ni yo ni nadie puede daros fe de la fidelidad y lealtad de mi amor. Sólo el mismo Dios puede ser testigo y escrutador del corazón humano. Pues sólo Él tiene el conocimiento claro de los hombres. Una mujer inteligente, por tanto, ha de captar el interior del hombre a través de sus hechos y obras externas. En consecuencia, si mis hechos y mis obras me hacen indigno de vuestro amor y os suscitan una justa sospecha, os pido que no tengáis compasión alguna de mí. Y si, en justicia, llegáis a saber que mi conducta no puede dañarme, os ruego con toda confianza que no toméis una decisión contraria a mi persona. Y puesto que nadie es capaz de expresar totalmente su fidelidad a otro, por la misma razón cualquier mujer puede rechazar a un amante quienquiera que éste sea. Vea, por tanto, vuestra prudencia e investigue a fondo qué respuesta ha de dar a mis propuestas. Pues, como consta por vuestras acertadas palabras, por mucho que uno de los amantes sea más noble que el otro, una vez iniciado el amor, conviene que caminen con pasos iguales por la corte del Amor.

DICE LA MUJER: Aunque las asechanzas de los malos no deben ser obstáculo para la marcha de los buenos, esto no significa que el áncora de los buenos encuentre siempre la orilla. Queda al arbitrio de cualquier mujer, que es requerida *De Amores*, el negar su amor, si quiere; ni de esto se puede deducir injusticia alguna, según se desprende de tus últimas palabras. ¿Es que puede haber injusticia en negarse a conceder lo que otro pide?

DICE EL HOMBRE: Confieso llanamente que queda al arbitrio de la mujer el entregar su amor a un pretendiente, si así lo quiere, y que si no lo concede, no parece que cometa injusticia alguna. Pero, ciertamente, infiere una injuria al amante, cuando éste, hombre bueno, queda privado de su recompensa por la conducta de los malos, o cuando, por falsas sospechas, su esfuerzo no llega a alcanzar el fruto merecido. En consecuencia, la mujer que es requerida *De Amores* ha de prometer o negar su amor abiertamente a su pretendiente. Y si duda de su honestidad, háblele así: «Haz primero el bien antes de pedir la recompensa que merecen los buenos. No se ha de rechazar a un amante fiel con el pretexto de los que simulan amar, pues parece un insulto culpar a uno con la iniquidad de otro».

DICE LA MUJER: Puesto que os agrada más que se os niegue totalmente el amor que recibir una respuesta que os deje con la duda, os seguiré la corriente: Me niego a amaros.

DICE EL HOMBRE: Suplico a Vuestra Prudencia que me diga si estáis dispuesta en vuestro corazón a amar a otro hombre.

DICE LA MUJER: Ni por la ley del amor ni por las costumbres de los amantes me veo obligada a manifestaros lo que llevo en el corazón. Si quisiera amar a otro, ni vos deberíais preguntármelo ni yo contestaros.

DICE EL HOMBRE: No me queda, entonces, más remedio en esta disputa que la palabra. Con ella podré argumentar contra vos y descubrir con la discusión si os es lícito o no negarme vuestro amor, en caso de que todavía no lo hayáis entregado a otro amante. Os demostraré, por tanto, que en justicia no podéis privarme de vuestro amor. ¿Es bueno o malo amar? No es prudente afirmar que sea un mal. A todos consta, y es evidente, como lo demuestra la doctrina del amor, que ni la mujer ni el varón pueden considerarse felices en la tierra, ni practicar la cortesía, ni hacer obra alguna buena, si no les impulsa la fuerza del amor. De lo que se deduce necesariamente que el amor es bueno y apetecible. Por tanto, una persona, de uno u otro sexo, está obligada a amar si quiere que la gente la tenga por buena y digna de alabanza. Pero sucede que, cuando se está obligado a amar, hay que elegir entre los malos y los que brillan por su honradez. Ahora bien, a los malos no hay que amarlos, porque va contra la ley del amor. Se deduce, entonces, que sólo habéis de entregar vuestro amor a los buenos. En consecuencia, si sabéis que estoy revestido de buenas costumbres, sois injusta al negarme vuestro amor.

DICE LA MUJER: Confieso que amar es bueno y que sólo a los buenos se ha de ofrecer el amor. Pero veo que queréis quitarme la libertad que me concede Amor de amar a cualquier amante. No está bien entregar el amor a cualquier pretendiente. Por tanto, apoyándome en la doctrina del Amor puedo negarme a amaros, sin que por ello merezca reproche, y admitir a otro pretendiente.

DICE EL HOMBRE: No se os puede quitar la facultad de amar, que depende de vuestro libre arbitrio. Pero vuestra decisión ha de ser justa: amad al que debéis amar. Amor no quiso daros la libertad para abusar de este precioso don, sino más bien para haceros merecedora de mayores premios si en una encrucijada como ésta procuráis elegir el camino que os permita servirle mejor. Si os decidís por la otra senda, estad segura que le ofendierais no poco. No tenéis defensa alguna si dais vuestro amor a quien os lo pida después que yo. No es honesto negar el amor al primer pretendiente que lo merezca, y menos honesto todavía al que llega después. El Amor nunca quiso que su caballero se viera favorecido a costa de otro. No queráis, por favor, compensar a uno con lo que en toda justicia se debe a otro.

DICE LA MUJER: Tendríais toda la razón si mi corazón pudiera someterse a mi voluntad, pues mi voluntad sería cumplir lo que proponéis; mi corazón, en cambio, se opone rotundamente y me convence para no hacer lo que quiero con total voluntad. Ahora bien, si el corazón se niega a amaros, decidme, os lo ruego, ¿a quién he de seguir: al corazón o a la voluntad?

DICE EL HOMBRE: No recuerdo haber oído jamás semejante despropósito: que el corazón busque una cosa y la voluntad otra. Pero, si es como decís, habéis de elegir lo que se apoya en la verdad y en la justicia.

DICE LA MUJER: No se sostiene lo que decís, pues los favores obligados no son gratos a nadie ni dignos de premio. ¿Por qué, entonces, habría yo de ofreceros los dones del amor si no podré recibir por ello recompensa alguna? Y decidme, ¿qué clase de amor podría ser aquel que va contra los deseos del corazón? Pues sólo lo que sale del corazón y la voluntad debe ser premiado con los favores del amor. Y no llego a comprender por qué he de amar algo que mi corazón no desea. Dijisteis también que, en justicia, no puedo entregar mi amor a otro amante si previamente no he sido requerida por otro. Cuando una bestia salvaje quedó herida por los venablos de un primer cazador y fue después capturada por otro, ¿no deberá ser del que la capturó? Sucede lo mismo en el amor: el amante segundo se ha de considerar el primero en la obtención del amor.

DICE EL HOMBRE: Aunque no podamos prestar a un rey las atenciones que sabemos le agradan, no por ello hemos de ofenderle. Pues si hay gente que se molesta sólo porque se le niega un favor, ¿no montará en cólera mucho más si se le ultraja? Pues bien, el amor se siente ofendido cuando se da a otro el honor debido a uno de sus caballeros. En consecuencia, si yo fui el primero en solicitar vuestro amor –aunque vuestro corazón no se sienta inclinado hacia mí– no ha de darse a otro tan a la ligera. Pues, quizás «el momento que no se espera resulta más grato cuando llega»[34].

»A no tardar, el rey del amor podría derramar sobre vuestra alma la lluvia de la piedad y traerme el fruto inesperado de vuestro amor, cosa imposible de haberlo entregado ya a otro. Lo que dijisteis sobre la caza no se puede volver contra mí, pues alude a una costumbre bastante injusta, propia de ciertos pueblos. La costumbre universal es, en cambio, que quien levanta la bestia salvaje de su guarida y la sigue hasta cazarla, aunque sea capturada por otro, la reserva para el primero. Si pues, he sido el primero en solicitar vuestro amor, no puedo en justicia verme privado de él.

DICE LA MUJER: Muy descortés y contrario a las buenas costumbres parece negar el bien que uno no puede obtener, a otro que también lo desea. Entonces, si no podéis conseguir mi amor –pues me lo impide la falta de cariño y afecto de mi corazón– no me cerréis el camino para llegar a amar a otro. Si Amor mismo es el que no quiere que yo me encienda de pasión por vos, y quien me enciende el

34. Horacio, *Odas*, I, 4, 14.

soplo del amor a otro, puedo querer a otro sin ser culpable de blasfemia. Mientras tanto intentaré, para complaceros, quitar todo motivo de queja contra mí y no entregarme al amor. Así veré si la virgen pecadora ha concebido y si una humilde gallina pare un dragón[35].

DICE EL HOMBRE: Lo que decís –aunque parece halagar el oído humano–, tras un examen minucioso de la verdad, se descubre que está cubierto por el velo sutil de la sofística. ¿Es que un pecador a quien Dios no infundió su gracia, quedará excusado ante Él? Ciertamente que no, sino que será entregado al suplicio eterno. Si queréis, por tanto, libraros de la indignación de Amor, y veros inflamada por su soplo, trabajad por adquirir su gracia, haciéndoos digna de ella.

DICE LA MUJER: Por grande que sea el bien que una persona haga en la tierra, no puede valerle para alcanzar el premio de la felicidad eterna, si no nace del impulso de la caridad. Por la misma razón, por grandes que sean mis esfuerzos en servir al rey del Amor con mis propios actos y obras, si no nace del impulso del corazón y del acto de amor, no me valen para los premios de Amor. En consecuencia, si el rayo de Amor no me hiere, no podréis gozar del don de mi amor.

DICE EL HOMBRE: Y yo, de rodillas, pediré a Dios que os haga amar lo que os conviene y con más claridad os haga ver lo mejor para vuestra Alteza.

g) *Un hombre de la alta nobleza a una mujer noble*

Si un hombre de la alta nobleza pretende a una mujer noble, eche mano de los mismos argumentos que utilizaron con la plebeya el hombre noble y el hombre de la alta no-

35. Frase muy empleada desde antiguo y utilizada en la Edad Media.

bleza. Se exceptúa lo referente al nacimiento y tampoco ha de excederse en alabar la propia nobleza. Por lo demás, podría comenzar de este modo:

–He de dar gracias a Dios más que a ningún otro viviente en el mundo, porque me ha permitido ver con mis ojos lo que más deseaba mi alma. Y creo que Dios me ha concedido esta recompensa por la vehemencia de mi deseo y porque se ha dignado escuchar mis insistentes plegarias. Pues todas las horas del día y de la noche pedía con insistencia a Dios que me concediera la gracia de veros de cerca. Ni se ha de extrañar que me sintiera acosado por una pasión tan fuerte, ni que me aguijoneara un deseo tan grande. El mundo entero ensalza vuestra belleza e inteligencia y, de un confín a otro del mundo, todas las cortes se nutren con la evocación de vuestra integridad, como si se alimentaran con una comida material. Y es ahora cuando me doy cuenta de que ni la lengua ni el espíritu del hombre podrían explicar vuestra belleza y sabiduría. Sin duda por eso, el deseo profundo que tenía de veros y serviros ha aumentado y seguirá creciendo más. Me consta y es manifiesto que serviros es reinar sobre todos y que, sin esto, nadie puede realizar nada digno de alabanza en este mundo. Pido, por tanto, al Dios del cielo que me conceda la gracia de hacer sólo lo que pueda agradar a Vuestra Alteza, y que ningún revés de fortuna se interponga en mi camino. Y todo el bien que haga en el futuro quiero dedicarlo a vuestra alabanza y a ensalzar vuestro nombre. Y todo cuanto hiciere será siempre pensando en vos y bajo vuestra mirada.

DICE LA MUJER: Me veo obligada a daros infinitas gracias por tantos elogios con que habéis querido ensalzarme y por tantas alabanzas que tuvisteis a bien dirigirme. Sabed que vuestra llegada me inundó de gozo y que vuestra presencia me es tanto más grata cuanto decís que poderme ver en persona resulta para vos un remedio. Me alegro, por tanto, de que me consideréis digna de tanta felicidad, de manera que pueda ser causa u ocasión de hacer el bien a vos o a otros. Quiero, con todo, haceros una advertencia importante: no habéis de exaltar a nadie, si después sentís vergüenza al tener que retractaros de vuestras palabras. Cuidad de no manchar la honra de nadie, de manera que no podáis alabarlo después sin sentir vergüenza. Y recordad que no debéis elogiar con tanta efusión a una mujer, que, con vuestras palabras, rebajéis la honradez de otra. Pues, cuando me decís que servirme a mí vale tanto como reinar sobre el mundo, parecéis injuriar claramente a todas las damas que merecen tanto o más que yo que se les sirva.

»Ninguna mujer debería rechazar vuestros servicios, pues, como parece evidente, sois un hombre por demás íntegro, preclaro por vuestra mucha cortesía y brillante por su generosidad. Hacéis bien, por tanto, si tratáis de comportaros según corresponde a vuestro linaje y a vuestra integridad. Los varones más nobles han de tener costumbres más nobles que los demás. Y su honra se empaña más con una pequeña grosería, o dejando de hacer el bien, que la del hombre plebeyo y de baja condición, que comete faltas más graves. Me alegra, pues, ser para vos causa y origen de muchos bienes y os prestaré siempre que pueda ayuda para hacer el bien.

DICE EL HOMBRE: Todo lo que se dice en el mundo de vos es realmente cierto, como ahora acabo de comprobar. Vuestra respuesta demuestra meridianamente en qué gran medida os domina la influencia de la sabiduría y cómo os adornan los postulados de la integridad. Con la prudencia acostumbrada intentáis aconsejarme que me modere y sea comedido en mis alabanzas y censuras a personas concretas, cosa que demuestra claramente la madurez de vuestro saber estar. Pero, lejos de mí, caer en la trampa manifiesta de tener que ocultar en mi conversación lo que alaban todos los hombres. Porque, aunque se pueda encontrar a alguien que con mentira manche la honra de personas buenas o malas, no podrá, sin embargo, manchar la reputación de aquel de quien se habla ante personas prudentes, pues sus mismas palabras le delatarán.

»Podéis, pues, estar segura de que no habré de dar un juicio desfavorable de vos, cualquiera que sea lo que hagáis o digáis. Pero en este punto importa que seáis muy precavida. Porque, si hacéis cosas buenas, ninguna boca dejará de alabar a vuestra persona; en cambio, si obráis mal, dejaré de alabaros aunque tenga que callar vuestras malas acciones, porque a nadie que sea honrado es lícito hablar de los defectos de otro. Por el contrario, los difamadores, para quienes no se encuentra norma escrita en su difamación, sino que su comida y bebida consiste en manchar la honra de los demás, no cesarán de propalar, según su costumbre, las malas acciones.

»Respecto a lo que dije –que serviros es reinar en esta vida–, no creo que de ello resulte injuria alguna contra otras damas pues, dejando de servir a las demás, no podría prestaros a vos un servicio mejor. Al contrario, sometiéndome a los deseos de las otras, creo que cumplo mejor vuestra voluntad, sobre todo si les presto mis servicios en atención a Vuestra Gracia. Finalmente, vuestra dulce y suave doctrina me ha advertido de que trate con mis hechos de actuar a tenor de mi linaje y, sobre todo, de acuerdo con mi condición. Sabed que acepto con inmensa alegría vuestro consejo y que estoy dispuesto a obedeceros en todo, pues no está bien que persona alguna, preclara por su generosidad, se aparte con sus actos del camino de los buenos, como pusieron de manifiesto vuestras últimas palabras. Parece corresponder igualmente a vuestra integridad moral intentar conduciros según la naturaleza de la sangre, heredada de vuestro linaje. Pues a vuestra nobleza nada conviene tanto como tratar de hacer aquello que pueda aumentar, en los que os miran, el deseo de hacer el bien y mantener vivo el deseo de hacerlo. Sé que, si hay sobre la tierra hombre que, por la pureza de su fidelidad y por su disposición a serviros, se considera digno de merecer vuestro favor, o que merece impetrar vuestra gracia, como premio a sus virtudes, ése soy yo, merecedor como nadie de recibir las mejores recompensas. Pues soy yo quien os eligió, entre todas las mujeres, como la dama a cuyo servicio quiero entregarme para siempre, siendo ésta mi mejor elección, y a cuya alabanza deseo dedicar todas mis buenas obras.

»Pido y suplico de todo corazón a vuestra clemencia que me tengáis por vuestro único caballero y hombre honrado, pues mi única ocupación es vuestro servicio, y que mis hechos merezcan hallar ante vos el premio merecido.

DICE LA MUJER: Nada desea tanto mi alma como poder hacer a la vista de todos algo que sea digno de elogio y recompensa. Pongo en Dios Padre toda mi confianza, segura de que me conservará el buen sentido que me ha dado y no trate de hacer nada que sea objeto de crítica. Con todo, me parece imposible verme totalmente libre de las calumnias de los malvados y detener su mal proceder. Sería mucho más fácil hacer que la corriente de un río, que se despeña hacia el abismo, vuelva por el mismo lecho a su nacimiento original que refrenar la lengua de los maldicientes y reprimir sus insidias. Creo, por consiguiente, que es mejor dejarlos a sus arbitrariedades que insistir en corregir a quienes la misma naturaleza impide corregirse de sus mentiras. Lo único que cabe hacer es despreciar sus habladurías y evitar su conversación, pues cualesquiera que sean las obras de los buenos, la versión de los calumniadores las traduce siempre como perversas. Por ello, a un hombre honrado ha de bastarle como defensa una conciencia limpia y el apoyo en el juicio que los buenos tienen de su reputación.

»Reconozco, por otra parte, que es verdad que la obediencia a los deseos de las otras damas me parece una prueba de vuestra entrega. Lo que ya me parece inconveniente, y supone una injusticia para las demás, es que hayáis de ofrecerme todas vuestras obras, pues muchísimas de estas damas gozan de tanta o mayor integridad moral que yo y son merecedoras de mayor honra. Es mi deseo también que mi condición de noble sea capaz de aumentar y mantener vivos en vos la voluntad y el deseo de hacer siempre el bien, así como los de cualquier hombre que vaya por el mundo realizando obras buenas en mi honor.

»Dijisteis también que estabais enteramente a mi servicio y que sois más digno que los demás de ser honrado con mis premios por el gran deseo que tenéis de servirme, y por haberme elegido como vuestra dama. Nada más lejos de mí dejar sin recompensa los servicios que me ofrecéis vos o cualquier otro, si, de uno u otro modo, los llego a conocer.

»Respecto a lo que me pedisteis –que os considerara mi único caballero por estar exclusivamente entregado a mi servicio y que os otorgara el premio deseado–, no veo cómo podré complaceros. Esta exclusividad podría quizás generar una cierta sospecha en otros que tengan una voluntad igual o mayor de servirme. Por otra parte, no tengo todavía claro qué premio se me pide, a no ser que me lo manifestéis ahora.

DICE EL HOMBRE: Cuando os hablé de los calumniadores, no lo dije para imponeros la carga de reprimir los ánimos de los malvados. Tan sólo quise deciros que una actuación tan dura como la vuestra podría dar de vos una imagen capaz de suscitar la envidia de los malvados. Sólo la opinión de los buenos puede defenderos de sus asechanzas, tal como Vuestra Autoridad prudentísima sugirió antes. Basta, pues, que nuestra conciencia aparezca limpia ante las personas buenas. Pero lo que dijisteis –que mi actuación en honor vuestro se convertía en una injuria contra las demás mujeres–, no me parece contravenir los derechos de las demás. Ni supone tampoco una ofensa. Porque, si toda mujer ha de aprobar las buenas acciones de cualquier hombre que se precie, debe dedicar todas sus buenas obras a una sola mujer. Y de mujeres sensatas es acoger con agrado las buenas acciones de todos y cada uno de los hombres. Pero pueden aprobar sin deshonra los actos de uno solo, considerándolos como destinados a su gloria. En consecuencia, no hay injusticia para nadie, si yo pongo todas y cada una de mis obras exclusivamente a vuestro servicio y os reconozco como mi dama. A las demás bástenles los servicios con que otros les honran en exclusiva. De nada les puede servir esa vuestra inquietante preocupación, ya que mi voluntad está decidida a serviros a vos sola. No se puede refrenar la voluntad, como enseña el Maestro Donato: «Hasta tal punto es libérrima la voluntad humana que ningún conato podría apartarla de una decisión tomada en firme»[36].

»Nada pueden, por tanto, reclamarme las otras mujeres, a no ser que, por consideración a vos, haya de prestarles

36. Donato Helio, siglo IV d. C. Famoso en la filosofía medieval por su *Ars Gramática,* modelo de los estudios gramaticales y lingüísticos durante varios siglos (José Ferrater Mora, *Diccionario de Filosofía).*

los servicios que solicitan y deba mantener un cauto silencio sobre la motivación de los mismos. Mi obligación, no obstante, por la deuda contraída con vos, es llevar a cabo obras totalmente dignas de elogio y no quedar manchado por maldad alguna. A vos os queda la obligación de reconocerme en justicia, según afirmasteis en la promesa que hicisteis, que no pasaría mucho tiempo sin que fueran compensados los servicios a vos prestados. Dijisteis además, que, si vuestra soberanía se cifrara exclusivamente en amarme a mí, sería en detrimento de otros hombres, cuyo deseo de serviros fuera mayor o igual que el mío. Mi respuesta es ésta: "Si el propósito de servir a alguien es mayor que el que tienes de servirme a mí, os ruego que no salgáis en mi auxilio, ni me defendáis con un argumento razonable. Dijisteis también no entender muy bien qué clase de premio buscaba yo, ni a dónde iba dirigido mi intento". Quiero, pues, mostrar a Vuestra Clemencia, que solicito de vos una recompensa tal, que privarme de ella me supondría un tormento intolerable y poseerla abundar en la riqueza. Muy grato os sería concedérmelo, si no os falta voluntad. Os pido, por tanto, vuestro amor, salvación de mi vida. Y eso es lo que trato de conseguir en mi cacería.

DICE LA MUJER: Cuando me pedís precipitadamente que os ame, parecéis desviaros mucho del recto camino del amor y rompéis las mejores costumbres de los amantes. Un amante inteligente y avisado que habla con una dama a la que no conoce, no ha de solicitar la ofrenda del amor de forma explícita en la primera visita. Ha de plantear, por el contrario, con toda habilidad la cuestión, mostrándose en todas sus palabras amable y humilde. Ha de procurar actuar después de manera que sus actos merezcan de verdad las alabanzas de la amada, aun cuando esté ausente. Y, en tercer lugar, pase a pedir su amor. Vos, sin embargo, habéis transgredido claramente este orden, cosa que habéis hecho, según creo, porque imaginasteis que os concedería fácilmente lo que me pedíais. O simplemente, porque no estáis muy versado en el arte de amar. Con razón, pues, vuestro amor está bajo sospecha.

DICE EL HOMBRE: Si es cierto que he vulnerado el orden del amor, se debe, a mi parecer, a que vos lo habéis consentido. Pues, a pesar de ver mi intención a través de mis palabras, me pedisteis de forma cautelosa y un tanto velada, que os explicara con más claridad lo que pretendía. No quise expresar mi demanda ni porque deseara conseguirlo repentinamente, sino porque estaba deseoso de manifestaros mi propósito, según me lo habíais pedido. Por otra parte, aunque hay que respetar el orden que mencionasteis, se puede alterar, no obstante, habiendo una causa que lo justifique. Una justa necesidad me libera de tal indignidad, una pasión invencible y el amor que ha vulnerado mi alma. Ninguna ley puede coartar una necesidad imperiosa. Y si, además, ignoro algo en el arte de amar, por fuerza habré de buscar el amor de una persona de gran sabiduría y mérito que quiera sacarme de mi ignorancia e introducirme en la doctrina del amor.

»Porque, si un hombre que desconoce el arte de amar, pretende el amor de una mujer también inexperta, será imposible que crezca adecuadamente ni dure mucho tiempo en una armonía estable. Sucede algo semejante con la nave expuesta a los peligros del mar y enfrentada a los embates de las olas. Aunque se levante un viento favorable, si carece de un experto timonel y de remeros, naufragará e irá al fondo del mar, a pesar de la brisa favorable que la empuja. Vuestros dos argumentos han caído por tierra con la mejor de las respuestas y no podéis oponeros a mis palabras en nada.

DICE LA MUJER: Aunque os encontrara merecedor de mi amor en todo, nos separa una extensión de tierra demasiado grande y accidentada que nos permita encontrar un lugar y un tiempo idóneos para dar rienda suelta periódicamente a nuestro amor. Porque los amantes que viven cerca pueden encontrar remedio mutuo, cuando sufren las penas nacidas del amor. Pueden ayudarse en sus comunes padecimientos y alimentar su amor en medio de los reveses y esfuerzos que ambos experimentan. Si, en cambio, viven alejados el uno del otro, no pueden hablar de sus mutuas penas, sino que cada uno ha de calmar las suyas propias y ser su propio remedio. No parece, pues, posible nuestro amor, pues una regla del amor nos demuestra que el verse todos los días acrecienta el amor. Y veo, por el contrario, que el amor decae y muere con la distancia. Y por eso cada uno ha de buscar su amor cerca de sí.

DICE EL HOMBRE: Tratáis de aprobar lo que, en realidad, parece contrario a toda razón. Todo el mundo sabe que alcanzar sin dificultad lo que se desea es indecoroso, pues hace despreciable lo que antes se deseaba con ardor. Sin embargo, cuando por la dificultad se difiere la consecución de un bien, lo recibimos con mayor avidez y lo guardamos con mayor cuidado. Es así como los abrazos tardíos y difíciles incitan a los enamorados a unirse más estrechamente y a que sus corazones se dobleguen a una pasión más profunda e íntima. La constancia se perfecciona en el mismo torbellino que la envuelve y la perseverancia aparece en la adversidad. El descanso es más dulce para quien siente la fatiga de múltiples trabajos que para quien vive en una continua ociosidad. Y la sombra parece más fresca a quien asfixia el calor que al que vive en un ambiente templado. La regla del amor no es la que dijisteis: «Si los enamorados se ven raras veces, la fuerza del amor disminuye», pues resulta falsa y engañosa.

»En justicia, por consiguiente, no podéis excluirme de vuestro amor alegando una larga y penosa distancia. Es a mí, por el contrario, a quien tenéis que otorgar vuestro favor antes que a otro, que viva cerca de vos. Pues se oculta más fácilmente el amor entre personas ausentes que entre quienes están unidas por un trato frecuente.

DICE LA MUJER: Respecto a mantener oculto el amor, no creo importante, a la hora de elegirlo, la distancia o la lejanía. Viva cerca o lejos, si un amante es inteligente y avisado, habrá de dirigir y moderar sus actos de manera que nadie pueda penetrar en sus secretos. Pero un amante estúpido nunca podrá ocultar los secretos de su amor, viva cerca o lejos. No vale, por tanto, vuestra argumentación al chocar con otra muchísimo más evidente. Hay todavía otra razón, y no despreciable, que me impide amar: tengo un esposo que destaca por su nobleza, su cortesía e integridad moral. Sería un crimen violar su lecho o echarme en brazos de otro. Sé que me ama apasionadamente y yo me siento unida a él de todo corazón. Tan favorecida me veo por su amor que las mismas leyes me obligan a abstenerme de amar a otro.

DICE EL HOMBRE: Reconozco, y es verdad, que vuestro marido es totalmente íntegro y que goza de una mayor felicidad que todos los demás hombres de la tierra, pues ha sido merecedor de recibir con sus abrazos los placeres de Vuestra Alteza. Me sorprende grandemente, sin embargo, que queráis usurpar el vocablo «amor» para expresar el afecto conyugal que mutuamente han de experimentar los casados después de la unión del matrimonio. Como todos bien saben, en las obligaciones que unen a los amantes, como entre marido y mujer, no puede existir el amor. Aunque les una un afecto exagerado e ilimitado, éste no puede suplir al amor, porque no entra dentro de la verdadera definición del amor. ¿Qué es el amor sino el deseo desenfrenado del disfrute apasionado de abrazos furtivos y secretos? Y pregunto: ¿qué abrazo furtivo puede haber entre marido y mujer, cuando se afirma que se pertenecen mutuamente y que sin miedo al reproche pueden realizar sus mutuos deseos?

»Nadie, por otra parte, según la nobilísima doctrina de los príncipes, puede gozar furtivamente de lo que es suyo. No os ha de parecer absurdo, por tanto, si os digo que, aunque los esposos estén unidos por un gran cariño, este sentimiento no puede suplir al amor. Y sucede lo mismo en la amistad. No existe entre padre e hijo verdadera amistad, aunque haya entre ellos un gran afecto. Porque, como atestigua la tradición ciceroniana, los lazos de sangre sólo mantienen entre ellos un sentimiento de afecto. Tan clara y tan grande es la diferencia entre toda la clase de sentimientos que pueden experimentar los esposos y las obligaciones que unen a los amantes, como la que existe entre el afecto mutuo que siente un padre y un hijo y la firme amistad que puede haber entre dos hombres. Porque, así como no se dice que en el primer caso haya amor, en el segundo se afirma que la amistad está ausente. Veis, por tanto, que el amor no juega ningún papel entre los esposos, sino que decidió quitarles sus privilegios.

»Hay, sin embargo, una nueva razón que impide el mutuo amor de los esposos. La celotipia, esencia misma del amor y sin la que el amor no puede existir, está condenada entre marido y mujer, y de la que han de huir siempre como de una peste maligna. Conviene, no obstante, que los amantes la abracen como madre y nodriza del amor. De ello se deduce claramente que entre vos y vuestro marido no puede de ningún modo crecer el amor. Y, por tanto, podéis admitir los ruegos de un suplicante y enriquecer al que suspira con vuestro amor sin mengua de vuestro honor, ya que es conveniente que una mujer íntegra ame sabiendo lo que hace.

DICE LA MUJER: Ciertamente, tratáis de defender algo que desde antiguo ha sido considerado como enteramente condenable y reprobado como odioso. ¿Es que alguien puede alabar la celotipia o salir en su defensa, cuando no es más que una torpe y siniestra sospecha de la mujer? No quiera el cielo que un hombre íntegro sea presa de los celos, pues son el enemigo de todos los sabios y todos los hombres buenos los odian.

»Bajo el velo de la definición del amor, tratáis además de condenar este sentimiento entre los esposos, pues decís que sus abrazos no pueden ser furtivos porque pueden dar rienda suelta a sus deseos mutuos sin miedo a ser reprochados. Pero si entendéis bien la definición, el amor entre casados no puede impedirlos. Lo que en ella se dice del abrazo secreto, explica lo expuesto anteriormente, pero en términos más vulgares. Ninguna razón parece impedir que los esposos se den abrazos en secreto, ni nada obsta para que pongan en práctica, sin miedo a ser criticados, todos sus deseos. Todos, en efecto, hemos de elegir un amor que crezca por la seguridad de poder satisfacer el ansia de abrazarse de forma asidua. O, todavía mejor, un amor al que podamos entregarnos todos los días sin cometer pecado. He de elegir, por tanto, un hombre que esté dispuesto a ser para mí, al mismo tiempo, marido y amante. Pues, a pesar de lo que diga la definición del amor, no me parece que se trate de otra cosa que del ansia desenfrenada de gozar con otro los placeres de la carne. Y nada se opone a que este deseo se dé entre los esposos.

DICE EL HOMBRE: Si vuestro conocimiento de la doctrina del amor fuera más profundo y si los dardos os hubiesen alcanzado alguna vez, no dudaríais en afirmar que sin celos no puede haber un amor verdadero[37]. Ya antes os expliqué que los celos entre amantes son muy celebrados por todos los que entienden *De Amores*. Y, por el contrario, son reprobados en todas las partes del mundo cuando se dan entre marido y mujer. ¿Que por qué sucede así? Os lo aclarará una descripción de los celos: «pasión del alma por la que tememos, hasta enloquecer, que si no cumplimos los deseos del amado, quedará debilitada la esencia del amor. Es la zozobra de que el amor del otro no sea igual al nuestro y la sospecha de la persona amada, pero sin pensar mal de ella».

»De donde se deduce claramente que en los celos se dan tres aspectos. El auténtico celoso siempre teme que sus servicios no basten para mantener el amor de la amada, que se le ame menos de lo que él ama, y qué gran dolor le atormentaría si su amada se uniera a otro amante, a pesar de que esto es imposible. Que este último aspecto no puede darse entre esposos, es claro y manifiesto. Pues el marido no puede sospechar, si no piensa mal. Los celos puros, si se trata del marido, quedan manchados por los vicios del mismo sujeto y dejan de ser lo que eran. De la misma manera que el agua de total transparencia, cuando empieza a discurrir por un cauce lleno de arena, arrastra la misma oscuridad de la arena y pierde su claridad, la limosna, que por su naturaleza merece el premio de la felicidad eterna, cuando es distribuida a los pobres por un hipócrita o por simple vanagloria, pierde su función natural, juntamente con lo que se ha dado y el premio que se espera.

»Es evidente, pues, y la experiencia lo avala, que los celos no han lugar por naturaleza entre esposos. En consecuen-

37. Ovidio, *Ars amatoria,* II, 443-444.

cia, y dado que estos dos sentimientos van siempre paralelos, el amor entre ellos tendría que desaparecer. Se afirma, en cambio, que los mismos celos mantienen el amor entre los amantes, porque los tres aspectos que antes atribuimos a los celos se estiman necesarios para ellos. Mucha gente, sin embargo, se equivoca en este punto cuando afirma que los celos son una torpe sospecha (de la misma manera que mienten con muchísima frecuencia los que afirman que la plata es el mejor estaño). Por eso, no pocas personas, desconocedoras del origen y características de los celos, se equivocan con frecuencia, cayendo en un error gravísimo. Falsos celos pueden darse también entre no casados, a quienes no se les llama "amantes", sino "amigo" y "amiga".

»No parece que pueda sostenerse lo que tratasteis de establecer en vuestra respuesta, a saber, que se ha de elegir un amor al que uno se pueda entregar sin cometer pecado. Pues todo placer que los esposos extienden más allá del deseo de procrear o de cumplir el débito conyugal, no puede carecer de culpa, o, por mejor decir, se castiga con más dureza el abuso que deforma el uso de algo sagrado que el mismo abuso habitual. Esto se considera más grave en una mujer casada que en otra cualquiera, pues un amante arrebatado, según el precepto apostólico, que ama desenfrenadamente a su mujer, es tenido por adúltero.

»Por otra parte, parece que nadie puede aprobar vuestra interpretación de la definición del amor. Sabemos que los grandes maestros nos han enseñado que las grandes palabras de un comentario no han de entrar en la definición. Con ello, según consta a todos, he quitado toda razón a vuestra interpretación, pues parece contrariar el espíritu de la definición. Es evidente, en efecto, que la definición del amor que expusisteis no puede sustentarse en razón alguna. En dicha definición entran el ciego y el loco, personas que están totalmente alejadas de la corte del amor, según la doctrina del amante formulada por Andrés, capellán del Palacio Real[38]. Y, puesto que no podéis contraponer nada racional a mis argumentos, nadie considerará que es honroso para vos hacerme languidecer de amor y padecer tantos tormentos por vos.

DICE LA MUJER: No parece que hayáis aportado razón alguna que pueda debilitar mi decisión o que me obligue en justicia a doblegarme a vuestros deseos. Pero si los derechos que habéis esgrimido parecen verosímiles y para quitaros todo motivo de crítica, no pienso rechazar el juicio de cualquier dama o varón honrado sobre los temas que hemos discutido. Tales son, por ejemplo, si puede existir amor entre marido y mujer y si hay fundamento para elogiar los celos entre los amantes. En un caso como el nuestro, me parece que la distinta forma de pensar no puede tocar a su fin, ni quedar acallada por una recta argumentación.

DICE EL HOMBRE: En este pleito no pretendo pedir la opinión de tercero, si de verdad queréis examinar vuestras palabras.

DICE LA MUJER: No creo haber oído nunca que alguien se constituya juez de su propia causa. Me niego, por tanto, a intervenir y lo dejo en manos de otra persona.

DICE EL HOMBRE: Tenéis plena potestad de nombrar un juez para este litigio. Quiero, no obstante, que el juicio sea emitido, no por un hombre, sino por una mujer.

DICE LA MUJER: Con vuestra venia, creo que la condesa de Champaña[39] ha de tener el honor de arbitrar en este asunto y calmar la discordia.

38. *Véase* la Introducción, p. 3, en la que se dice quién era Andrés el Capellán.
39. María, condesa de Champaña, hija de Leonor de Aquitania y de Luis VII, rey de Francia. *Véase* también la Introducción, pp. 9 y ss.

DICE EL HOMBRE: Prometo acatar siempre, y en todo, su veredicto y cumplirlo íntegramente, pues nadie podrá dudar nunca de su sabiduría y ponderado juicio. De común acuerdo y deseo mutuo, escribámosle una carta explicando el tenor del asunto y significándole nuestro compromiso. Hagámoslo, pues, así.

Carta enviada a la condesa de Champaña

«La noble dama A. y el conde G. saludan y desean toda la felicidad del mundo a la ilustre condesa María. Es algo que nos demuestra una antigua costumbre –y así lo exige la orden de los ancianos– que se ha de buscar el cumplimiento de la justicia allí donde sabemos con certeza que la sabiduría ha encontrado su asiento. Nos demuestra también que es mejor buscar la verdad de la razón en el caudal de su fuente que reclamar, como mendigos, su aprovisionamiento en riachuelos de escasa corriente. Una extrema pobreza difícilmente podría proporcionar abundancia de bienes o llevar a alguien hacia los frutos de la prosperidad. Y es imposible que un vasallo goce de riqueza cuando la miseria invade a su señor.

»Cierto día, estando sentados a la sombra de un pino de copa altísima y muy frondosa, nos entregamos totalmente al ocio del amor y tratamos de investigar sus leyes en una apasionada discusión. Surgió, entonces, la doble duda que puso ante nosotros una disputa embarazosa, que acabó por cansarnos: ¿puede darse verdadero amor entre los esposos? ¿Debemos aprobar los celos apasionados entre los amantes?

»La discusión sobre estas dos dudas se hizo interminable y parecía que ambos queríamos reforzar nuestra opinión con argumentos razonables. En consecuencia, ninguno de los dos quiso plegarse a la voluntad del otro, sin ceder a las razones presentadas por ambas partes. Pedimos, pues, vuestra sentencia y os traspasamos los alegatos completos de cada parte. De este modo podréis –una vez examinada minuciosamente la verdad– sosegar nuestra contienda y darle fin con una ponderada decisión. Clara y manifiestamente sabedores de vuestra plena y competente sabiduría, y confiando en que no queréis engañar a nadie en el ejercicio de la justicia, imploramos ardientemente a Vuestra Excelencia que pronunciéis un juicio. Deseamos, al mismo tiempo, y por la presente os suplicamos respetuosamente, que os dignéis examinar con amable solicitud nuestro asunto y que, sin dilación de tiempo, una justa decisión de vuestra prudencia lo dé por terminado.»

Respuesta de la condesa de Champaña

«La condesa de Champaña saluda a la discreta y noble dama A. y al ilustre y preclaro conde G., deseándoles toda la felicidad del mundo.

»Obligados como estamos a escuchar las justas peticiones de todos y a que no conviene denegar nuestra ayuda a quienes nos solicitan cosas razonables, máxime cuando ante la duda sobre las reglas del amor demandan nuestro arbitraje –pues éste es el sentido de vuestra carta– hemos intentado entregarnos sin más dilación, con diligente solicitud, a su solución.

»Vuestro escrito, en efecto, nos dejó claro el origen de la duda nacida entre vosotros. ¿Puede existir el amor entre los esposos? ¿Hay que condenar los celos entre amantes? Cada uno de vosotros se ha mantenido en su opinión en ambas cuestiones y ha rebatido la del otro. Queréis, por tanto, que decidamos qué opinión merece en justicia prevalecer. Por fin, tras el análisis cuidadoso de cada tesis y de haber buscado por todos los medios la verdad, hemos querido poner término al presente litigio con este juicio.

»A tenor del significado de vuestras palabras, decimos y afirmamos que el amor no puede imponer sus derechos entre dos esposos. Los amantes, en efecto, se dan mutua y gratuitamente todo y sin que les obligue razón alguna. Los esposos, por el contrario, quedan obligados por el débito a satisfacer sus mutuos deseos y a no negarse nada. Por otro lado, ¿crece algo la honra del esposo, si su cónyuge, gozando de los abrazos al estilo de los amantes, no puede, por ello, aumentar la integridad de ninguno de los dos, ni parece que puedan tener más de lo que ya tenían por derecho?

»Pero hay otra razón para afirmar esto. Existe una regla del amor que dice que ninguna mujer casada podría ser coronada con el premio del rey del Amor, a menos que esté enrolada en su ejército al margen del matrimonio. Otra regla del amor, en cambio, enseña que nadie puede amar a dos personas a la vez. Con razón, entonces, el amor no podrá imponer sus derechos entre casados. Una tercera razón parece oponérseles. Entre esposos no pueden existir verdaderos celos y sin celos no se da el verdadero amor, según la regla del amor, que dice: "Quien no es celoso no puede amar".

»En consecuencia, nuestra sentencia, resultado de una extremada moderación y corroborada por el consejo de muchas damas, la habéis de tener como verdad indudable y eterna.

»l de mayo de 1174»

h) *Habla un caballero a una dama de la alta nobleza*

Si un noble de la alta nobleza corteja a una dama del mismo rango, ha de observar primero esta doctrina: utilice ante todo palabras dulces y amables y en su conversación evite decir nada que pueda ser objeto de reproche. La mujer, en efecto, sea que pertenezca a la baja nobleza o a la alta, se encuentra siempre dispuesta y decidida a criticar los hechos o dichos de un caballero de la alta nobleza, y se goza de verdad si puede verse en él de una manera elegante. Podría aplicarse también este detalle a muchas de las conversaciones anteriores, como habrá podido advertir fácilmente cualquier atento lector. No obstante, podrá entrar en conversación con ella de esta forma:

–Creo, y es verdad, que Dios ha dispuesto que todos los hombres buenos del mundo satisfagan vuestros deseos y los de todas las mujeres. Y la razón me parece clarísima: los hombres no pueden ser nada, ni son capaces de beber de la fuente del bien, a no ser que lo hagan arrastrados por la persuasión de las mujeres. Pero aunque parezca que todo el bien procede de las mujeres y que el Señor les ha concedido tan gran prerrogativa y, aunque se diga que son causa y origen de todo lo bueno, les incumbe, no obstante, la clara obligación de comportarse ante los que practican el bien de manera que los que contemplen su integridad moral, ante la visión de su virtud, incrementen su propia virtud. Y si su claridad no iluminara a nadie, sería una vela bajo un celemín, cuyos rayos no pudieron ahuyentar las tinieblas ni brillar en beneficio de alguien.

»Resulta evidente, por tanto, la obligación que todos tienen de dedicar su servicio a las damas y así resplandecer con su luz. A su vez, ellas han de mostrarse solícitas en mantener los corazones de los buenos en la senda del bien, recompensando a cada uno según sus méritos. Pues todo lo bueno que dicen o hacen los hombres suelen dedicarlo a merecer la aprobación de sus mujeres y para que, teniéndolas propicias, puedan conseguir el honor de sus recompensas, sin las cuales nadie de este mundo puede progresar ni ser considerado digno de elogio. Conozco muchos hombres que alcanzaron la plenitud del amor y conozco también a otros que solamente se alimentan de nutriente leche de la esperanza. A mí, en cambio, que no he vivido la plenitud del amor ni el don de la esperanza, sólo me sostiene la pura obsesión por vos, gozando así de placeres infinitos en comparación con otros amantes. Que vuestra piedad se vuelva hacia mí y venga a fortalecer mis solitarios pensamientos. Y os suplico con toda mi alma que no intentéis pasar de largo por la corte del amor. Pues sólo los que se apartan del palacio viven exclusivamente para sí, sin que nadie saque provecho de su existencia. Además, al que no quiere ser útil a nadie se le considera muerto en este mundo, y, por lo mismo, su memoria no es digna de recordación, mereciendo ser enterrada en el silencio del olvido. Por el contrario, los que prefieren los placeres del amor parecen afanarse en incrementar su integridad y ser útiles a los demás. Con razón, pues, se los considera muy dignos del mayor honor y todos procuran exaltar su honra.

»Os digo esto, no para que creáis que con mis palabras quiero incitaros a hacer el bien, pues confío con todo mi corazón, y estoy firmemente convencido, de que ningún motivo os puede apartar de hacer el bien. Habéis de saber, sin embargo, que si he intentado aconsejaros sobre esto ha sido porque las cosas repetidas con mucha frecuencia agradan, arraigan con mayor solidez, se recuerdan con más cuidadosa memoria y se ponen en práctica en el momento oportuno.

DICE LA MUJER: Intentaré responder a vuestras palabras, aunque son muy elevadas y profundas y rozan la altura del refinamiento amoroso. Y lo haré de modo adecuado y en la medida de mi talento. La pericia de Cicerón ya nos enseña que lo dicho al final de una conversación se queda más fácilmente en la memoria[40]. Me aconsejasteis que me esforzara por hacer algo capaz de aumentar mi integridad y la de los demás. Cosa en verdad que me agradó mucho y me pareció puesta en razón, pues siempre he abrigado en mi ánimo obrar así, sin que mediara el consejo de nadie. Sé que las mujeres –tal como afirmasteis– deben ser causa y origen de todos los bienes, de modo que han de recibir con cara sonriente y amable a todos los hombres. Del mismo modo han de dirigirse a ellos según corresponde a su categoría, persuadiéndoles a que sean corteses en toda su conducta y eliminen todo lo que huela a descortesía y a que el demasiado apego a su hacienda no eche por tierra su reputación.

»Sé también que declararles su amor ofende gravemente a Dios y expone a muchas a los peligros de la muerte. Parece, además, que el amor lleva a los amantes a sufrir incontables tormentos y les proporciona todos los días penas sin tregua. ¿Qué bien, por tanto, puede haber en la ofensa al Esposo celeste y en herir al prójimo, si los mismos autores saben que se exponen a los peligros de la muerte y a sufrir además asiduos padecimientos? Pues, aunque el amor obligue a todos los hombres a ser corteses y los aleje de cualquier acto vulgar, parece, sin embargo,

40. La cita no es de Cicerón, sino del pseudo-Cicerón: *Retórica a Herenio*, III, 10.

que se ha de temer por los muchos inconvenientes que surgen de él y los temibles e inminentes sufrimientos que depara. Ninguna persona inteligente puede desearlo y los militantes, en particular, han de odiarlo. Pues aquellos que parecen amenazados en el azaroso campo de batalla cada día han de precaverse de cometer actos que se consideran ofensivos para el rey de la patria celestial. En consecuencia, nos parece conveniente resistirnos al amor y evitar sus penosas angustias.

»Los amantes, en efecto, no sólo son víctimas de agotadores sufrimientos durante la vigilia, sino que se ven acosados de muchas maneras durante la noche. Tal es el testimonio de los que se sienten acuciados por penas de amor y residen a diario en su palacio. Por mi parte, yo, totalmente ignorante en achaques de amor, no podría explicaros quizás su naturaleza si no hubiera aprendido de otros.

DICE EL HOMBRE: Habláis como quien intenta con sus palabras enriquecer a los amigos, pero que, en realidad, trata de negarles toda ayuda efectiva. Recibir a alguien con el rostro sonriente y responderle con amabilidad, pero sin prestarle ayuda con hechos cuando la necesidad le aprieta, y sugerirle sobre todo que se dedique a las obras de cortesía, no es otra cosa que engañar con buenas palabras al amigo que confía en ti y pretender gloriarse de ello. Es semejante a un mal sacerdote que, simulando hacer mil obras buenas de la vida eterna, se condena a sí mismo por sus propias palabras y muestra a los demás cómo obtener la recompensa. Tampoco se puede objetar que al amar se ofende a Dios, pues a todos parece evidente que servir a Dios es el sumo bien y lo consideran lo más excelente. Pero quienes pretenden servirle de modo perfecto han de entregarse por entero a él y no entregarse a asunto secular alguno, como dice San Pablo[41]. Si, pues, queréis servir sólo a Dios, es necesario dejar todo afecto mundano y contemplar únicamente los secretos del reino celestial. No ha querido Dios que nadie tenga el pie derecho en la tierra y el izquierdo en el cielo, pues nadie puede a la vez servir bien a dos señores[42]. Y puesto que tenéis un pie en el cielo, como manifiestan esa acogida sonriente con que recibís a los que se acercan a vos, así como las palabras llenas de cortesía que mutuamente intercambiáis y los consejos que les dais sobre las obras del amor, creo que os sería mucho más provechoso dedicaros al amor antes que engañar a Dios bajo un palio de otro color.

»Creo, no obstante, que Dios no puede ofenderse gravemente por el amor. Lo que se hace bajo el impulso de la naturaleza puede quedar purificado fácilmente por la penitencia. Por otra parte, en modo alguno se ha de considerar como pecado aquello que es origen del sumo Bien en esta vida y sin lo cual nadie puede ser digno de elogio en este mundo. Añádase a esto que el prójimo no sufre mengua alguna por el amor, es decir, no debe sentirla, porque lo que uno exige de otro, mejor dicho, lo que debe exigir está obligado a ofrecerlo de buen grado. Con todo, muchos consideran una injuria lo que no parece contener ninguna. No os parezca absurdo lo que acabo de decir: "exige lo que debe exigir", pues así se nos ha enseñado a explicar una sentencia del evangelio de la que dicen pende toda la ley y los profetas. Decimos en efecto: "lo que no quieras que se haga contigo, es decir, lo que no debes querer para ti no lo hagas a otro"[43].

41. Primera Epístola a los corintios, 7, 32-35.
42. Mateo, 6, 24; Lucas, 16, 13.
43. Mateo, 6, 12.

»Dijisteis también que el amor ha de ser evitado por todos, porque de él se infieren sufrimientos y peligros gravísimos. Pero, precisamente por eso, hemos de desear con más ardor lo que se nos niega, porque entraña un gran peligro y porque no lo podemos alcanzar sin graves esfuerzos. Después de una penosa enfermedad la salud es más dulce. No podéis, por consiguiente, defender desde la razón que el amor no es un bien apetecible para todos, hacia el que todos debemos esforzarnos por llegar. No creo tampoco que no conozcáis a quién hayáis de amar. Pues parece que se ha de amar al que se entregue totalmente a vos y que esté dispuesto a todo tipo de obras buenas. Pero, si por celos no se hubiera dirigido un envidioso rumor contra mi nombre, no encontraríais a nadie más digno que yo de vuestro amor ya que en todo me muestro humilde y sumiso a vos, para todos soy dador generosísimo de mis cosas y todo lo bueno que cualquiera puede imaginar bajo el cielo trato con todas mis fuerzas de ponerlo en práctica. Aprenda, pues, vuestra prudencia a apreciar los méritos de cada uno, porque no sólo merecen un premio los servicios del elocuente defensor de sus derechos, sino también el amante fiel, aunque mudo.

DICE LA MUJER: No busco, ciertamente, la vanagloria del mundo, ni quiero con mis palabras vacías enriquecer a los amigos. Trataba solamente de llevaros hacia los valores de una vida mejor. Y no porque quiera condenar los servicios del amor, sino porque deseo mostraros que las causas del cielo están por encima de las de la tierra. Pero demos de lado ahora la discusión de las cosas divinas y dirijamos nuestra pluma a juzgar al amor. Mi alegría sería grande si, cerrando la boca, os honraran sólo vuestras obras, pues como dice Salomón: «que otro te alabe y no tu propia boca»[44]. Por otra

44. Proverbios, 27, 2.

parte, ¿a qué espera esa generosidad vuestra tan grande y desmedida? ¿Cuánto tardará en dar esos vestidos remendados y raídos que estoy viendo? ¿Es que todos los caballeros son ricos y no se encuentra indigente alguno entre ellos?

DICE EL HOMBRE: Con vuestras palabras queréis tachar de loco al autor del proverbio citado, pues tratáis de interpretar falsamente sus palabras. No está bien que un hombre honesto elogie en público o en presencia de otro sus propias obras. Pero bajo ningún concepto, nadie puede impedir contar, si quiere, confidencialmente a una dama cualquier acción loable y confesar que lo ha hecho en su honor. Y os daréis cuenta de que le está permitido no sin causa. Porque todos los hombres son rivales entre sí en asuntos de amor, y son presa de la envida. A la vista de una mujer, apenas se encuentra un hombre tan querido y tan amigo de otro, que se muestre dispuesto a exponer sus cualidades y recordar sus acciones dignas de alabanza. Es un vicio general que afecta a todos los hombres y ha motivado el edicto que contiene una excepción al proverbio ya mencionado. Pues si los derechos de un litigante son desconocidos para el juez, con toda razón éste declarará una sentencia favorable a la parte contraria. Os diré, además, que si llevo esta indumentaria raída es para conocer claramente si para vos se ha de estimar a un hombre íntegro por su manera de vestir. Por el contrario, los vestidos merecen la estima por la integridad del hombre.

»Por vuestras palabras deduzco, y así me parece, que os agrada más lo atildado del vestido que el ornato de las costumbres. Habéis de reconocer que va en contra de vuestra integridad. Pues son las mujeres plebeyas las que cifran toda su esperanza en el ornato del vestido. Las mujeres nobles y prudentes rechazan, por el contrario, el ornato de los vestidos si no va acompañado de la integridad moral y creen que sólo se ha de valorar la honestidad de costumbres. Creo también que he sido generosísimo con los demás. Y pienso que si alguien se olvida totalmente de las necesidades de los demás e invierte cuantiosas sumas de dinero en el cuidado de su persona, nunca podrá acrecentar su honra.

»Si, pues, alguien piensa que es digno de alabanza porque invierte grandes sumas en el cuidado de su persona, le diré que se ha de condenar el recuerdo de muchos cuya fama llena el mundo, y que todos celebran como algo merecido. Se ha de celebrar, en cambio, sobre todo la fama de aquellos que se olvidan totalmente de sus intereses para poder atender a las necesidades y penurias de los demás. Dejad, pues, esa pobreza de palabras de la que hablamos para las plebeyas y buscad otras razones. De esta manera quedará patente la nobleza de vuestro linaje, se podrá apreciar la cordura de vuestro juicio, y no sólo por vuestra manera de vestir y andar, sino también por vuestro lenguaje. No quiero responderos con proverbios o palabras vanas, que a menudo cubren de vergüenza el espíritu del que las oye, sin que por ello aumente vuestra integridad. Pero no ceso de pediros con toda mi alma que me concedáis el don de vuestro amor, que ya antes os solicité.

DICE LA MUJER: Sé que desde hace mucho tiempo corre entre el pueblo la idea de que los proverbios engañosos, que se tiñen de verdad, suscitan más la ira del oyente que los circunloquios ocasionales y ficticios. Y por eso mismo siento haberlos sacado a relucir, pues advierto que han irritado vuestro ánimo. Trataré de responder a vuestro requerimiento y dejaré de traerlos a colación en nuestra conversación. Digo pues, que en esta vida nada hay tan digno de elogio como un amor inteligente. Y nadie puede dar por perfecto lo que de loable haga a los hombres, a no ser que lo haga al menos impulsado por el amor. Obráis pues rectamente cuando tratáis de buscar un amor idóneo que os permita aumentar vuestro deseo de hacer el bien. Por el contrario, de nada os aprovecharía amarme, ya que dolores ocultos me impiden corresponder a vuestro amor. Pero, aunque tuviera la libérrima capacidad de amaros, me queda todavía otra razón que me obliga a negaros mi amor: otro hombre se os ha anticipado con sus servicios y solicitado mi amor. Y con razón lo prefiero a vos.

DICE EL HOMBRE: ¿Qué dolores ocultos son ésos que decís que os impiden y os quitan la facultad de amar, de los que no me habéis informado? Los placeres del amor son medicina que aumenta todo dolor y restauran la alegría, a menos que la tristeza por la muerte de un amante os embargue. A este respecto, la ley del amor prescribe dos años de luto al amante para conservar la triste memoria de su amor. Pero como, a mi parecer, no habéis sentido nunca las flechas del amor, no creo que lamentéis la pérdida de un amante. Lo que me dijisteis de que otro se me había adelantado en ofrecer sus servicios y en requerir vuestro amor, no creo que pueda ser objeción a mis razones. Se os da la plena libertad de elegir a quien sea mejor por sus mayores méritos, aunque hubierais dado a otro la esperanza.

»En el amor no se ha de creer que debamos elegir al primero que ofrece sus servicios y que afirma haber solicitado ser amado, sino al que tiene mayores méritos. Por otra parte, tampoco se me puede decir que se me ha anticipado en el amor, cuando sólo me ha precedido en solicitarlo. En cosas del amor sólo se dice que alguien toma la delantera cuando merece recibir el primero sus frutos. En el caso, por ejemplo, de que la petición de un hombre íntegro excluyera la solicitud de otro pretendiente mejor, sería un ejemplo pernicioso y conllevaría una gran injusticia. No es, por tanto, cuándo se pide el amor, sino quién lo pide, a no ser que se haya otorgado a otro y éste haya sido consumado. Por eso, como ya se ha dicho claramente, una dama tiene derecho a negar a su pretendiente favores semejantes a los ya concedidos, como darle esperanzas, contemplarla y abrazarla, siempre que no haya ido a más. Mi última propuesta, por tanto, no puede ser un obstáculo para mí, si estoy avalado por mayores méritos.

DICE LA MUJER: ¿Qué os permite creer que yo no he sentido nunca los dardos del amor? ¿Tan despreciable y tan falta de virtudes me creéis que mi alma no merece gozar del amor? Vuestras palabras parecen oponerse a toda ley y contrarían a la razón. Basta que uno sea considerado digno de ser amado, aunque después llegue otro más digno; la superioridad de uno no debe perjudicar la bondad de otro. En consecuencia, si una persona buena y digna de ser amada os ha tomado la delantera en pretender mi amor, me parece que habré de aceptar su solicitud, aunque os preciéis de una mayor integridad. Y si os empeñáis en defender lo contrario es que intentáis sustraerle injustamente la honradez acreditada por sus méritos.

DICE EL HOMBRE: Líbreme Dios, señora mía, de haberos podido creer alguna vez indigna de la corte del amor. Os hablé así porque creo que difícilmente se puede encontrar a alguien digno de vuestro amor. Y, caso de encontrarlo, no habría en el mundo un hombre tan osado para no dudar en exponer su causa ante vos y pedir los favores del amor. Pero no podéis alegar razón alguna para defender que la superioridad de una persona no tiene por qué perjudicar la integridad de otro. La solicitud primera de un hombre íntegro no puede en justicia excluir la de otro que sea más íntegro. Así, en el caso de las tres diosas rivales, las tres perfectamente dignas de recibir la manzana, un juez justísimo, Alejandro, hijo de Príamo, desoyendo la petición de dos de ellas, dignas de ser escuchadas, dio la manzana a Venus[45], la más digna de ellas, y que la había pedido en último lugar. Debéis saber, por tanto, una vez conocida la pura verdad, quién es el más digno y reservarle sus propios derechos.

DICE LA MUJER: Si no os atormentara un falso exceso de lujuria, nunca habríais buscado el amor fuera de vuestro hogar, rechazando los goces que os da vuestra bellísima esposa.

DICE EL HOMBRE: Reconozco que tengo una esposa muy hermosa y la quiero con todo el afecto que siente un marido. Pero, sabiendo como sé –pues así lo asegura la condesa de Champaña– que entre marido y mujer no puede existir el amor y que en esta vida nadie puede llegar a ser bueno si no encuentra la fuente que nace del amor, me veo obligado, no sin razón, a buscarla fuera de los lazos conyugales. Los argumentos que faltan a esta discusión los encontraréis perfectamente expuestos en el diálogo entre un hombre de la alta nobleza y una dama noble.

DICE LA MUJER: Comprendo que el amor es muy útil y apetecible para los jóvenes y para aquellos a quienes seduce la gloria mundana. A mí, en cambio, que soy de edad avanzada, me parece inútil y totalmente rechazable. Más aún, aunque todo me incitara a amar, mi viudez y la tristeza de haber perdido al mejor de los maridos, me impiden disfrutar de todos los placeres de la vida.

DICE EL HOMBRE: Si vuestro corazón no se halla ajado por la vejez, el aspecto externo de vuestra persona parece tener un vigor juvenil, que demuestra la floreciente juven-

45. Ovidio, *Heroidas*, XVI, 74-75.

tud de vuestro corazón. La apariencia externa, en efecto, muestra bien a las claras el estado del espíritu. Pero ni siquiera la tristeza por la pérdida de vuestro marido puede dañarme, pues os aconsejo una cosa que os devolverá la alegría y os la mantendrá perenne. El amor es el único que rompe el cerco del dolor y el que puede restituirlo por la alegría del placer y sus dulces encantos. El amor, por tanto, es algo que todos debemos buscar y apreciar en este mundo. Sólo él es capaz de ahuyentar la tristeza de los hombres y devolverles la alegría de vivir. Así pues, ha transcurrido el periodo de luto por vuestro marido que marca la ley. Os es lícito dejar toda manifestación de dolor y uniros al ejército de los amantes. Llorar al marido, ciertamente más allá del tiempo establecido por las leyes, es despreciarlas abiertamente y enfrentarse con ánimo rebelde a la voluntad divina, oponiéndose temerariamente a sus mandatos. Por otra parte, guardar luto más allá del tiempo que marca la ley, no parece que aproveche a vuestro marido. Con ello, sólo conseguís haceros un gran daño.

DICE LA MUJER: Mucha audacia parece la vuestra, cuando os resistís al espíritu de la ley. Afirmáis que obra temerariamente quien intenta cumplir lo que en ella se ordena en atención a la debilidad humana. En el Evangelio, por el contrario, se dice al huésped que acoge al samaritano herido, después de darle una suma de dinero: «Cuida de él y si gastas algo más, te lo pagaré a mi vuelta»[46]. Si, por consiguiente, la ley me impone un corto periodo de luto en atención a mi debilidad y yo alargo un poco más este plazo para mejor cumplir la ley, entonces merezco una retribución mayor a la debida y disfrutar de un premio mayor.

46. Lucas, 10, 35.

DICE EL HOMBRE: La ley humana, ciertamente ha prescrito un periodo de luto para las mujeres, no como si quisiera protegerlas de su flaqueza, sino mirando al interés del género humano, de tal manera que no pudiera darse una mezcla de sangre, ni se confundieran las distintas clases de hombres. En efecto, una vez desaparecido el riesgo de mezcla de sangre, el Apóstol permite claramente volver a contraer nupcias con otro tras la muerte del primer marido[47]. Con mucha más razón, por consiguiente, se os permite amar pasado el límite establecido.

DICE LA MUJER: Aunque el hecho de amar parezca a todos atrayente, parece también contrario al pudor de una virgen. Sabéis muy bien que una doncella pierde al menor rumor su honra, y su reputación se disuelve al instante en el aire. Por lo que a mí respecta, no me favorece todavía la edad para dirigir el ancla del amor con la maestría necesaria. Se dice que el amor no puede mantenerse firme y estable hasta la plena pubertad. En consecuencia, no me parece oportuno amar de ninguna manera.

DICE EL HOMBRE: Que una mujer intente amar con prudencia no debe hacerle sentir vanos remordimientos, ni en ningún caso sufrirá su reputación. Si con su amor logra atraer a un hombre prudente y discreto, su amor permanecerá en secreto y no se divulgará nunca. Y, por tanto, su pudor no sufrirá mengua alguna. Lo que acabáis de decir de la edad se puede mantener respecto a los varones, pues un hombre difícilmente podrá ser un amante estable antes de los dieciocho años. Sucede lo contrario respecto a las mujeres, aunque actúe la misma ley natural ya que una mujer puede amar con fidelidad y constancia desde los doce años.

47. Primera epístola a los corintios, 7, 39.

»Os daré una razón clara de por qué la misma naturaleza actúa de un modo diferente en una mujer y en un hombre. La constancia de la mujer se consolida con más fuerza desde el inicio de la pubertad, después permanece invariable y la naturaleza le permite hacer el amor antes que a los mismos varones. Y sucede así, porque en las mujeres domina la frialdad, mientras que a los hombres les invade un calor natural. Y lo que es frío se calienta más rápidamente, por poco calor que se le añada, que si a lo caliente se le aumenta el calor. Valga un ejemplo para demostrarlo: si en un recipiente de oro o de otro metal ponemos un objeto caliente, el recipiente se calentará con más rapidez y con mayor intensidad que el recipiente de madera en el que se haya vertido un líquido muy caliente.

»Habéis de saber, además, que las mujeres se deterioran antes con la edad que los hombres, que mantienen todavía su vigor sexual. Esto mismo podemos observarlo en todas las cosas de este mundo sean vegetales o espirituales. Cuanto más rápidamente llegan a su plenitud de manos de la naturaleza, tanto más rápidamente son destruidas por la edad. Siguiendo la misma ley natural, resulta evidente que lo contrario será igualmente verdad.

DICE LA MUJER: Cuanto me habéis explicado sobre los procesos fisiológicos es indiscutible y no voy a emplear respuesta alguna para mi defensa. La investigación en la fisiología nunca me ha seducido, a no ser cuando alguien se ponía enfermo y, por eso mismo, no haré mención de ella. Vuestro consejo es que ame con prudencia y no tengo muy claro cómo puedo seguir vuestro consejo. No hay, en efecto, amante tan grande que, tocado por las armas de Cupido, disimule tan hipócritamente su amor, que a todos aparezca clara su fidelidad, que no está manchado por vicio oculto alguno y que no trata de cubrir sus defectos.

»Porque, aunque sea un falso amante y se empeñe en denigrar con sus artes al ejército del amor, mientras dure su lujuria fingirá ser un amante sincero y con astucia engañosa tratará de traicionar la confianza de la que cree en él. Ante tal apariencia de sinceridad ¿quién es tan inteligente para precaverse y descubrir mentiras tan ocultas? Difícilmente podría preverlo la sabiduría de Salomón, ni predecirlo la prudencia de Catón[48]. Pues, aunque alguna astuta mujer, ya entrada en años y movida por las armas de Cupido, fuera capaz de descubrir fraudes semejantes, a mí, sin embargo, ni la edad viene en mi ayuda, ni la experiencia me ha enseñado nada todavía.

DICE EL HOMBRE: ¡Qué cosas tan extrañas decís! ¿Puede, acaso, la plata ocultar falsedad alguna si se la frota fuertemente con la piedra de toque o se la somete a la prueba del fuego? Pues, así como con el fuego y la piedra se descubre la autenticidad del oro y la plata, de la misma manera en la lucha constante por el amor se demuestran la fidelidad y la sinceridad. Tampoco vive en el mundo dama o doncella de tan escasa inteligencia que no pueda fácilmente descubrir la fidelidad y sinceridad de quien pide ser amado, en el supuesto de que quiera investigar por sí misma sus sentimientos y que se trate realmente de damas o de doncellas. Hay, sin embargo, gran número de damas y de doncellas que han usurpado con mentira este nombre. Han creído equivocadamente que son damas y doncellas sólo por el hecho de descender de sangre noble o de estar casadas con un caballero de la alta nobleza, cuando únicamente la integridad moral y la sabiduría hacen a las mujeres dignas de este nombre. No sin razón, pues, se piensa

48. Salomón, sabio por excelencia en el ámbito judío y cristiano de la Biblia. Catón, varón virtuoso y experimentado en el mundo romano.

muchas veces que la juventud es incauta al atribuir, engañada, a la sangre lo que es propio de la sabiduría y la integridad moral. La mujer, por tanto, no debe asentir inmediatamente al deseo de un pretendiente, sino que primeramente, y con toda cautela, le ha de colmar de infinitas promesas y con calculada moderación diferir las promesas hechas. Ha de repetirle también, para conocer su fidelidad, que se siente perpleja sobre las promesas anteriores y que no quiere cumplir lo prometido. No existe un enamorado tan cauto e ingenioso que al ver diferidos durante mucho tiempo los frutos del amor y que se siente decepcionado en muchas promesas, no demuestre que es una persona honrada o que no descubra su engaño. Entonces, si la dama viese que, cansado de sus caprichos, desiste de su propósito o que la difama con rumores malignos o que le hace promesas de dinero para poner a buen recaudo su fidelidad, ha de sospechar que no es un amante fiel. Pero si, en cambio, comprueba que ha superado esta larga prueba, no ha de retardar mucho el cumplimiento de las promesas, no sea que él sienta que su entrega no le ha aprovechado lo más mínimo.

»Lo que no puede perjudicar en nada la honradez de una persona es el conocimiento de la física o de cualquier otra ciencia. Pues la integridad de un hombre se alimenta del fruto de la ciencia y siempre aumenta la sabiduría del sabio. Y la autoridad del amor os aconseja con toda claridad un amante sabio, y os prohíbe terminantemente rechazarlo.

DICE LA MUJER: Lo que uno busca y desea recibir con toda el alma, trata de aconsejarlo con toda clase de razones a quien no quiere conseguirlo. No puede, sin embargo, considerarse verdadero amigo quien, olvidando el bienestar de éste, sólo busca el suyo cuando aconseja. Ni tampoco se ha de plegar uno a su voluntad, pues sólo busca su propio interés.

»Aunque el amor sea algo seguro para la mujer madura, a las doncellas, sin embargo, les parece temible y vergonzoso. Cuando un hombre cree que la mujer que había tomado por esposa es virgen y descubre después que había sido seducida, la considerará para siempre odiosa y despreciable. De ello surge la peor de las infamias, el repudio y motivo perenne de divorcio. Y así crece hasta no se sabe dónde la deshonra de la mujer, objeto de desprecio para todos. La invitación, por tanto, que me hacéis a amaros es deshonesta.

DICE EL HOMBRE: Error gravísimo parece desprenderse de vuestras palabras, pues condenáis el amor de las doncellas. Son infinitas y famosas las jóvenes que han amado, como Anfélice, Isolda y Blancaflor[49] y otras muchas que podríamos encontrar. Porque, si una doncella no cuida acrecentar su fama con el amor, no merece tener un marido digno de elogio ni conseguir resultado alguno. Con amor, nunca podría serle odiosa a su buen marido, pues, en el fondo de su corazón, éste siempre pensaría que nunca habría podido encontrar una esposa tan honesta de no haber experimentado la doctrina del amor y de haber seguido sus mandatos. Si, por el contrario, estuviera destinada a un mal marido, más le valiera odiarle que unirse a él con cierto afecto. De este modo, su fama de mujer íntegra no sufriría daño por mucho tiempo, sino que iría manifestándose cada vez más la maldad de su odioso marido.

»Quiero revelaros también otra cosa que llevo en el pensamiento y que muchos ocultan en su corazón. No creo

49. Anfélice o Feniche, heroína de *Fouques de Candía.* Isolda, heroína de *Tristán e Isolda.* Blancaflor, heroína de *Flora y Blancafor* (siglo XII).

que ignoréis que hay un amor "puro" y un amor "mixto". El amor puro es el que une los corazones de dos amantes con toda la fuerza de la pasión. Consiste en la contemplación del espíritu y del calor del corazón hasta llegar al beso en la boca, el abrazo y el contacto físico, pero recatado, con la amante desnuda, pero excluyendo el placer último, que está prohibido a los que quieren amar puramente. Es éste el amor al que se ha de entregar con todas sus fuerzas quien se propone amar. Es el tipo de amor que crece sin fin y del que no sabemos de nadie que se haya arrepentido. Y cuanto más bebe uno de él, tanto más desea poseerlo. Es tanta su fuerza que en él tienen su origen todas las virtudes. Y no supone perjuicio alguno, ni Dios ve en él más que una pequeña ofensa. Con un amor así, una doncella jamás se corrompe. Tampoco la viuda o la mujer casada pueden sufrir daño ni manchar su reputación. Y yo cultivo este amor y lo sigo, siempre lo adoraré y no dejaré de pedíroslo con insistencia.

»Se llama amor "mixto" a aquel que se apunta a todos los placeres de la carne y termina en el último acto de Venus. Qué y cómo sea este amor, lo podéis saber por lo que expusimos antes. Desaparece rápidamente y dura poco tiempo y uno se arrepiente con frecuencia de haberlo practicado. Causa daño al prójimo y se ofende al Rey celestial y de él surgen otros peligros más graves. Y os digo esto, no como si quisiera condenar el amor mixto, sino porque quiero demostraros cuál de los dos se ha de preferir, ya que éste es también amor verdadero y laudable. De él se dice que es origen de todos los bienes a pesar de que por él sobrevengan peligros más graves. En consecuencia, es lícito para mí tanto el amor mixto como el puro, si bien prefiero el ejercicio del puro. Alejad, por tanto, todo temor al engaño y elegid uno de los dos amores.

DICE LA MUJER: ¡Qué cosas tan inauditas y desconocidas para mí hasta ahora estáis diciendo! ¡Y qué difícilmente las podrá creer alguien! Me pregunto si puede tener alguien tal dominio de la carne y conseguir refrenar alguna vez el ímpetu de la pasión y resistir los embates de la carne. Todos considerarían milagroso que alguien metido en el fuego no se quemara. Si, no obstante, hay alguno que se encuentra de buena fe en esta pureza del amor de la que habláis, y observa dicha continencia, yo alabo y apoyo sin reservas su decisión y le creo dignísimo de toda clase de honores. Pero en modo alguno pretendo condenar el amor mixto, a cuya fruición se entregan casi todos.

»Pero, aunque a ellos les sea lícito elegir entre uno y otro amor, vos no podéis militar en ninguno de los dos. Un clérigo, en efecto, sólo debe entregarse a los ministerios eclesiásticos y repudiar todos los deseos de la carne. Se ha de mantener alejado del placer, de forma que pueda guardar inmaculado su cuerpo para el Señor. Pues se le han concedido todas las prerrogativas de dignidad y de orden para que con sus manos pueda consagrar el Cuerpo y la Sangre de Cristo. Y con su predicación aliviar las faltas de los pecadores. Porque, si vierais que mi alma se inclina hacia el pecado de la carne, estaríais obligado por la misión que habéis recibido de Dios a apartarme de los errores que tuviera. Deberíais persuadirme, sobre todo, a que fuera casta y a demostrármelo con el ejemplo. De este modo podría castigar sin miedo los pecados de los demás. Pues según el Evangelio: "Si uno tiene una viga en el ojo ha de arrojarla antes de pretender arrancar la paja del ojo de su hermano"[50]. Y un prisionero se convertirá en irrisión para todo el género humano si intenta liberar de las condenas a los

50. Mateo, 7, 5; Lucas, 6, 42.

condenados como él. No es, por tanto, seguro para las mujeres manchar con el contacto de la carne a los que Dios eligió como ministros suyos, a los que quiso con sus dones mantener puros y castos.

DICE EL HOMBRE: Aunque solidario con el destino de los clérigos, soy, no obstante, hombre concebido en el pecado y proclive por naturaleza al pecado de la carne. Si bien es cierto que el Señor ha querido que sus clérigos desempeñen la misión de servirle y que anuncien su palabra, colmándolos para ello de grandes honores, no es menos cierto que no quiso mejorar su condición, privándoles del estímulo de la carne y el aguijón del pecado. No creo, por tanto, que Dios haya querido someterlos a una mayor abstinencia carnal ni cargarlos con doble peso. ¿Por qué, entonces, ha de estar un clérigo obligado a guardar más castidad del cuerpo que el simple laico? Ni por eso se ha de creer que sólo al clérigo le está prohibido el deleite carnal, pues también Dios manda a todo cristiano mantener su cuerpo limpio de toda impureza[51] y evitar todo deseo carnal. Vuestros reproches, por consiguiente, podrían dirigirse tanto a laicos como a clérigos. La potestad de amonestar al prójimo y apartar su alma del pecado no se ha de creer que sólo se ha concedido al clérigo, sino que está probado que el Señor impuso esta obligación a cualquier cristiano: «Si tu hermano llega a pecar contra ti, repréndele a solas»[52]. Pero no dijo: «Si tu hermano pecare contra un clérigo». Habló en general, queriendo transmitir un precepto general para todos.

»Bien obra el clérigo y bien el laico que se abstienen de todo placer mundano y estimulan los corazones de sus

51. Romanos, 13, 13.
52. Mateo, 18, 15.

prójimos a realizar buenas obras. He de confesar, sin embargo, y no puedo negarlo, que el clérigo, por la misión que tiene encomendada, está obligado de manera especial a anunciar el camino de la verdad en la casa de Dios o ante su pueblo y a confirmar a su rebaño en la verdadera fe católica con sus consejos. No podría evitar los suplicios eternos si por negligencia omite este deber, a menos que borre este su pecado con la medicina de una fecunda penitencia. Pero si cumple bien la transmisión de la palabra queda libre de esta carga. Por todos los demás pecados que cometa no será castigado más gravemente que cualquier otro laico, pues está instigado por el mismo incentivo natural de la carne que los demás mortales. Y esto mismo proclama la verdad evangélica. El Señor, en efecto, viendo que sus clérigos habrían de caer en todo tipo de excesos a causa de la debilidad de su naturaleza humana, dice en el Evangelio: "En la cátedra de Moisés se han sentado los escribas y fariseos. Haced y observad lo que os digan, pero no imitéis su conducta"[53]. Lo que quiere decir: Hay que creer las palabras de los clérigos como las de enviados del Señor.

»Pero, estando tan expuestos como los demás hombres a las tentaciones de la carne, no os fijéis en sus obras, si llegan a caer en una. Me basta, por tanto, con intentar anunciar la palabra de Dios ante mi grey. Y si pretendiera el amor de una mujer, no se me podrá hacer reproche alguno con el pretexto de que soy clérigo. Más aún, os demostraré de manera irrefutable que para amar es mejor elegir a un clérigo que a un laico. Un clérigo es tenido por más cauto y prudente que un laico, se conduce y lleva sus asuntos con mayor templanza y está acostumbrado a guardar

53. Mateo, 13, 2-3.

en todo la medida justa, ya que la Escritura le da el conocimiento de todas las cosas. En consecuencia, habrá que juzgar su amor mejor que el de un laico porque nada en el mundo parece más necesario que la maestría en todo lo referente al arte de amar. Si, pues, me juzgáis digno de vuestro amor no me podéis rechazar por el hecho de verme militar entre las filas del clero.

DICE LA MUJER: Me asombran mucho esas palabras vuestras que aseguran que un clérigo no merece mayor castigo que un laico por dedicarse a los placeres mundanos. En la Sagrada Escritura, en efecto, leemos que cuanto mayor es el rango y la dignidad de un hombre, mayor es la caída cuando delinque. Pero, aunque queramos presentar el delito amoroso de un clérigo no mayor que el de un laico, hay algo, sin embargo, que prohíbe a las mujeres amar a un clérigo. El amor, por su propia naturaleza, busca la complacencia y la hermosura del cuerpo y pide un hombre dispuesto a entregarse generosamente a su debido tiempo, valiente frente a sus enemigos, dotado de gran agilidad en el combate y totalmente dedicado a los trabajos de la guerra. El clérigo, por su parte, se presenta vestido como una mujer, lleva la cabeza deformada por la tonsura y no puede ayudar a nadie con largueza, a menos que se entregue a robar lo ajeno. Se le encuentra siempre ocioso y entregado solamente a los placeres del vientre. Por eso mismo, si se atreve a declarar su amor a una mujer de cierta categoría moral, ésta deberá prudentemente pararle los pies desde el mismo comienzo de su declaración y hacerle padecer la repulsa ignominiosa e infame que merece. Y esto, no sólo para que él, lleno de vergüenza, se abstenga de estas malas artes, sino también para que los demás sientan la misma vergüenza y teman exigir algo semejante. Son muchos, ciertamente, los que evitan cometer actos prohibidos y vergonzosos, más por vergüenza humana que por escapar a los suplicios de la muerte eterna.

DICE EL HOMBRE: Verdad es lo que decís, que cuanto mayor es la dignidad de alguien, tanto mayor es su caída cuando delinque. Pero no ante Dios, sino ante la gente maldiciente. Todos, en efecto, se alborotan más por la pequeña falta de un clérigo y exageran su delito y cubren de oprobios su vida, que si viesen a un millar de laicos cometer los más execrables crímenes. ¿Por qué sucede así? Me resisto a decíroslo ahora.

»Mi indumentaria femenina en nada puede perjudicarme, ya que este vestido me viene impuesto por los antiguos Padres, en razón de mi estado y para que los clérigos nos distingamos del resto de los hombres, tanto por nuestro hábito como por nuestro porte. En consecuencia, infringir por mi parte las órdenes de los padres o no someterme a sus mandatos por algo tan insignificante, nos debería hacer creer que yo tuviera que plegarme a vuestras exigencias, siendo como sois extraña a mis superiores. Por otra parte, podríais rechazarme con estas palabras: "Vete, apóstata pues reniegas claramente de tu estado".

»Lo que dijisteis sobre la generosidad de los clérigos parece provenir de un gran error. Porque si el mismo Autor de la verdad ha mandado a todos los hombres la generosidad[54] y prohibido el camino de la avaricia, no sé bajo qué aspecto tratáis de negar la generosidad de los clérigos a menos que quizá se hayan de interpretar vuestras palabras de aquellos que decidieron renunciar totalmente al mundo y a la propiedad de las cosas mundanas. Pero tampoco en éstas parece que vuestra opinión se ciña a la verdad si la examinamos concienzudamente. Dios nos ha prohibido la participación en las guerras para poder tener limpias las

54. Mateo, 5, 42; 10, 8 y otros.

manos y no ser rechazados como indignos de su ministerio por derramamiento de sangre. Pues quien está manchado por sangre derramada es rechazado del ministerio. El santo rey David no pudo edificar el templo del Señor porque había derramado sangre humana y escuchó del mismo Señor estas palabras: "No me edificarás la casa de mi nombre porque eres un hombre de guerra y has derramado sangre"[55]. Nada en el mundo sería para mí más agradable que realizar acciones bélicas y demostrar la audacia de mi corazón, de no impedirlo esta razón.

»Por lo que respecta a vuestra alusión al placer del vientre creo que no se me puede acusar de nada, pues no hay clérigo, ni laico, ni varón, ni mujer, ni niño, ni adulto que se entregue con gozo a los placeres del vientre. Pero si alguien lo hace de forma inmoderada, sea ante Dios o ante los hombres, laicos o clérigos, veremos que es malo y digno de reproche. Y no podemos deducir su glotonería del mucho ocio que se imputa a los clérigos. Pues si ésta fuera la razón por la que se presume la glotonería de alguien, tal presunción estaría más justificada en las mujeres ya que viven en continuo descanso corporal. Si pues nos apoyamos en la verdad más se puede acusar en este asunto a las mujeres que a los clérigos o los laicos. Sabido es que la mujer fue antes que el hombre la que, arrastrada por la gula, consintió los placeres del vientre desobedeciendo a Dios traspasando sus mandamientos. Hasta el punto de que el varón nunca hubiera cedido a esa exigencia del vientre si antes no hubiera sido impulsado y engañado por el asedio de la mujer.

DICE LA MUJER: A mí sola debéis culpar con vuestros ataques; si mis palabras os han irritado por la falta de una

55. I *Paralipomenon* (Crónicas), 28, 3; 22, 8; 2 Reyes, 16, 8; San Jerónimo, *Adversus Jovinianum*, 1, 24.

sola mujer no está bien zaherir y acusar a todas las demás. Pues si la mujer, arrastrada por lo que dices, fue la primera en transgredir las leyes de Dios, lo hizo engañada por la astucia del demonio. Y lo hizo no como si quisiera refrenar su apetito, pues no existía, sino como creyendo estúpidamente las palabras del astuto demonio, y porque quería poseer la ciencia del bien y del mal que Dios les había prohibido.

DICE EL HOMBRE: ¿Por qué, entonces, fue tentada la mujer antes que el hombre a comer la manzana, cuando tentando al hombre la victoria del demonio hubiera sido mayor? ¿No sería porque ésta parecía que estaba más inclinada que el varón a ceder a la gula?

DICE LA MUJER: Sucedió así porque las mujeres, por su naturaleza, creen todo con más facilidad que los hombres. Son inocentes y cándidas y lo creen todo. Viendo, pues, el demonio, astuto y engañador en todo, que el varón no estaba tan fácil y prontamente dispuesto a creérselo todo, prefirió dirigir su tentación hacia la mujer. De haber comenzado tentando al hombre sin obtener resultado alguno, la mujer habría reforzado su espíritu con el ejemplo del varón.

DICE EL HOMBRE: Sobre este capítulo no nos faltará tema de discusión; os ruego pues que dejemos esta disputa y me respondáis al punto principal. Las objeciones que antes presentasteis no me parecen justas (ni me afectan).

DICE LA MUJER: Aunque es posible que vuestros méritos os hagan digno de ese amor, otra cosa, sin embargo, os cierra el camino hacia él. Existe otro hombre igual a vos, tanto por su integridad como por su linaje, y no se distingue de vos en sus ofrecimientos, que pide mi amor sólo con obras, pues su lenguaje se niega a expresarlo, y, por ende, con toda razón merece ser preferido a vos. Quien cree y confía totalmente en la pureza de mi felicidad y no me inquieta con una inoportuna insistencia, confiando así alcanzar mi afecto. Por eso merece lo que desea, más que quien con sólo palabras me abre los secretos de su corazón, pues pone más su esperanza en la brillantez de su discurso y en la duplicidad de las palabras que en la sinceridad de mi juicio. Un juez, en efecto, está más obligado a defender los derechos de quien no es ayudado por ningún abogado –porque ha querido dejar a la clemencia del juez la valoración de sus méritos– que a quien se presenta apoyado por el patrocinio de abogados famosos y fortalecido por la ayuda de la gente.

DICE EL HOMBRE: Vuestra opinión sobre este punto me parece totalmente rechazable. ¿Qué sabio dejó escrito nunca que un mudo es más digno de alcanzar con gestos confusos de su cuerpo –y que deba conseguir lo que desea– que quien trata de conseguir con un lenguaje elegante y cargado de razón lo que su corazón espera poseer? Entre el vulgo suele correr este proverbio: «No lleves a un mudo a bordo de una nave en lugar de un marinero». Me parece, además, que me está permitido con toda razón pedir lo que deseo y pretendo. Testigo, el Autor de la verdad que dice: «Pedid y recibiréis, llamad y se os abrirá»[56]. Tal es la costumbre extendida por todo el mundo: No callando, sino pidiendo insistentemente, es como apenas podemos alcanzar lo que pedimos o conseguir todo lo que deseamos.

»Os demostraré con argumentos todavía más convincentes que debéis darme a mí lo que os pido antes que al mudo del que acabáis de hablar. Os obliga a ello no sólo mi demanda, sino también la insistencia con que lo pido. Lo

56. Mateo, 7, 7; Lucas, 11, 9.

que se solicita repetidas veces se cree en derecho comprado a altísimo precio. Por eso habéis de tener en cuenta mi petición antes que la suya, porque la mía se debe a dos razones y la suya, a una sola. Nunca, según creo, se ha visto en el mundo a una mujer dispuesta a ofrecer espontáneamente algo a los que no se lo piden. Se lo prohíbe el pudor propio de la mujer.

DICE LA MUJER: Los marineros, en efecto, se niegan a llevar mudos en su nave porque cuando amenaza peligro de tempestad no pueden oír lo que sus compañeros les mandan, ni expresar a otros lo que les parece útil para el interés de la nave. No por ello, sin embargo, se ha de quitar importancia a la labor de un mudo, aunque no pueda expresar lo que desea por medio de la palabra. Tampoco él puede contradecirlo. Pues quien se apoya en sus propios méritos y se ve reforzado por la pureza de su fe, está apelando al juicio del Rey eterno con insistencia y llamando a su puerta sin cesar.

»Porque, si queréis coartar el poder de la palabra atendiendo simplemente a su sonido habéis de demostrar con razones poderosas que la entrada al paraíso está prohibida a todos los mudos. Es pues evidente que nunca podrán expresar lo que de corazón desean, faltos como están por el ejercicio natural de la lengua. En justa razón no podéis decir, sin embargo, que tenéis más derecho a obtener lo que pedís, porque se os debe. Se afirma que esto es cierto de los asuntos relativos al comercio entre hombres, pero es reprobable que alguien compre el amor a precio de mercancía. El amor se da a título gracioso, pues nace solamente de la nobleza del corazón y de la pura libertad del espíritu. Algo que se ha de dar a todos gratuitamente, y sin que haya de por medio regalo alguno, si bien están permitidos los regalos entre amantes para mutuo solaz. Ese amor, no obstante, no será auténtico, sino falsificado, si se descubre después que se entrega solamente a los encantos del amor por los regalos. Por otra parte mi entrega no ha de perder su mérito por vuestra petición, cosa que sucedería si lo que pedís se convierte en un deber. No ha lugar la generosidad cuando por justicia se exige algo. Cuando decimos que una cosa que se solicita varias veces está ya sobradamente pagada, se refiere al que la pide, no al que la posee. Si se considera que tienes una deuda porque alguien te la ha reclamado, mucha gente a la que impedirá y oprimirá siempre la pobreza nadaría en la riqueza.

»A esto quiso aludir el autor del sabio proverbio. Pues cuando alguien, para conseguir algo, gasta mucho dinero o se esfuerza trabajosamente, el vulgo suele decir de él: "Ese hombre compró muy cara la cosa, pero, en justicia nadie se la debía".

»Tampoco os podéis oponer a mis palabras cuando decís que repugna al pudor de una mujer entregar su amor sin que nadie se lo haya requerido. Ninguna ley impide a las mujeres dar su amor de forma espontánea a un hombre honesto. La mujer, por tanto, que siente amor hacia alguien, por alguna razón se da cuenta de que el hombre no va a declararse y puede invitarle con gracia y cortesía a compartir su sentimiento. La hija de Carlomagno que pidió de forma clara ser amada por Hugo de Aubernia ofrece un válido argumento para mantener esta opinión. Él, sin embargo, la rechazó porque se lo impedía el amor que profesaba a otra hija del mismo rey y no quería incurrir conscientemente en pecado de incesto. Ninguna razón, por tanto, me niega el derecho de amar al mudo de quien os hablé.

DICE EL HOMBRE: Mi alegría sería grande si vuestra opinión sobre este tema fuera compartida por todas las mujeres. Quedaría, entonces, simplificado el esfuerzo de todos los hombres dispuestos a amar y su condición mejor considerada. En lo que no puedo estar de acuerdo con vos es en que una persona merece mayor honra cuando calla que cuando de modo inteligente y cortés manifiesta sus deseos, si por ello pierde vuestra liberalidad la ocasión de manifestarse. Lo que expuse sobre el derecho de compra y la deuda del amor, no lo dije como si yo creyera que vuestro amor me era debido expresamente a mí o que con la entrega de un dinero quedaría prostituido. Lo dije más bien pensando que vuestra gracia debía serme más favorable a mí, que la pedía con más insistencia, que a quien callaba en un silencio improvisado.

DICE LA MUJER: Muy inoportuna me parece vuestra insistencia al intentar conseguir el amor de forma tan precipitada, pues, aunque vuestros propios méritos os hagan muy digno de todo honor, no debéis exigir una concesión tan precipitada. Una mujer decente no debe ceder al momento al deseo de un enamorado. Una entrega rápida y precipitada suscita el desprecio del amante y hace vil a un amor largo tiempo deseado. Y, en cambio, una larga dilación también purifica un amor simulado y aleja toda apetencia inmoderada. Así pues, una mujer ha de descubrir la integridad del hombre con diversas pruebas y asegurarse después de su fidelidad.

DICE EL HOMBRE: A un enfermo que ve inminentes sus últimas horas no se le han de dar los medicamentos al uso ni recetarle el remedio acostumbrado. Por compasión, un médico experto suele darle lo que desea, aunque por lo regular sea perjudicial para su enfermedad. Los sufrimientos y dolores continuos que son para mí, que languidezco de amor por vos, una amenaza de amarga muerte, me fuerzan a reclamar insistente e inoportunamente un remedio a tal muerte. Y de nada valdrá la razón antes aducida en vuestra defensa, a saber, que es indecente que las mujeres entreguen al instante su amor. Dejad tales respuestas a las plebeyas que suelen tener siempre en su boca este dicho: "No se corta fácilmente un árbol de un solo golpe".

»Una mujer sabia y discreta suele pedir con astucia una prórroga, ya que si, imprudente, mantiene la incertidumbre en el corazón de un enamorado gravemente herido por su amor, éste no podrá dejar de frecuentar con asiduidad el lugar donde ella se encuentra ni de mirarle con concupiscencia, y sucede a menudo que por este encuentro la situación de los amantes queda torpemente difamada por la gente. Y así, un amor apenas iniciado se divulga como amor consumado y se impide el propósito de los buenos. La mujer, cuyo amor se requiere, ha de diferir con tiento la cosa de otorgar su amor a quien lo pide, si es que está dispuesta a amarlo.

DICE LA MUJER: Las grandes penas y terribles tormentos que os amenazan –según decís–, habréis de soportarlos con paciencia a cambio de las grandes y buenas cosas que solicitáis. No se puede conocer a fondo el bien si no se tiene noticia del mal con anterioridad. Lo que habéis dicho sobre la mujer que ha de dar prórrogas de una forma inteligente, sólo es cierto cuando empieza a amar de verdad. Pero cuando tiene el firme propósito de no amar al pretendiente ha de dejarlo con gracia, prudencia y cortesía, sin turbar su espíritu con palabras ásperas, ni pendiente de alguna promesa. Así pues, no debe seros molesto, pues mi decisión de amaros es inmutable, si rechazo el engaño de una demora falaz. Y para que vuestro corazón no sufra os daré la causa de porqué no os amo: Me he enamorado de otro hombre y estoy unida a él por cadenas inquebrantables.

DICE EL HOMBRE: A miel me sabría la angustia de cualquier desgracia con tal de prever algún indicio de un bien futuro. Pero, cuando decís que estáis atada a otro por amor, empiezo a creer que tratáis de huir y cerrarme el camino para llegar hasta vos. Regla es del amor que nadie ha de perturbar a sabiendas a quien está unida por amor. Pero como no tengo argumento alguno para suponerlo, pues no hay prueba alguna de ello, y no sin razón me siento ajeno a este asunto, no me considero trasgresor de esta ley del amor. Y aunque descubriera la verdad de que amáis a otro y creyera que lo que os une a él es menos conveniente para vos, con mis palabras pudiera apartaros de esa unión, nunca creería por ello haber trasgredido los preceptos del amor, sino más bien haber obedecido con fidelidad sus mandatos. Porque esta ley del amor de la que estamos discutiendo ahora habla de los que están unidos convenientemente –y el adverbio expresa esto con claridad– y por eso se escribe aquí más intencionadamente.

»De una forma menos conveniente se une una mujer a un hombre cuando la honestidad del uno no es paralela a la integridad de la otra. O cuando el amor puro de los dos corazones no camina al mismo ritmo. Pero aunque estuviera totalmente convencido de vuestra unión con un hombre que os conviene, y a pesar de no permitírseme declararos mi amor, pues lo impide la regla, creo que me sería lícito implorar vuestro permiso para dedicarme enteramente a vos. Os suplico también que alabéis todos aquellos actos míos que lo merezcan y que los aceptéis, corrigiéndome en secreto si, sin darme cuenta, me desviare del buen camino. Si, pues, estáis enamorada de alguien, cosa que no puedo creer, indague vuestra prudencia atentamente si ese amor os es conveniente.

Dice la mujer: No me es posible daros fe de esta verdad más que con mi testimonio personal, porque a nadie le está permitido revelar a otros los secretos del corazón, según la doctrina del amor. Creo, por tanto, que es una gran descortesía afirmar que no podéis dar fe a mis palabras ni a las de otra mujer. Permitiros una buena relación conmigo no es conoceros nada, pues ello sólo depende de vos. Os prometo, sin embargo, alabar sinceramente vuestras buenas acciones. No asumiré, en cambio, el deber de corregiros, obligación que incumbe exclusivamente a los amantes. Por otra parte, saber si los que se aman lo hacen de forma conveniente no es cosa nada fácil. Tampoco parece muy correcto insistir en esa comprobación cuando el amor de ambos parece equilibrado, a no ser que sea demasiado evidente su desigualdad y los avisos de la mujer no sean capaces de hacerle progresar. Que Dios os conceda lo mejor para vuestros deseos, sin que por ello un hombre honesto pueda sentirse herido.

»Quiero pediros, no obstante, un consejo sobre un asunto del corazón, ya que por nuestras conversaciones os encuentro versadísimo en la doctrina del amor. Es el caso de cierta mujer de extraordinaria integridad que, por propia elección, quiso rechazar a uno de sus dos pretendientes y aceptar a uno solo. Así se repartió los placeres del amor: uno de vosotros elegirá la parte superior de mi cuerpo y la parte inferior será asignada al otro. Sin detenerse a pensarlo los dos eligieron su parte. Ambos confesaban haber elegido la mejor, y por eso cada uno de ellos quería ser más digno que el otro de recibir el amor de la dama por la elección de la mejor parte. Dicha mujer, que no quería precipitarse en su juicio, me pidió, con el consentimiento de los litigantes, mi opinión sobre quién de los dos debía ser juzgado el mejor por lo que había pedido.

Os pregunto ahora: ¿quién os parece más digno de elogio por su elección?

DICE EL HOMBRE: El hecho de pedir ser amado por vos y el no darme una oportunidad de hacerlo yo no ha de considerarse una descortesía si por todos los medios intento rechazar una excusa o la anulo con mis palabras. Por otra parte, no creo que atente contra los derechos de otro amante, si vuestra prudencia quiere refrenar mis actos irreflexivos. Tratad, pues, de hacer lo que debéis, pues nunca me apartaréis del propósito de amaros.

»Te pedí consejo sobre algo que ningún hombre sensato debe dudar. ¿Quién, en efecto, puede dudar de que el que eligió los placeres de la parte superior ha de ser preferido al otro? Todo lo referente a los placeres de la parte inferior no nos diferencia en nada de los animales, más bien la naturaleza nos une en esto. Los placeres de la parte superior, por el contrario, son atributos exclusivos del hombre, atributos que la misma naturaleza niega a los animales. Así pues, quien eligió la parte inferior no merece el amor y se ha de rechazar como un perro. Y el que eligió la superior ha de ser fluido como quien sigue la naturaleza. Añadamos otra razón: no se ha encontrado todavía a nadie hastiado de los placeres superiores, ni saciado de su uso. Contrariamente, los deleites de la parte inferior hartan enseguida al que se entrega a ellos y, una vez conseguidos, obligan al arrepentimiento.

DICE LA MUJER: Muy errónea y alejada del sendero de la verdad parece vuestra opinión en este juicio. Los hombres, en efecto, entremezclan sus momentos de felicidad y de dolor, cualesquiera que sean éstos. Siempre comienzan por la parte inferior, porque allí está oculta su causa y allí está el origen de todos ellos. En el caso de existir una mujer cuya belleza fuese celebrada por todo el mundo, pero si se comprobara totalmente incapaz para las obras de Venus, nadie querría gozar de sus placeres y todos la rechazarían como a una mujer inmunda. Por otra parte, no existiría delectación en la parte superior si no surgiera de la consideración y contemplación de la parte inferior. Y si os resistís a admitir esta verdad, la razón os obligará a reconocer que dos hombres pueden experimentar mutuamente los placeres del amor, cosa por cierto muy criminal, y que avergüenza describir. Pero si un hombre es frígido o impotente para realizar las obras de Venus, no apetece el goce de los deleites de la carne, pues sabemos que le falta la causa eficiente del amor que, a no dudarlo, reside en la parte inferior, y si ésta falta necesariamente faltará su efecto.

»No es tampoco una objeción el hecho, como decís, de que compartamos nuestra naturaleza con los animales pues en todas las cosas hemos de considerar lo esencial y lo natural. En este aspecto cada cosa concuerda según su función con las de la misma naturaleza y se encuentra unida a ellas. Tampoco se puede sostener lo que decís: que los hombres no se sacian del deleite superior y, en cambio, se cansan rápidamente de los inferiores. Todos han de desechar aquel alimento que no quita las ganas de comer pero rellena y obstruye el cuerpo sin nutrirlo. Han de elegir, en cambio, aquel alimento que, una vez ingerido, llena, sacia y vigoriza el cuerpo. Y una vez digerido permite sentir hambre. Por otra parte, nadie puede poner en duda que las partes inferiores se han de considerar más nobles que las superiores. Así vemos que sucede hasta en los edificios seculares, ya que se dice que los fundamentos son la parte más digna. Y sabemos que esto mismo sucede con todo aquello que se nutre de la tierra, pues los hombres lo juzgan por sus partes inferiores. Afirmo aún más: todo lo que hacen los amantes tienden a esto, a poder gozar de los placeres de la parte inferior. Allí, en efecto, es donde el amor tiene su total cumplimiento. Todos los amantes tienden mentalmente hacia él y sin él piensan que sólo tienen una primicia del amor. Así pues, quien elige la parte inferior es más digno de elogio que el que quiso reclamar como suyas las primicias de la parte superior, pues ha elegido disfrutar de los placeres de la parte más noble.

DICE EL HOMBRE: Quien, de verdad, tras seria reflexión, quisiera aprobar lo que acabas de decir sería un mentecato. Pues aunque el amante tienda mentalmente a solazarse en los placeres de la parte inferior y allí radique la causa final del amor, parece, sin embargo, torpe y vergonzoso, sobre todo para la mujer, entregar el cuerpo a los placeres inferiores, excluyendo a los superiores. Diré más: parece imposible la elección del placer inferior si se excluye el superior, a menos que se haga del cuerpo un uso demasiado impúdico y vergonzoso. Ambas partes, sin embargo, pueden disfrutar de los placeres superiores del cuerpo de la forma más cómoda y cortés, sin ofender el pudor incluso prescindiendo del placer físico. Todavía más. La lógica del amor pide que se consigan primero y tras muchas esperas los juguetones placeres de la parte superior, para llegar después gradualmente a los inferiores. Sólo las mujeres que quieran hacer de su cuerpo una mercancía y que se prostituyen en el mercado público de Venus, corren desaforadamente hacia los placeres inferiores y desdeñan los superiores. Éste es el camino que ha de seguir todo el mundo, y que es el natural, para no caer en el viejo proverbio: «No quiera poner brida al caballo empezando por la cola».

»El ejemplo antes aducido no es del todo concluyente ya que la comida se toma para saciar el cuerpo; en cambio, los placeres sólo se fomentan para un aumento progresivo del deleite carnal y del deseo de mantener el amor. De lo que antes dijisteis se deduce que se prefieren, en general, las partes inferiores. Nadie, sin embargo, que sea inteligente podrá dudar de que las causas superiores son preferibles a las inferiores. Así, por ejemplo, se antepone el cielo a la tierra, el paraíso al infierno, los ángeles a los hombres. Y también la parte superior del hombre, la cabeza, se considera la más noble, pues sabemos que el hombre fue creado a imagen y semejanza del Creador[57]. Y se dice también que el hombre debe estar sepultado allí donde descansa su cabeza. Por otra parte, si el tronco queda separado de la cabeza de un hombre, difícilmente se sabrá a quien pertenece, pero si se examina la cabeza cortada, al instante se advierte a qué tronco perteneció. Dígase lo mismo de los ejemplos que citasteis. En efecto, los edificios hechos por el hombre son admirados, no tanto por la hermosura de sus cimientos como por la de sus partes superiores. Los árboles, por su parte, merecieron el elogio de los hombres por la diversidad de sus frutos y la armoniosa disposición de sus ramas. Por tanto, me niego a aceptar vuestra opinión en este punto. Y he de aceptar como amante al que eligió la parte superior.

DICE LA MUJER: Aunque me parece que vuestra opinión se puede impugnar, juzgo que debo aceptarla y seguirla pues la veo justa en todas sus formas y avalada por una más que razonable firmeza. Pero no me avergüenza creer que debo aprobarla y mantenerla como si estuviera apoyada en la verdad. Seguía explorando la solidez de vuestro juicio sobre este punto. El amante noble de una dama se enroló en una expedición real y al poco tiempo corrió de boca en boca el rumor de que había muerto. La dama, tras

57. Génesis, 1, 26 y sg.

recibir la noticia y hacer una cuidadosa investigación, guardó el luto acostumbrado y razonable, que creía obligado por el amante muerto. Después se unió a otro amante. Pasado cierto tiempo regresó el primer amante y quiso que le devolviera los abrazos a los que estaba acostumbrado. El segundo le prohibió dárselos alegando que el segundo amor había sido consumado y mantenido por ambas partes. Ninguno de los amantes, por tanto, ha de ser privado del amor, si uno de ellos no ha faltado. Pero si la dama, en presencia del primer amante y llevada por su pasión, reclamara los abrazos del segundo, podría excusarse diciendo que lo hizo incitada por el amor, aunque tal amor sea injurioso para el otro. Nadie, en efecto, puede amar más que cuando le arrastra y le obliga el soplo y la voluntad del amor. En consecuencia, el segundo amante debe mantenerse en su firme actitud.

DICE EL HOMBRE: La explicación de esta cuestión depende más del arbitrio o de la voluntad de la mujer que de un precepto normal o de una regla privada del amor. La dama de la que estamos hablando creo que obrará bien si se vuelve a entregar a su primer amante, siempre y cuando esté movida por un vínculo de afecto hacia él. Pero si ningún sentimiento, aunque fuera pequeño, le lleva a amarlo, afirmo que pues si nada siente por él, ni el más leve sentimiento le empuja a amarlo, digo entonces que debe forzar su voluntad para buscar lo que en un principio deseaba ardientemente y aprobó con todo su corazón. Pues de grandes sabios es alejar su espíritu de aquello a lo que por error se habían comprometido. Ni, en justicia, podrá el segundo amante juzgarlo como una injuria, pues no parece que pierda nada quien habiendo conseguido por error lo que pertenecía al otro lo pierda al descubrirse tal error. Pero si ella advirtiera que su voluntad no siente los estímulos que la obligan a amar a su primer amor, y reconociera que sus sentimientos hacia él están muertos y no pueden revivir, puede entonces quedarse con el segundo amante. Decir tajantemente que debe volver a su primer amor, si no lo hace convencida por el aguijón del amor, sería sostener algo vergonzoso y defraudar las reglas del amor. Tampoco se puede objetar la regla antes mencionada de que nadie ha de ser privado del amor si no ha cometido falta alguna, pues el primer amante lo traerá en su defensa al verse privado del amor sin culpa. De peritos en leyes del amor aprendí cómo se ha de interpretar dicha ley en el sentido de que donde dice «sin que haya cometido falta» ha de entenderse «o sin otro motivo justo». No se puede, por tanto, deducir lo que dijisteis: a saber que le sea lícito a una mujer rechazar el amor de un pretendiente para unirse a otro si a ello la empuja el aguijón del amor. Si alguien, en cambio, trata de quebrantar su fidelidad, que ella lo rechace cortésmente; y si la audacia del pretendiente fuera desmedida, respóndale en último recurso que ya está obligada a otro. Pero no debe ceder a los impulsos del corazón ante sus proposiciones, ni recordar sus declaraciones, ni soñar con sus gestos, ni pensar con demasiada frecuencia en él, para así no caer en el fallo propio de la mujer de dejar que el amor pase subrepticiamente y se apodere de ella. Porque si el amor de la mujer no empieza con el pensamiento obsesivo y exagerado de un hombre y soñando con el placer que puede sentir a su lado, ya nunca se esforzará por buscar un nuevo amor junto a otro amante.

DICE LA MUJER: Me satisfacen vuestras respuestas a mis dos dudas, pues parecen quedar corroboradas por toda la sabiduría de la doctrina. Pero para quitar la ocasión de que nadie pueda pensar mal de nosotros por tan larga conversación demos por terminada nuestra discusión.

DICE EL HOMBRE: Me agrada sobremanera lo que proponéis pero os ruego, después de someterlo a vuestra voluntad, que seáis complaciente conmigo respondiendo a esta cuestión: ¿ha de ser castigado un amante que pretende a una segunda dama –pero que no quiere amarla o dejar a la primera– con la pérdida del amor de ésta? Parece, pues, que si uno de los amantes hace lo que quiere, si por el hecho de amar no queda atenuada su pasión, que su pareja deba tolerarlo pacientemente y corregirlo increpándolo.

DICE LA MUJER: Tampoco yo me guardaré la respuesta. No deja de extrañarme, sin embargo, que vuestra prudencia haya puesto en duda esa regla del amor que enseña muy claramente que el amante ha de mantenerse casto para su amada. No sin razón, por tanto, deduzco de este ponderado precepto, que, en el caso presente, debe ser multado con la pérdida del amor. Y es suficiente, según creo, que su prohibición esté en el código del amor. Pienso, no obstante, que su amada puede, si quiere, disculpar los excesos del culpable.

DICE EL HOMBRE: Durísima me parece vuestra interpretación. Temo, sin embargo, impugnar una autoridad tan grande. Pero aun así, sigue inquietando mi espíritu una segunda duda. ¿Se ha de multar con la pérdida del amor a un amante que se acerca a otra mujer sin intención de amarla, aun en el caso de que su deseo resulte frustrado? Parece que por tan pequeño exceso no ha de recibir un castigo tan severo, si cuando por otra parte su amada no ha sentido ofensa alguna.

DICE LA MUJER: Y éste merece también ser condenado con la misma sentencia, a menos que el arrepentimiento espontáneo de su delito y la total y sincera declaración de fidelidad por parte del culpable mitiguen el dolor de su amada y confirmen, sin duda alguna, su fidelidad. No parece, en efecto, que en el cumplimiento del precepto del amor se mantenga la castidad de un amante cuya impúdica tentativa manifiesta el impudor de su alma.

7. Sobre el amor de los clérigos

En los capítulos precedentes hablamos ya de las tres clases de hombres, a saber: plebeyos, nobles y grandes. Ahora trataremos brevemente de los clérigos, pues, como se recordará, al principio hicimos mención de los mismos como el grado o clase más noble. Finalmente, veremos de dónde procede la nobleza de este cuarto grupo.

El clérigo es el más noble de la escala social por una prerrogativa que le confiere su orden sagrado. Esta nobleza le viene de Dios mismo y consta que les fue concedida por voluntad divina tal como atestiguan sus palabras cuando dice: «El que os rechaza a mí me rechaza». «El que os toca a vosotros a la niña de mi ojo toca»[58].

Mientras sea poseedor de esta nobleza, el clérigo no puede pretender el amor. Por respeto a la misma no debe entregarse a las obras del amor, sino que más bien ha de rechazar todo placer carnal y conservar su cuerpo inmaculado de toda mancha para el Señor de cuya milicia se cree servidor. Lo que da, por tanto, la nobleza al clérigo no es la

58. Mateo, 10, 40; Lucas, 10, 16; Zacarías, 2, 8.

sangre, ni el poder secular puede privarle de ella. Solamente sabemos que le fue concedida directamente por Dios como don y sólo él puede privarle de los privilegios de su nobleza, si abusa de ellos. De esto se deduce claramente que un clérigo, por su misma pertenencia a la más distinguida nobleza, no puede amar. En consecuencia, sería torpe de mi parte tratar sobre el amor de los clérigos en atención a lo divino de su rango y a la nobleza de su clase.

Así pues, que el clérigo se mantenga alejado de las obras del amor y quede limpio de toda impureza carnal. De lo contrario, Dios mismo le quitará la nobleza que le otorgó merecidamente. No obstante, puesto que casi nadie se ha visto libre del pecado de la carne alguna vez, y como la vida de los clérigos está más expuesta a la tentación de la carne que la del común de los hombres, debido a sus muchos y continuos ocios y a sus copiosas comidas, si algún clérigo quisiera entregarse furtivamente a los combates del amor, que haga uso de la palabra y se ponga al servicio del amor según su rango y clase social, tal como enseñan los principios de las clases sociales que expusimos detalladamente con anterioridad.

8. Sobre el amor de las monjas

Quizás tu curiosidad quiera preguntarme por nuestra opinión sobre el amor de las monjas. Te diré que se han de evitar, como peste del alma, los placeres que conlleva su trato. Provoca la mayor indignación del Padre celestial, presta armas poderosas a las leyes públicas, se amenaza con los peores suplicios y da pie a que surjan entre la gente infamias que dan al traste con la reputación de cualquiera. Pero si alguien, con desprecio de sí mismo y de las leyes divinas y humanas, solicita el amor de una monja, merecerá ser despreciado por todos y habrá que huir de él como de una bestia abominable. No sin razón se puede dudar de la fidelidad de quien, por un momento de placer, no teme caer en un crimen que merece la espada, ni se avergüenza de convertirse en escándalo ante Dios y ante los hombres. Condenamos, por tanto, sin paliativos el amor de las monjas y rechazamos como apestosos sus placeres. No queremos decir con esto que una monja no pueda ser amada, sino que provoca la muerte de amante y amada. En consecuencia, queremos que ignores las palabras que se necesitan para cortejarlas.

Hace ya tiempo que tuvimos la ocasión de hablar con una monja y, como no ignorábamos el arte de la seducción, le obligamos con un hábil discurso a acceder a nuestros deseos. Quedamos dominados por una especie de ceguera mental y, sin pensar en lo que era conveniente, porque como «ningún amante ve lo que le conviene»[59] y «el amor nada ve con claridad, pues todo lo ve con ojos de ciego»[60], al instante nos empezó a atraer su desbordante belleza y el encanto de sus más dulces palabras. Fue entonces cuando nos dimos cuenta de la locura que nos arrebataba y con grandísimo esfuerzo nos despertamos del sueño de la muerte del que antes hablé. Y a pesar de creernos peritos en el arte de amar y muy conocedores de sus remedios, apenas supimos sortear sus trampas pestilentes y alejarnos sin el contagio del pecado de la carne.

Guárdate, pues, Gualterio, de buscar lugares solitarios en compañía de una monja o de desear una oportunidad para hablar con ella. Ten por seguro que si encuentra un lugar apto para juegos lujuriosos, no tardará en concederte lo que deseas y en proporcionarte ardorosos placeres y ya difícilmente podrás evitar las infames obras de Venus, llegando a cometer pecados funestos. Pues si a nosotros, conocedores de todos los trucos del amor y dueños de su doctrina, su encanto nos forzó a vacilar, ¿cómo podría tu inexperta juventud enfrentarse a él? Entonces, amigo mío, debes huir de esta clase de amor.

59. Ovidio, *Heroidas,* IV, 154.
60. Ibíd., *Heroidas,* V, 51.

9. Del amor obtenido por dinero

Veamos ahora si por medio del dinero u otra clase de regalos puede adquirirse un amor verdadero. Éste nace solamente de una disposición del corazón y se entrega por pura gracia y verdadera generosidad. Tan preciadísimo don no puede comprarse a ningún precio ni envilecerse por el dinero. Pero, si alguna mujer es víctima de la pasión de la avaricia hasta el punto de entregarse a un amante por dinero, que nadie la tenga por enamorada, sino por falsificadora del amor y digna compañera de las inmundas mujeres de los prostíbulos. La lujuria de estas mujeres es más execrable que el deseo de gozar de las prostitutas que se venden en público por dinero, pues éstas hacen su trabajo y no engañan a nadie, ya que su intención es manifiesta. Las otras, en cambio, mientras fingen ser damas distinguidas y de esmerada educación, obligan a los hombres a languidecer de amor por ellas. Y tras el falso velo del amor gozan en expoliar todas las riquezas de aquellos que han sido heridos por las flechas de Cupido. Los hombres, seducidos por su falsa apariencia y atraídos por sus promesas engañosas, se apresuran a darles todos los favores que pueden, obligados por sus falaces y calculadas exigencias. Y lo que les regalan les produce más satisfacción que lo que se reservan para sus necesidades.

Estas mujeres son maestras en el arte de exigir. Mientras ven que un hombre puede responder con regalos a la avaricia de sus deseos, confiesan que es su amante más querido, terminan por arruinarle y lo corroen hasta sacárselo todo. Pero, una vez agotada su riqueza y exhausto el patrimonio, les parece despreciable y odioso y lo echan de su lado como a abejas improductivas. Y así empiezan a mostrarse como son.

Pero el hombre que busca el amor de semejantes mujeres ha de contarse entre los perros impúdicos y no merece la ayuda de nadie. A todo el mundo, por tanto, ha de quedar claro que a un amor que busca regalos nadie lo debe llamar amor. No es más que vil prostitución y avariciosa pasión de una mujer lujuriosa a quien nadie puede satisfacer, ni rico que pueda colmarla por grande que sea su generosidad. Quienes, por tanto, están dotados de un carácter viril han de esforzarse por escapar de las trampas que tales mujeres les tienden y evitar sus funestos engaños. Una mujer enamorada siempre desprecia y odia los regalos de su enamorado y trata de aumentar sus riquezas para que tenga siempre algo que dar y así elevar su fama. Y no espera de él otra cosa más que los dulcísimos placeres de la carne, de modo que la reputación de que goza entre todos los hombres se consolide al merecer su alabanza. La mujer cree que lo que su enamorado da a los demás en atención a ella y para adquirir fama redunda en beneficio suyo. Más aún, aunque la mujer sienta la necesidad de cosas materiales, si está verdaderamente enamorada, juzga gravísima la disminución de la fortuna del amante en su propio beneficio.

El amante, a su vez, no ha de tolerar que ella carezca de cosa alguna, si es que puede de alguna manera ayudarla, pues resulta sorprendentemente vergonzoso para un amante tolerar que su amada sufra necesidad, mientras él vive feliz en la opulencia. Ni tampoco se ha de tener por deshonesto que una mujer acepte en un momento de necesidad urgente los regalos de su amante y que disfrute plenamente de su generosidad. Pero a una mujer que abunda en riquezas le basta con que su amante, en atención a ella, dé a los demás de lo suyo lo que considere conveniente.

Sea tu peor enemiga la mujer de la que sabes que busca tu dinero a cambio de su amor. Acuérdate de evitarla como a animal venenoso, que hiere con la cola y acaricia con la boca. Si el impulso carnal es tan fuerte que te obliga a buscar mujeres a quienes hay que pagar, te conviene más negociar públicamente con mujeres de prostíbulo y comprar su cuerpo a bajo precio, a que una mujer te despoje de tus riquezas, fingiendo amarte y haciéndose pasar por una dama, cuando en realidad es una meretriz. En este tipo de comercio se dice que compra en el mercado más conveniente quien consigue lo que quiere al precio más bajo. Se compra, en efecto, más barato lo que está expuesto a la venta que si el comprador pone precio al vendedor.

¡Ay! Nos duele ver que el honorable nombre de las damas es profanado por el negocio de la prostitución. Que se armen todas las damas virtuosas al ver sus derechos usurpados por mujeres indignas y que traten de vindicar crímenes tan nefandos, para que así el ejemplo de tan gran perversión no pueda extenderse por más tiempo por el mundo.

Que no te engañe, pues, la falsa apariencia de una mujer ni el linaje de esas mujeres degeneradas, cuyas primeras caricias son más dulces que toda la miel, porque las últimas serán más amargas que la hiel o el ajenjo. Si ves, por tanto, que una mujer te recuerda los bienes que alguien entregara a su amada, o alabara los vestidos de otra, o se lamentara de la hipoteca que cubre sus bienes, o si con palabras un tanto veladas te pide otros vestidos, será mejor que te pongas en guardia contra sus malas artes. Ésta no quiere amarte, sino sacarte todo tu dinero. Y si ninguna otra cosa logra convencerte de lo dicho, la doctrina de la ley del amor nos demuestra que el amor y la avaricia no pueden vivir bajo un mismo techo. Porque si el amor es pura dádiva de quien la concede y no se entrega a otro sin esperar algo a cambio, entonces no será amor, sino falso y sacrílego fingimiento.

Aunque raras veces nos es dado encontrar un amor gratuito –pues el ansia del dinero deshonra a muchas– trata, sin embargo, con todas tus fuerzas de buscar una amante tan fiel que no puede dejarse influir ni por una imprevista pobreza ni por cualquier otra adversidad que te pudiera sobrevenir. Porque, si fueras cazado por el amor de una mujer falaz, que sólo busca enriquecerse, nunca conquistarías su amor, sino que te engañaría con la astucia de la zorra. Para extorsionarte te dará falsas señales de amor, te pagará con un soplo de viento vacío y desplegará toda su astucia para que te muestres generoso con ella. Y después te parecerá que lo más preciado que posees en este mundo es poco para obtener honradamente una falsa y cara señal de amor. Seducido así por la astucia de una mujer te verás empujado a navegar por las orillas de la pobreza y a convertirte en el objeto de desprecio de todos. Nada, en efecto, más vergonzoso para el hombre que disipar su hacienda por el deseo carnal o por el placer de Venus. ¿Qué clase de amor es el que se entrega a cambio de dinero? Lo puedes ver en esta misma página. Guarda, por tanto, este precepto, amigo mío. Si algún día crees conocer a una mujer afanosa por acumular dinero, procura evitarla ya desde el principio y no caigas en la red de sus asechanzas. Si te detienes a escuchar sus palabras y a conocer mejor su fidelidad serás víctima de tu propio pensamiento. Por mucho que indagues no llegarás a conocer su fidelidad ni sus propósitos, si no es cuando la sanguijuela esté llena de tu sangre y te deje semivivo, exhausto, desangrado de la sangre de tus riquezas. Lo que maquina en su interior una falsa amiga difícilmente lo llega a conocer la destreza de un sabio, pues ella sabe colocar sus engaños con tanta habilidad e ingenio que casi nunca podría él descubrirlos con su propio talento. El talento de una mujer avara es mayor que el de nuestro viejo enemigo, cuando con pérfida astucia pervirtió el alma de nuestro primer padre. Has de impedir, por consiguiente, con toda habilidad no rendirte ante las asechanzas de semejante mujer, pues no busca tu amor sino enriquecerse a tu costa.

Si quisiéramos detenernos en la reforma de dichas mujeres y en hablar de su vida y obras, pasarían los días de nuestra vida antes de agotar materia tan abundante. Pero no decimos esto para denigrar a las mujeres honradas. Queremos más bien censurar la vida de aquellas que no se avergüenzan de desacreditar con su vil proceder al ejército de mujeres honorables, al que traicionan simulando amor. Lejos de mí querer o poder injuriar la conducta de mujeres dignas de elogio o desacreditarlas en algo en este tratado, pues gracias a ellas el mundo entero está dispuesto a hacer el bien, aumenta la fortuna de los ricos, se atiende generosamente a los pobres, los avaros son reconducidos al camino de lo recto y conocen la vía de la generosidad. Nos dan además ocasión de llevar a cabo todo lo bueno que se realiza en el mundo, con el don que tienen de conceder elogios. Por tanto, querido Gualterio, no quedarás fácilmente atrapado por la astucia de una falsa mujer si repasas de forma asidua cuanto enseñamos en nuestro denso compendio.

10. De la fácil concesión de lo que se pide

Veamos después de esto si puede el amor hacer fácil entrega de lo que se pide. Pero tratemos primero qué se entiende por entrega fácil. Se afirma que hay entrega fácil cuando una mujer, arrastrada por un desenfrenado deseo carnal, se entrega fácilmente al que la requiere. Y concedería esto mismo a otro sin que quedara en ella rastro alguno de amor, después de consumarlo y sin que mediara regalo alguno. No quieras atarte a semejante mujer por ningún vínculo, pues por mucho que te empeñes no podrás ganar su amor. Su desenfrenada lascivia le impide atarse por amor a nadie y corre a saciar sus deseos con muchos hombres. En vano tratarás de conseguir su amor, a no ser que Venus te haya dotado de una naturaleza tan potente que te veas capaz de saciar su apetito, cosa que te será más difícil que agotar el agua del mar. Creemos, pues, con razón, que deberías renunciar a ese amor. Sus caricias te serán origen de sufrimientos intolerables y numerosos dolores, aunque goces plenamente de sus abrazos y colme tus deseos. En el momento en que, según acostumbran los amantes, quieras ser el único en sentir sus caricias y te enteres de que ha cedido a los placeres de otro y que los comparte contigo, no podrás saber cuánta será la amargura de tu dolor hasta que lo hayas experimentado plenamente.

De cuanto te decimos, una cosa te ha de resultar evidente: donde encuentres una entrega fácil puedes estar seguro de que falta el amor. Cuando una mujer siente un deseo tan grande que no puede quedar atada a un solo hombre y desea solazarse con las pasiones de muchos, entonces el amor no cabe en ella. El verdadero amor, en efecto, une dos corazones con un sentimiento de afecto tan fuerte que no pueden desear los abrazos de otros, sino que tratan de evitar como algo horrendo tales caricias y así reservarse el uno para el otro. Y se dice que la facilidad de la mujer en la entrega de lo que le piden es lo mismo que el desmesurado deseo carnal que se da en el hombre, lo que también debe estar ausente en la corte del Amor. Quien está bajo el aguijón de un deseo carnal tan irrefrenable que no puede mantenerse unido afectivamente por los abrazos de una mujer sino que desea lascivamente a toda mujer que ve, no merece llamarse enamorado sino adúltero y simulador de amor. Y será peor que un perro lascivo. Más aún, merece ser tenido como asno impetuoso al que impulsa un deseo carnal tan grande que no puede atarse al amor de una sola mujer. Ha de quedarte claro, por tanto, que estás obligado a rechazar toda pasión desenfrenada y que no has de buscar el amor de la mujer que veas entregar fácilmente lo que se le pide.

11. El amor de los labriegos

Y para que no creas que lo que escribimos antes sobre los plebeyos se refiere a los campesinos, añadiremos una breve palabra sobre el amor de éstos. Dijimos que apenas se pueden encontrar labradores que militen en la corte del amor. Realizan, no obstante, las obras de Venus con tanta naturalidad como el caballo y el mulo, enseñados por el instinto natural. Al labrador le basta el trabajo diario y los placeres continuos del arado y el azadón. Pero, aunque alguna y rara vez pudiera suceder que, contra su misma naturaleza, se vieran picados por el aguijón del amor, no es conveniente enseñarles la doctrina del amor. Porque, mientras piensan en actividades ajenas a su condición, echaremos en falta que las tierras que suelen fructificar gracias al trabajo de su propietario, se tornan estériles por falta de alguien que las cultive. Pues bien, si el amor de esas mujeres llegara a seducirte, acuérdate de no colmarlas de alabanzas. Y si hallas un lugar oportuno, aprovecha la ocasión para tomar lo que deseas fundiéndote con ellas en un impetuoso abrazo. Porque, si no va por delante el oportuno remedio de su pudor con una pequeña coacción, difícilmente podrías mitigar su resistencia aparente hasta llegar a confesar que están dispuestas a entregársete en dulces abrazos o a permitirte gozar de los placeres que de ellas esperas. Te decimos esto, no como si quisiéramos convencerte de hacer el amor con las mujeres campesinas, sino para que puedas aprender con esta breve doctrina qué método has de seguir si en tu imprudencia te vieras impulsado a amarlas.

12. Del amor de las prostitutas

Por si alguien nos pide nuestra opinión sobre las prostitutas, decimos rotundamente que todas han de ser evitadas. Su compañía es vergonzosa y con ellas siempre se comete adulterio. La prostituta, además, raras veces suele entregarse a alguien si no va por delante un regalo que la agrade. Y aun en el caso de que llegase a amar, sabemos que su amor es pernicioso para el hombre, porque la prudencia reprueba mantener una relación íntima con ellas y la fama de quien lo hace se pierde.

Nos negamos a exponer la doctrina para conseguir su amor. Cualquiera que sea el sentimiento con que se entregan al solicitante, lo hacen siempre sin demasiada insistencia. No debes, por tanto, buscar una doctrina para este amor.

Libro segundo

Cómo mantener el amor

1. Cómo conservar el amor ya conseguido

En el Libro primero hemos hablado largamente de la adquisición del amor, pasemos ahora a ver y añadir cómo se ha de conservar el amor ya conseguido. Quien quiera mantener ileso su amor ha de cuidar sobre todo de no divulgarlo y de ocultarlo a todos. Un amor que empieza a ser conocido de muchos deja de crecer con naturalidad al instante y conoce su declive. Ante su amada un amante ha de mostrarse también versado en todo, moderado y ordenado en sus costumbres y en manera alguna ha de herir su ánimo con acciones inoportunas. Tiene obligación también de atender a las necesidades de su amada, compartiendo sus sufrimientos y cumpliendo sus justos deseos. Y aun cuando a veces su deseo sea menos justo, también ha de estar dispuesto a satisfacerlo, no sin antes advertirla sobre esto. Y si, inadvertidamente, ha hecho algo inconveniente que molesta a su amada, lleno de vergüenza, confesará haber obrado mal y se excusará de haber provocado su ira o presentará alguna otra razón que pueda justificar su acción.

Modere, además, los elogios que haga ante los demás. No conviene tampoco que hable de ella de forma prolija o reiterada, ni que la visite sino raras veces. Si viere, incluso, a su amada reunida con otras damas, absténgase de hacer todo tipo de gestos y trátela como a una desconocida, a fin de que nadie que aceche traidoramente su amor pueda hallar pretexto de hablar mal de ella. Los amantes, en efecto, no han de hacer señales mutuas de amor, a no ser que estén lejos de toda asechanza. Ha de agradar además a su amada en el vestir y cuidar moderadamente su aspecto, pues el adorno excesivo del cuerpo molesta a todos y conduce al desprecio de la belleza natural. Vale también para conservar el amor una generosidad superior. Todos los enamorados, en efecto, han de despreciar las riquezas materiales y regalarlas a los que las necesitan. Nada más digno de elogio de un amante que el verlo revestido de la virtud de la generosidad. Pues toda su honestidad queda anulada cuando está mezclada con la avaricia. Y se le tolerarán muchos vicios si está adornado con la belleza de la generosidad. Pero si, además, el amante está dotado para la guerra ha de procurar que todos conozcan su valor, pues, si aparece como un tímido guerrero, desmerecerá mucho cualquier virtud que posea.

Ha de ofrecer también sus servicios de buen grado a todas las damas y mostrarse siempre obsequioso con ellas. Importa mucho que esté adornado con signos de humildad y así arrancar de raíz la soberbia que haya en él. Ha de procurar también presentarse de tal modo ante los demás que nadie se avergüence de recordar sus buenas obras ni pueda ver mal su conducta. Haga suya también aquella regla general según la cual los amantes no han de omitir nada de lo que exige el código de la cortesía y aconseja su doctrina, y sí cumplirlo con el más solícito cuidado.

El amor se mantiene también gustando los deliciosos y dulces placeres de la carne, pero de tal forma y con la frecuencia que no resulten tediosos a la amada. Y aquellos actos y actitudes del cuerpo que el amante advierte que complacen a su amada trate de realizarlos de forma delicada y varonil. Pero que el clérigo no haga suyos actos ni costumbres de laicos, pues nadie puede agradar a su amada, si ésta es inteligente, adoptando hábitos que le son ajenos o actuando de modo no conveniente a su estado.

Por otra parte, el marido ha de poner todo su empeño en relacionarse con personas buenas, pues la compañía de los malos termina suscitando el desprecio de su amada. Cuanto te hemos dicho sobre la conservación del amor has de saber aplicarlo a los amantes de ambos sexos. Hay, sin duda, otras muchas formas válidas para la conservación del amor. Un amante atento y diligente las podrá conocer, si las investiga por su propia cuenta.

2. Cómo debe aumentarse el amor ya alcanzado

Tratemos ahora de señalar brevemente cómo se ha de incrementar un amor ya alcanzado. Y se dice, en primer lugar, que aumenta cuando entre los amantes hay visitas y encuentros ocasionales y con dificultades. Resulta, en efecto, que cuanto mayor es la dificultad de dar y recibir caricias, mayor es la pasión y el ansia de amar. Se acrecienta también el amor cuando uno de los enamorados se muestra irritado con el otro, pues al instante, éste, que ama apasionadamente, empezará a temer que el enfado del primero dure eternamente. Crece asimismo el amor cuando uno de los dos siente celos de verdad. Pero, aun cuando lo que sufre el amante no sean verdaderos celos, sino una sospecha vergonzosa de que existen, también en este caso aumenta el amor y se hace más fuerte. Qué se entiende por celos verdaderos y por vergonzosos lo podrás entender claramente si lees el coloquio entre un gran señor y una dama noble.

Crece también el amor si, tras haberse divulgado, se mantiene, pues el amor que se divulga no suele durar, sino que, una vez hecho público, tiende a desaparecer. El amor crece también cuando uno de los amantes sueña con el amado y el amor iniciado aumenta. Y si adviertes que alguien trata de seducir a tu amada, no dudes de que tu amor hacia ella crece y empezarás a quererla más apasionadamente. Te digo más: aunque vieras claramente que otro goza de los abrazos de tu amada, desde ese momento empezarás a añorar más sus caricias, a menos que la grandeza y la nobleza de tu corazón te libren de caer en tal perversidad. Un cambio de residencia hecho o por hacer suele acrecentar también el amor, así como los reproches y las palizas que los amantes sufren de sus padres. Pues los reproches, tanto verbales como torturas, no sólo llevan a un amor más intenso, sino que también lo hacen surgir, si no había nacido. El pensamiento frecuente y gozoso de la amada, la contemplación secreta y temblorosa de sus ojos y la vuelta apasionada al fuego del amor, sirve también para aumentar el amor. Dígase lo mismo de los gestos y andares que agradan al que ama, la facilidad para decir cosas bellas, la amenidad de su conversación y los elogios que oye de otro[1].

Hay otras causas, sin duda, que estrechan el amor y que tú mismo podrás descubrir, si sigues indagando y si escuchaste con oído atento lo que ya te hemos indicado. Cualquier otra razón referente a este tema dependerá y surgirá de cuanto hemos dicho.

1. Ovidio, *Ars amatoria*, I, 459-460; II, 121-122.

3. Cómo disminuye el amor

Veamos ahora cómo disminuye el amor. Disminuye por la excesiva facilidad con que se alcanzan los placeres del amor, se ve a la persona amada y las muchas ocasiones para hablar con ella. Sucede lo mismo cuando su educación y su manera de andar son deficientes y cuando cae en una repentina pobreza. En efecto, un enamorado que se preocupa por su gran pobreza vive tan angustiado pensando en sus bienes y en la necesidad que le oprime, que no puede entregarse a la actividad del amor, ni a aumentarlo como debiera. Por tal motivo, todos empezarán a reprochar sus costumbres y su vida, hasta llegar a convertirse en despreciable y odioso. Y no conocerá a ningún amigo, según aquellos versos de Ovidio: «Mientras seas feliz, contarás con muchos amigos». «Cuando los tiempos se nublen, quedarás solo»[2]. Todas estas cosas comienzan a cambiarle la cara y la figura, le abandona la quietud del sueño y, de esta manera, no tardará en suscitar el desprecio de su amada.

2. Ovidio, *Tristia*, I, IX, 5-6.

Hace también disminuir el amor escuchar una infamia contra la persona amada, oír hablar de su avaricia, de sus malas costumbres o de cualquier otra falsa imputación. Dígase lo mismo de su trato con otra mujer, aunque no haya entre ellos una relación amorosa. Disminuye asimismo el amor cuando la mujer se percata de que su amante es tonto o indiscreto, cuando exige demasiado de ella o no respeta su pudor, ni se detiene ante su timidez. Un fiel amante ha de preferir los tormentos más crueles del amor antes que abusar del pudor de su amada o reírse con desprecio de su rubor. Quien sólo tuviera en cuenta el cumplimiento de sus propios deseos, posponiendo los intereses de su amada, no debería calificarse de enamorado sino de traidor.

Del mismo modo, el amor queda disminuido cuando la mujer piensa que su amante es cobarde en la guerra o cuando se percata de que no se refrena en el hablar o que está tocado por el vicio de la soberbia. Nada parece más conveniente a un amante que presentarse con el vestido de la humildad y carecer de la desnudez del orgullo. Proferir con frecuencia palabras vanas y absurdas debilita también el amor. Son muchos, en efecto, los que se atreven a hablar así en presencia de una mujer, porque creen que el uso de palabras fatuas e indiscretas le agradan, y en realidad se equivocan gravemente. Quien hace tonterías, creyendo que así agrada a una persona inteligente, es una persona muy pobre de espíritu. La blasfemia contra Dios o sus santos, la burla de la institución eclesiástica, así como la crítica sistemática de las limosnas a los pobres, atenúan también el amor. La experiencia demuestra también que el amor decrece drásticamente traicionando a un amigo o si de palabra se sostiene algo, cuando interiormente se piensa hipócritamente lo contrario. Y cuando el amante amontona más riquezas de las que conviene o se querella fácilmente por naderías.

Podríamos decir muchas más cosas sobre el debilitamiento del amor, que dejamos para que puedas descubrirlas por ti mismo. Te vemos tan entregado al servicio del amor, dando de lado todo otro asunto, y tan convencido de tu propósito de amar, que no se te puede ocultar nada en el arte de amar, ya que no dejas nada sin examinar a fondo. Con todo, no queremos que ignores que, cuando el amor empieza manifiestamente a decrecer, se agota rápidamente si no se pone algún remedio.

4. Cómo muere el amor

Tras la breve discusión sobre la mengua del amor, trataremos ahora de añadir algo sobre cómo muere. Digamos primero que el amor llega a su fin cuando uno de los amantes rompe o intenta romper su fidelidad hacia el otro. O cuando se descubre que se ha apartado de la fe católica. Muere también el amor que ha sido claramente defendido y divulgado entre los hombres. Si uno de los amantes, que nada en la abundancia, no ayuda a quien es presa de las mayores necesidades y víctima de incontables desgracias, el amor acostumbra a perder toda su dignidad y a terminar de forma vergonzosa. Se acaba también cuando sobreviene un segundo amor, pues nadie puede unirse con el mismo afecto a dos personas. Añádase a esto que el amor desigual y la hipocresía falaz y desleal siempre suelen ahuyentar el amor.

El amante, en efecto, que engaña a su amada merece ser rechazado por ésta y no puede alegar mérito alguno personal contra ella, ya que, por muy íntegro e inteligente que alguien aparezca, si en el amor se conduce con engaño, merece ser expulsado de su corte. El amor pide dos personas unidas por la fidelidad y concordia de sus voluntades. Los demás defraudan al amor y son considerados en su corte como extranjeros. Aleja también el amor, y de qué manera, si dos amantes se unen en matrimonio, tal como nos enseña la experiencia de ciertos amantes. Si un hecho fortuito deja impotente a uno de ellos, el amor no dura mucho tiempo, y más bien desaparece por completo. Y si la locura ataca a uno y surge un miedo repentino, el amor huye, pues odia esto.

Expuestas breve y sucintamente estas cosas, dejamos, querido amigo, a tu exploración otras causas determinantes de la muerte del amor. No queremos dar rienda suelta a tu pereza ni dispensarte de todo esfuerzo.

Podrías preguntarte, no obstante, si un amor fenecido puede volver a vivir. Puede ciertamente revivir, cuando es la ignorancia la que ha precipitado su fin. Pero no recordamos que haya revivido nunca si se debe a una falta o defecto natural de uno de los amantes. No lo consideramos imposible, a menos que dicho defecto sea irremediable por naturaleza. Si, con todo, esto sucediera alguna vez, no creemos que tal amor quede protegido por una confianza mutua total.

5. Cómo reconocer un amor compartido

Brevemente expuestas y razonadas estas cuestiones, añadamos a lo dicho una lección para reconocer un amor compartido, cosa que consideramos útil y oportuna para los amantes. Nada, en efecto, les es más necesario que conocer con seguridad el amor que sienten entre ellos. Pues, si se engañan en este punto no conseguirán una gran honra de tal amor y les acarrearía fácilmente un daño terrible.

De muchas maneras puede un amante conocer la fidelidad de su amada y adivinar sus intenciones. Si, por tanto, vieras que tu amante esquiva tu presencia repetidas veces o alega falsos pretextos, no esperes gozar por mucho tiempo de su amor. De la misma manera, si vieras que tu amada se enfría sin motivo a la hora de prodigarte las caricias acostumbradas, habrás de reconocer que su fidelidad vacila. Y si adviertes que se aleja más de lo acostumbrado es que en realidad su voluntad no es firme. Y si trata de ocultarse a tu fiel mensajero, no hay duda de que te deja solo en la marejada y simula que te ama. Por otra parte, si advirtieras que deja de enviarte a su mensajero, tal como solía, para anunciarte su visita, o que este fiel mensajero y amigo íntimo suyo se muestra remiso o como un extraño, debes creer que ella ha cambiado respecto a ti. Y si en los momentos de placer ella permaneciera más parca de lo acostumbrado al prodigarte sus caricias o advirtieras que las tuyas le producen hastío no dudes que has perdido su amor. Si, además, te agobia alguna vez con reproches no acostumbrados o te exige algo que no solía exigir, o la ves más remisa a la hora de dar o pedir placer, acuérdate que no tardará mucho en dejar de amarte. Y si te percatas de que contigo o con cualquier otro comenta a menudo y sin discreción las andanzas de un tercero, o que astutamente indaga su vida y costumbres, sábete que piensa en otro amor. Si, por otra parte, advirtieras que tu amada se entrega más de lo que solía al ornato del cuerpo, piensa que puede ser porque crece su amor hacia ti o porque va tras el amor de otro.

Pero la mujer que se pone pálida a la vista de su amado muestra sin duda que lo ama. Sobre todo, quien quiera conocer tras una verdadera indagación la fidelidad y los sentimientos de su amada, disimule con mucha cautela y habilidad ante ella que desea los abrazos de otra y que empieza a frecuentar la compañía de otra más de lo acostumbrado. Por lo cual, si viera que su amada queda turbada, conocerá que tiene seguro su amor y se consolida inquebrantablemente. Pues cuando uno de los amantes descubra que el otro se alimenta con los abrazos de un nuevo amor, o sospecha que piensa en él, al instante empezará a sentirse violentamente herida en su corazón y en su alma, golpeándole interiormente unos celos intolerables. La cara será el espejo de señales evidentes del dolor que lleva dentro.

Pueden darse también entre los amantes enfados simulados, pues, si uno de ellos, por un motivo cualquiera, se muestra airado con el otro, podrá conocer abiertamente su fidelidad. Porque el verdadero amante temerá siempre que el enfado de su pareja sea definitivo y, por tanto, si el amor que sienten uno por otro es sincero, aun cuando alguno de ellos se enfade con razón, no durará mucho este estado de ánimo. No has de creer, sin embargo, que por estos enfados va a debilitarse el vínculo del cariño o la fuerza del amor. Más bien, por ellos el amor queda purificado de todo enmohecimiento. Hay que añadir que si uno de los amantes está preocupado por recibir regalos de su pareja –aunque finja que ama, está muy lejos del sentimiento propio de los amantes– porque lo que intenta no es amar sino aprovecharse de las riquezas del otro.

Hay, sin duda, otras muchísimas formas de conocer si un amor es compartido. Y un lector atento podrá llegar a conocerlas tras una facilísima indagación, a partir de las que acabo de señalar.

6. Cuando uno de los amantes deja de ser fiel a su pareja

Cuando uno de los amantes deja de ser fiel al otro, y el que lo hizo es un hombre impulsado por un nuevo amor, se hace totalmente indigno de su primera amada y debe ser privado de sus abrazos, pues ha desaparecido el espíritu que alentaba Amor. Es totalmente imposible, como demuestra la experiencia, que, cuando se está locamente obsesionado por otra mujer, nazca un nuevo amor y no desaparezca del todo el antiguo. La misma tradición natural y general del amor nos enseña que nadie puede estar verdaderamente enamorado de dos personas a la vez. Si, por tanto, el amante pide los abrazos habituales y exige ser premiado con los placeres de antaño, ha de ser expulsado de la corte de su primer amor y repudiado como si no le conociera. Porque ninguno de sus anteriores servicios le podrá favorecer, a menos que la mujer se muestre indulgente.

Pero veamos si una mujer ha de ser alabada por su decisión de admitir a un amante como éste. Y es esto lo que quiero indicar a las mujeres: parece que queda muy disminuida la honestidad de una mujer que sigue aceptando como amante a una persona que se ha enamorado de otra. Y se juzga indigno de toda compasión a quien no se avergüenza de pensar en los abrazos de otra, olvidando toda la gloria recibida y mostrándose desagradecido. ¿Puede parecer algo más grato en este mundo que el disfrute del amor de la mujer deseada? Pero, si la mujer, como suele suceder tan a menudo, no puede quitar el pensamiento del amor de quien ahora la engaña, y él persiste en su nuevo amor, sufrirá con toda seguridad continuas y grandes penas antes de que la voluntad de aquél responda a sus deseos.

Raramente, en efecto, suele suceder que un hombre recién enamorado de otra vuelva al primer amor, pues casi nunca puede revivir un amor que se ha extinguido. No puedo, sin embargo, negarme a dar un consejo a dicha mujer. Si quiere retener consigo al amante que se aleja de ella, mire de ocultarle sus propósitos e intenciones íntimas, haciéndole ver con hábil disimulo que su espíritu no está turbado por el cambio de sentimientos; antes al contrario, finja que tolera tranquila y pacientemente lo que él hace, y si advierte que pasea por la vecindad, no se acerque a lugares acostumbrados donde él pueda verla y manténgase totalmente alejada de él. Si ve, no obstante, que por este truco no consigue ningún resultado, finja muy cautamente que piensa en los abrazos de otro hombre. De esta manera, su amante, recordando los viejos y placenteros goces que solía recibir con gran ansia, y que ahora se ofrecen a otro, volverá a sentir celos y comenzará a desear muy de corazón los primeros placeres. Y si con estos trucos tampoco puede recuperar el amor perdido, el mejor consejo que puede seguir la mujer, es tratar de olvidarlo por completo y ahuyentar de sí todo recuerdo de aquel amor. Por tanto, si, como dije antes, la mujer ha aplicado los remedios mencionados y sus heridas no han cicatrizado, hará bien, dejando previsoramente de preocuparse por semejante amor, porque en una tempestad de esta naturaleza el ancla no encuentra nunca la orilla deseada.

Mucho, en verdad, han de precaverse las mujeres para no ligarse a tales amantes, pues de tal unión no conseguirán un verdadero placer, sino que se expondrán a incontables sufrimientos y dolores infinitos. En consecuencia, cuando una mujer es requerida *De Amores*, ha de procurar por todos los medios, antes de entregarse, conocer el carácter y la fiabilidad del pretendiente, de modo que absolutamente nada quede sin aclarar. Pues, cerrado ingenuamente el trato, será demasiado tarde para pedir el consejo de un experto o atormentarse con una enmienda tardía. Guárdese, pues, la mujer de caer en los engaños de un amante falaz. Son muchísimos los que no buscan ser amados, sino sólo satisfacer su libido o presumir en sociedad de sus conquistas. Y son también muchos los que antes de recibir de la mujer el fruto de sus esfuerzos parecen hacer de buena fe todo tipo de promesas en sus dulces palabras y hablar con sincero corazón. Pero, cuando ya han conseguido el fruto de sus esfuerzos dan la espalda a su amada, y la duplicidad del corazón, que antes se mantenía oculta, empieza a aparecer, y la desgraciada, tonta y muy crédula mujer se encuentra letalmente atrapada por la astucia de su falaz amante.

¿Qué sucede, entonces, cuando un hombre rompe la fidelidad a la amada, no con intención de cambiar de amor, sino porque a ello le empuja una incoercible voluptuosidad? ¿Y qué diremos si, en el lugar oportuno y en el momento en que Venus le incita, se topa con una mujer totalmente desconocida o con una ramera o una criada?

¿Debe acaso su amada privarle de su amor si con ellas se solaza en la hierba? Podemos adelantar una respuesta contundente, afirmando que por este motivo un hombre no se juzga indigno del amor de su dama, a no ser que caiga en dichos excesos con tanta frecuencia y con tantas mujeres que precipiten la caída en una voluptuosidad fuera de medida. Si, por el contrario, conoce a una mujer cualquiera y la persigue insistentemente o es correspondido en su empeño, merece en justicia que se le prive del primer amor, pues hay motivos serios para sospechar que actuó así movido por una nueva pasión, sobre todo si corrió tras una dama noble o de una mujer honrada.

Pero, quizás te preguntes ahora qué debe hacer una mujer si su amado le pide permiso para echarse en brazos de otra mujer. Hemos de afirmar rotundamente que no debe concedérselo de ninguna manera. Por el contrario, debe prohibirle de forma explícita echarse en brazos de otra mujer. Y si la mujer se lo permite, y él hace uso de la licencia, reclamará en vano su primer amor, lo mismo que si lo hubiera hecho sin pedir su consentimiento. Pues, así como la mujer peca ciertamente contra el amor, concediéndole semejante permiso, su falta no puede excusar la maldad del amante en ocultar su delito. Pero, si éste intentó servirse del permiso concedido y no obtuvo resultado, la mujer no puede negarle los placeres habituales, pues también ella delinquió y ambas faltas pueden en justicia compensarse.

Discutamos ahora un viejo error y veamos qué se debe hacer cuando es la mujer la que rompe la fidelidad. Una vieja tradición, mantenida por unos pocos, pretende afirmar que hay que aplicar a la mujer que se muestra infiel a su amante la misma doctrina que expusimos al hablar del enamorado infiel. Esta opinión, por antigua que sea, no se ha de seguir, pues nos presenta un grave error. Lejos de nosotros sostener que haya que perdonar a una mujer que no se avergüenza de haber mantenido relaciones libidinosas con dos hombres. Porque, aunque esto se tolere en los varones por lo frecuente de su práctica y el privilegio de su sexo –en este mundo se permite a los hombres hacer con más libertad lo que por naturaleza es vergonzoso en las mujeres–, sin embargo, en la mujer, por el pudor propio de la timidez de su sexo, se juzga esto tan pecaminoso que, cuando comparte el placer con muchos, es tenida casi como una inmunda ramera e indigna de presentarse en compañía de otras damas. Por tanto, si volviera a su primer amante, se consideraría muy vergonzoso que éste aceptara sus abrazos. Con toda verdad se puede conocer que no queda en ella rastro alguno de su amor. ¿Por qué, entonces, pone en ella su afecto?

Quizás me digas: Si el amante de una mujer como ésta desfallece de amor por ella hasta el punto de no poder olvidarla ni apartar de ella su pensamiento, ¿podrías darle, maestro, un remedio que le ayude a liberarse? No goce Andrés de lo que más desea en este mundo –y sin lo que jamás se sentiría feliz en esta vida, si alguna vez diera a un hombre tan desgraciado su remedio–. Más útil nos parece dejar a este hombre a su propio arbitrio y mantener sus heridas intactas, como si fueran las de un muerto, que mostrarle los remedios del amor. Porque un hombre que demuestra haber perdido su virilidad hasta el punto de caer rendido por la pasión a tales mujeres, debe ser tenido por totalmente indigno de cualquier ayuda y es peor que un muerto. A hombre como éste, que se considera digno de semejante mujer, ¿le agrada siempre gozar de esta clase de amor?

¿Y qué decir de una mujer que prodiga sus besos a un hombre extraño, o le rinde con abrazos sin darle nada más? Vaya también para esto nuestro merecido reproche. Y diremos más: la mujer que entrega el don de sus besos y abrazos a un extraño obra de forma vergonzosa, pues siempre se ha estimado como un indicio de amor y suele darse a los hombres como anticipo de un futuro amor.

En la presente obra no trataremos de explicar qué se ha de hacer si un o una amante busca un nuevo amor de forma lícita. Porque, lo busque más o menos lícitamente, cuando alguien es alcanzado por el rayo de un nuevo amor, es presa de una violenta atracción que le obliga a obedecer a sus propios impulsos como si estuviera sometido a la voluntad de otro. Recuerdo, no obstante, que, cuando en cierta ocasión consulté sobre lo mismo, se me respondió que un verdadero amante nunca puede desear un verdadero nuevo amor, a menos que por un motivo cierto y justo advierta que su primera pasión se ha apagado. Esta regla es certísima, según nos ha demostrado nuestra experiencia.

En efecto, también hemos sido atrapados en las redes de un amor superior, si bien nada hemos conseguido de él, ni esperamos tampoco alcanzar el fruto deseado. El amor que nos hace languidecer es de una mujer de tan alta alcurnia que no nos es permitido expresarlo con palabras. Ni tampoco nos atrevemos a acudir al recurso lícito de la súplica, viéndonos así obligados a sufrir el naufragio de nuestro propio cuerpo. Y, no obstante, a pesar de haber sido arrojado a las olas de esta tempestad de forma tan osada y sin previsión, puedo todavía soñar con un nuevo amor o buscar otro modo de liberación.

Y, si, como parece, estás tan interesado en conocer el amor, puedes preguntarte, no sin razón, si es posible mantener una relación de amor puro con una mujer y sostener al mismo tiempo otra relación de amor mixto o común.

Con razones irrefutables te demostraré que nadie puede amar de este modo a dos mujeres al mismo tiempo. Porque, si bien el amor puro y el mixto parecen diferentes, los que observan con atención juzgan que el amor puro y el mixto son en esencia el mismo, pues sale del mismo afecto del corazón. Su esencia es la misma en ambos, aunque la manera de amar y de exteriorizarlo sea distinta, como te quedará patente en el siguiente ejemplo. Sucede a veces que a alguien le apetece beber vino puro, y el mismo apetito le lleva después a beber agua sola o vino mezclado con agua. Su esencia es la misma y no varía, aunque se apetezca de manera distinta. Es el mismo caso de las personas que han vivido durante mucho tiempo el amor puro y que después quieren gozar del amor mixto. La esencia de su amor sigue siendo la misma, aunque el modo, la forma y la apariencia de su amor sean distintas.

Quizás me preguntes, Gualterio, si se ha de rechazar a la mujer que, seducida de forma violenta, se entregó a los deseos del otro. Afirmamos que no existe razón alguna válida para imputar a nadie lo que hizo obligado por la fuerza, a no ser que después consienta tal acción, repitiéndola. Pero seguirás preguntando si peca la mujer que, contra el precepto del amor, incita a otra, que ya está unida de forma adecuada a otro, a buscar un nuevo amor. La lógica nos obliga a afirmar que a nadie es lícito solicitar, ni para sí ni para otro, a una mujer convenientemente unida a otro hombre.

Podrías preguntarme ahora si una mujer que cayó en las redes de un falso amor de un amante indigno puede lícitamente reclamar el consuelo de un nuevo amor y dejar al primero. Y si una mujer advierte que se ha equivocado entregándose a un amante indigno, ha de esforzarse con todas sus fuerzas para llevar por buen camino a su despreciable compañero, alejándole radicalmente de su mala conducta. Pero, si advierte que sus esfuerzos son incapaces de refrenar su maldad, lo puede lícitamente y sin reprensión alguna abandonar y frenar asimismo sus abrazos. Lo mismo se ha de decir del amante que, engañado por la sombra del error, se entregó de forma imprudente al amor de otra mujer.

Quizás pidas ahora mi opinión sobre esta cuestión: ¿puede considerarse infiel el amante que rechaza a su pareja porque se niega a entregarse por más tiempo a los placeres del amor? No pretendo ni me atrevo a afirmar que no sea lícito abstenerse de los placeres mundanos, no parezca que nuestra doctrina se opone frontalmente a los mandatos del mismo Dios. Tampoco sería seguro creer que el hombre no ha de servir antes a Dios que a los placeres del mundo. Pero, si después se entrega a un nuevo amor, afirmo que, según el juicio de las damas, tendría que volver a los abrazos de su primer amante, si éste quisiera reclamarlo.

Pero quizás me respondas: «Esto va contra la regla del amor, que dice que el amor no ha de ser divulgado». Mi respuesta a esto es que un amor puede ser confiado a tres personas, sin contar a los dos enamorados. A cualquier amante le es permitido buscar un confidente discreto, al que pueda confiar su secreto amor y que, llegado el caso, pueda también dulcificar sus penas. Pero también a la amada se le permite buscar un confidente en iguales condiciones. De común acuerdo pueden tener además un mensajero fiel que permita también mantener siempre su amor oculto y firme. Cuando la ocasión lo requiera, los dos confidentes, si así lo desean los amantes, habrán de dirigirse a las damas para informarles de lo que les sucede para estar peleados con ellas, pero sin dar sus nombres.

Y aquí podemos preguntarnos no sin razón: ¿puede decirse que es infiel a su amante una mujer que ha alimentado tan generosamente sus esperanzas o que ha llevado sus caricias primeras hasta el segundo e incluso al tercer grado y que después frustra el amor prometido? Creo firmemente que se ha de mantener que si una mujer da esperanzas de amor a alguien o le da otras primeras señales de amor, se considerará una gran ofensa por parte de la mujer el que quiera negarle un amor tanto tiempo esperado. No es propio de una mujer decente demorar sin motivo sus promesas. Tampoco se ha de dar esperanzas ni otro tipo de caricias, ya que si deja de cumplir lo que prometió incurriría en el mayor de los engaños. Lo más vergonzoso, en efecto, en una mujer es dejar de cumplir lo prometido. Semejantes engaños son propios de las meretrices, dispuestas siempre a mentir con sus hechos y palabras y que basan todos sus sentimientos en la falsedad del corazón.

Una cosa quiero advertirte de modo especial sobre las prostitutas. Si alguna vez un hombre se enamora por milagro de una de ellas no podrá serle infiel. Sé que esto mismo se ha sacado de algunas de las afirmaciones de la condesa de Champaña. Y estoy convencido de que si ella lo ha dicho es porque quiso denunciar la bajeza de quien persigue a una prostituta y así castigar su deliberada decisión. Porque, quien se une a un amor tan inmundo no merece que se le ayude con los privilegios del amor en los momentos de adversidad, sino que habrá de soportarla pacientemente tras haberse uncido a ella, sabiendo lo que hacía. Lo dicho aquí de las prostitutas se refiere a las que viven en prostíbulos, como también a las que se entregan a un amante con la esperanza de cualquier tipo de remuneración.

Quieres saber también, Gualterio, si dos amantes que gozan de un amor puro y uno de ellos pide al otro el amor mixto o común, éste puede lícitamente rechazarle. Quiero darte una instrucción completa sobre este punto. Todos los hombres han de elegir el amor puro con preferencia al mixto o común. A ninguno de los amantes, sin embargo, le está permitido oponerse a los deseos del otro, a no ser que, al uncir su relación amorosa, decidieran de común acuerdo no probar el amor mixto, si no lo pedía la plena voluntad de ambos en concordia. No obstante, y a pesar de que los amantes están unidos por un convenio tal que no les permite reclamar más allá de lo que decidieron de mutuo acuerdo, la mujer no actúa rectamente si se niega a obedecer en esto a su pareja, sabiendo que él persiste en su deseo. Pues todos los amantes están obligados a seguir sus mutuos deseos en el ejercicio del amor.

7. Sobre diversos juicios de amor

Pasemos ahora a examinar distintos juicios de amor:

I. Cierto caballero, enamorado apasionadamente de una dama, empezó a dedicarle todos sus pensamientos. La mujer, sin embargo, a pesar de verlo atormentado por este amor, se negó rotundamente a amarlo. Cuando se percató de que su amante no cesaba de cortejarla le propuso un día lo siguiente:

–Es cierto y sé que ha tiempo sufres de amor por mí. Nunca, sin embargo, podrás conseguir mi amor, a no ser que antes quieras hacerme una firme promesa: que siempre habrás de obedecer todas mis órdenes. Y si me contrarías en algo es que quieres verte privado de mi amor.

El enamorado repuso de esta manera:

–Lejos de mí, señora mía, cometer el error de actuar de forma que sea sorprendido contrariando en algo tus órdenes. Acepto de grado una petición que para mí es gratísima.

Hecho esto, la mujer le ordenó inmediatamente que desistiese de conseguir su amor y no se atreviera a hablar a otros de sus excelencias. El amante lo soportó con paciencia, a pesar de lo duro de la prueba. Un día, sin embargo, encontrándose el mencionado galán con otros caballeros en presencia de algunas damas, les oyó hablar de forma muy desvergonzada de su dama, manchando su reputación con palabras perversas e injustas. Al principio, logró soportarlo con dificultad, pero al ver que insistían en calumniarla, arremetió contra ellos lanzando violentos reproches y con valentía empezó a refutar los infundios y a defender el buen nombre de su dama. Llegado que fue este hecho a los oídos de la dama, ésta confesó que debía privarle íntegramente de su amor, por haber contravenido sus órdenes al insistir en alabarla.

Por su parte, la condesa de Champaña expresó así su juicio sobre este caso:

«La orden de esta dama –afirmó– fue demasiado severa, pues no se avergonzó de reprimir con una sentencia inicua a quien se sometió a su voluntad y a quien dio esperanzas de amor con una promesa que ninguna dama puede quebrantar sin causa. Dicho galán, por consiguiente, no faltó en nada, pues se vio forzado a corregir con justicia a los detractores de su dama. Parece, por tanto, injusto que la mujer le impusiese la orden de no pensar más en adelante en su amor, a pesar de haber quedado obligado a cumplir una promesa para conseguir así más fácilmente su amor.»

II. Otro caballero que disfrutaba de los abrazos del mejor amor de su dama, pidió a ésta permiso para poder gozar los de otra mujer. Conseguido el permiso, se olvidó por más tiempo de los acostumbrados goces de la primera mujer. Al cabo de un mes, volvió, sin embargo, junto a ella, manifestándole que no había experimentado ningún placer con la otra, ni que tampoco lo había deseado, sino que había querido probar su fidelidad. La mujer lo rechazó como indigno de su amor, manifestando que para negarle su amor era suficiente el haberle pedido y conseguido tal permiso.

A esta dama parece oponerse la sentencia de la reina Leonor, quien fue consultada sobre este asunto. He aquí su respuesta:

«La misma naturaleza del amor nos demuestra que los amantes para probar la fidelidad y la constancia de su pareja, fingen a menudo que están deseando nuevos abrazos. Va, por tanto, contra la esencia del amor quien por esta razón deja de abrazar a su amante o se niega a amarlo, a no ser que tenga pruebas de que aquél ha quebrantado su fidelidad.»[3]

III. Siendo dos hombres iguales en todo –en linaje, vida, costumbres y otras cosas– se diferenciaban tan sólo en cuanto a su riqueza natural. ¿Quién de los dos habrá de ser elegido como amante, cosa que, según consta, dudan muchos?

Sobre este punto queda el juicio de la condesa de Champaña, que dice:

«No sería justa una sentencia que posponga la nobleza pobre y honrada a la riqueza sin educación[4]. No es absurdo, en cambio, preferir a un pobre honrado que a un rico noble, si el amor que se busca es el de una mujer opulenta. En efecto, una mujer que es rica en bienes materiales y se une a un amante pobre es más digna de alabanza que la que prefiere al que tiene muchas riquezas. Porque nada debe ser más triste para los hombres buenos que las tinieblas de la pobreza oscurezcan la virtud o que sea ahogada por la necesidad. No sin razón, por tanto, se alaba a la mujer rica que, olvidando su riqueza, busca un amante al que pueda socorrer con sus bienes materiales. El mayor elogio que puede merecer un enamorado, sea de uno u otro sexo,

3. En siete de los juicios que aparecen en este capítulo da su veredicto la condesa María de Champaña, hija de Leonor de Aquitania.

4. Séneca, *De beneficiis,* IV, III.

es que sale al encuentro de todas las necesidades de su pareja, si tiene posibilidad de hacerlo.»

En el caso de que una mujer se vea envuelta en la oscuridad de la pobreza, puede aceptar más libremente el amor de un hombre rico. Porque, si ambos se encontraran envueltos en la ola de la indigencia, sin duda alguna, su amor duraría poco. En efecto, la necesidad lleva a todos los hombres buenos a la mayor vergüenza, pues produce en ellos todo tipo de pensamientos angustiosos y les inquieta hasta en el reposo del sueño y, en consecuencia, suele ahuyentar el amor.

IV. Se plantea ahora otra cuestión parecida: dos hombres iguales en todo y por todo empezaron a cortejar a una dama al mismo tiempo, pidiéndole ser amados por ella apasionadamente. Se pregunta, entonces, ¿quién de los dos ha de ser preferido en este amor?

Los consejos de la misma condesa nos advierten que en una situación como ésta merece ser escuchado el primer pretendiente. Si, en cambio, sus peticiones son simultáneas, como parece, habrá que dejar con razón al arbitrio de la mujer la decisión, a fin de que pueda elegir de entre ambos al que desde lo más hondo de su corazón y con toda libertad prefiera.

V. Cierto oficial de palacio amaba sin medida a su dama y disfrutaba plenamente de sus abrazos. Ella, sin embargo, no le correspondía con el mismo afecto. Él quiso abandonarla, pero la mujer, en su deseo de retenerlo en su primer amor, se opuso a su voluntad.

A este caso, la condesa respondió así:

«Ciertamente es perversa la intención de la mujer que intenta ser amada, pero que se niega a amar. No tiene sentido exigir a los demás sin consideración algo que uno niega a los demás.»

VI. Surge también la duda siguiente: un joven sin reputación moral alguna y un caballero sin tacha solicitan el amor de la misma mujer. El joven alega que debe ser preferido al adulto, ya que, si obtuviera el amor requerido, podría conseguir la integridad moral. Y si un hombre sin honra –añadió– se transformara en una persona honrada sería motivo de no pequeña gloria para la mujer.

A esto respondió así la reina Leonor:

«Aunque demuestre el joven que puede elevarse hasta adquirir integridad de costumbres, no es muy inteligente por parte de la mujer elegir un amor indigno, sobre todo si desprecia a un hombre bueno e intachable que solicita también su amor. Podría resultar que la conducta de este hombre vil no diera los frutos prometidos, a pesar de recibir los bienes deseados, porque no siempre las semillas que se siembran producen fruto.»[5]

VII. A la consideración de esta misma reina fue sometido este otro caso de amor. Un hombre se unió a una mujer sin saber que ya estaba encinta. Al enterarse de su error le pidió separarse de ella. La mujer, por su parte, que se había unido a él por el vínculo del amor, trató de obligarle a mantener el amor prometido, alegando que era un delito totalmente excusable, porque desde el principio se habían entregado al amor sin que todavía existiera culpa alguna de su parte.

A esto la reina contestó:

«Esta mujer bajo las velas del error parece luchar contra la conveniencia y la ley. Pues siempre estamos obligados a impedir las acciones pecaminosas y dañinas. Y sabemos

5. Ovidio, *Ars amatoria,* II, 513.

que la misma ley humana se opone a ellas con penas gravísimas.»

VIII. Cierta dama estaba unida sentimentalmente a su amante. Después, sin que éste hubiera cometido falta alguna, contrajo matrimonio con un caballero honorable, huyendo así de su amante y privándole de los placeres acostumbrados. Pero la crueldad de esta mujer queda condenada por la dama Ermengarda de Narbona[6] con estas palabras:

«La nueva unión matrimonial sobrevenida no tiene por qué excluir el primer amor, a no ser que deje de entregarse al amor y decida después renunciar totalmente a amar a nadie.»

IX. A la mencionada dama le pidió alguien que le diera a conocer dónde se da mayor sentimiento amoroso, entre amantes o entre casados. La misma señora le respondió con esta explicación filosófica. El afecto marital y el verdadero amor de una pareja de amantes se juzgan totalmente diferentes y surgen también de movimientos marcadamente distintos. La invención del mismo término es equívoca y, por tanto, excluye toda comparación y obliga a designar con él dos cosas de distinta especie. La comparación, por más y por menos, falla entre cosas contenidas en un equívoco, si la comparación se refiere a un nombre común respecto al cual se aplica no unívocamente. No valdría, en efecto, una comparación que afirmara que un nombre es más simple que el objeto que designa o que el objeto es más complejo que la palabra de la que es representación.

6. Ermengarda de Narbona emite cinco juicios. Fue vizcondesa de Narbona y en su corte cantaron muchos trovadores.

X. Este mismo hombre planteó a la misma dama otro problema de esta forma: cierta mujer casada primero y ahora separada de su marido mediante divorcio, es insistentemente solicitada por éste a reanudar una relación amorosa.

«Si una pareja –contestó la susodicha dama– ha estado unida por la alianza conyugal y, después, por cualquier causa se separan, creemos que entre ellos el amor es totalmente abominable.»

XI. Un hombre bueno y prudente pide la mano de una dama. Poco después llegó otro hombre mejor que el anterior y requirió con insistencia el amor de la misma dama. ¿A quién de los dos deberá preferir amar? Este litigio quedó solucionado así por Ermengarda de Narbona:

«Queda al arbitrio de la mujer elegir entre el pretendiente bueno o el que es mejor que él.»

XII. Veamos también otro juicio de amor. Cierto hombre, que se llevaba bastante bien con su dama, requirió en amores de forma vehemente a otra, como dando a entender que había roto con la primera. Este hombre consiguió todos los deseos de su corazón, todo lo que le pedía en sus conversaciones. Conseguido su empeño, vuelve a solicitar los abrazos de la primera, dando la espalda a su segunda amante. ¿Qué castigo procede dar a este hombre malvado? Sobre este caso brilla la sentencia de la condesa de Flandes[7]:

«Este varón, tan ducho en maquinaciones engañosas, no sólo no debe gozar más del amor de ambas mujeres, sino

7. La condesa de Flandes, que pronuncia dos juicios (12 y 13), es Elisabeth de Vermandois.

que tampoco de ninguna otra ya que se puede creer que está dominado por una violenta pasión, que es el mayor enemigo del amor, según enseña la doctrina del capellán. La segunda mujer, por su parte, no ha de sentir vergüenza de lo hecho, pues toda mujer, si quiere tener el reconocimiento de la gente, necesita entregarse al amor. Pues no es fácil para nadie sondear la fidelidad interior del hombre ni las intimidades de su corazón. Y por grande que sea la prudencia, muchas veces resulta ensombrecida por el engaño de las palabras falsas. Pero si ese varón no vuelve a su primera mujer, y se aferra en persistir en el amor de la segunda, la primera no tiene por qué quejarse de ésta, si lo que busca es defender el amor compartido y si es capaz de soportar que la otra sufra más el engaño que ella por la astuta falacia de un hombre.»

XIII. He aquí otro juicio. Cierto oficial que carecía de todas las virtudes que adornan a los hombres y que, por lo mismo, era reprobado por toda mujer, solicitó con tanta desvergüenza a una mujer que ella le dio esperanzas de amor. Esta dama, de tal manera con sus enseñanzas sembró en su amante tan buenas costumbres que le dio también sus besos y abrazos, llevándole así a la más alta perfección moral y a ser honrado como dechado de toda virtud. Vuelto ya al camino del bien y adornado por todas las virtudes que dicta la cortesía, otra dama solicitó de forma insistente su amor, a cuyos deseos accedió sumiso y obediente el oficial, olvidándose de la largueza de la primera dama.

Sobre este punto tenemos la respuesta de la condesa de Flandes. Dice al respecto:

«Que la primera mujer sea capaz de apartar a su amante de los abrazos de cualquier otra mujer es un hecho que parece ha de ser celebrado por todos. Pues gracias a sus esfuerzos lo elevó desde el mal más profundo hasta la más alta cumbre de la cortesía y la virtud. Creemos que le asiste todo el derecho y la razón frente a ese hombre que, carente de toda integridad moral, se convirtió por sus atenciones y cuidados en un hombre más virtuoso y de mejores costumbres.»

XIV. Una dama que desde hacía tiempo tenía un amante embarcado en una expedición de ultramar, confiando en que no regresaría pronto, y cuando casi todos habían perdido la esperanza de que volviese, se echó un nuevo amante. Un confidente del primer amante, sumamente dolido de su falta de fidelidad, se opuso a este nuevo amor. Sin querer aceptar el consejo, la mujer hizo suya esta defensa: «Si a las mujeres que quedan viudas –dijo– por la muerte de su primer marido le es lícito, pasados dos años, buscar un nuevo amor, con mucha más razón debe permitírsele a la mujer que es viuda de un amante vivo, y que no ha tenido oportunidad de gozar en dicho tiempo de la visita de un mensajero o de una carta remitida por el amante, máxime cuando no le faltaban ocasiones de hacerlo». Como después la discusión terminara en polémica, los litigantes acordaron dejar la cuestión al arbitrio de la condesa de Champaña, quien cerró el debate de esta manera:

«No obra bien la amante que abandona a su pareja bajo pretexto de una dilatada ausencia, a no ser que con anterioridad esté cierta de que su compañero ha faltado a su amor o ha quebrantado su fidelidad. Y está todavía más obligada cuando su amante se ha visto obligado a ausentarse por una necesidad o por un razón nobilísima. Nada, en efecto, debe suscitar en el corazón de una enamorada que recibir todo bienes de su amante desde tierras lejanas o saber que es aceptado con aplausos en las asambleas de los grandes. Que se haya abstenido de enviarle cartas con mensajeros puede estimarse como prueba de su mucha prudencia, pues no le está permitido revelar su secreto a ningún extraño. De haber enviado cartas, cuyo contenido fuese un secreto para el portador, traición de éste o su muerte imprevista en el camino podrían fácilmente difundir los secretos de su amor.»

XV. Surge de nuevo otro caso de amor: cierto amante perdió un ojo u otro miembro de su cuerpo en una batalla durísima, siendo por ello rechazado por su amada como indigno y repugnante, negándole los acostumbrados abrazos. La sentencia de la dama de Narbona condena a esta mujer en respuesta al mencionado litigio:

«La mujer que resuelve dejar a su amante por una deformación sufrida en las habituales contingencias de una guerra –y que suelen acontecer a los más valientes– a juicio de todos no merece honor alguno. El valor de los hombres, en efecto, suele despertar al máximo el amor de las mujeres y las mantiene más tiempo en su propósito de amar. Me pregunto, entonces, ¿por qué una deformación física –consecuencia habitual y lógica del valor– ha de afectar al amante con la pérdida del amor?»

XVI. Salta a la discusión otra duda: cierto caballero que sufría *De Amores* por cierta dama y que no disponía apenas de tiempo para hablar con ella se valió para este fin –y con su consentimiento– de un confidente. Así, cada uno de ellos podría conocer más fácilmente los deseos del otro y, al mismo tiempo, transmitirle sus secretos. Por su parte, el confidente, después de aceptar su misión, rompió su fidelidad, asumió el papel de amante y empezó a solicitar a la dama por su cuenta. La susodicha dama, de forma muy poco cortés, asintió a sus engaños para llegar después a entregarse a él y cumplir todos sus deseos.

Por su parte, el oficial ofendido por la afrenta recibida contó a la condesa de Champaña toda la secuencia de los hechos, pidiéndole que ella misma y las demás damas juzgaran dicha falta. Y hasta el mismo traidor aceptó complacido el arbitrio de la condesa. Ésta, asistida por sesenta damas, emitió este juicio:

«Ese pérfido amante que encontró la mujer digna de sus méritos, pues no se sonrojó de consumar un crimen tan grande, disfrute, siquiera, de un amor tan mal adquirido y que ella goce del amigo que merece. Pero sepan que para siempre se verán privados del amor de cualquier otra persona. Y que ninguno de los dos será nunca invitado a las reuniones de las damas o a las asambleas de los caballeros, pues él faltó a la fe de la orden de la caballería y ella contra el pudor de las damas entregándose torpemente al amor de un confidente.»

XVII. Añadamos otro caso. Un caballero, enamorado de una dama comprometida con otro, consiguió de ella una esperanza de amor en estos términos: que si acaso alguna vez se viera privada del amor de su amante, no dudaría en entregarle su amor. Al poco tiempo la mujer se entregó a él como esposa. Entonces, dicho caballero exigió la entrega del tanto prometido, pero ella se negó alegando que no había perdido el amor de su primer amante. La reina[8] resolvió así el caso:

«No nos atrevemos a contradecir la sentencia de la condesa de Champaña, quien a su juicio dictaminó que entre

8. La reina es Leonor de Aquitania.

esposos el amor no se puede llevar más allá de sus fuerzas. Alabamos, por tanto, que la mencionada mujer entregue el amor prometido.»

XVIII. Otro caballero divulgó torpemente las intimidades y secretos de su amor. Todos los que militan en el ejército del amor piden que se castigue severísimamente semejante exceso, pues temen que el ejemplo de tal traición sea motivo para que otras lo sigan. En consecuencia, una asamblea de damas reunida en Gasconia[9] tomó por unanimidad la firme y definitiva resolución de que ese hombre perdiera toda esperanza de amor y llevara en todas las cortes, tanto de damas como de caballeros, el estigma de persona censurable y despreciable. Y si una mujer violara temerariamente las resoluciones de estas damas, entregándole, por ejemplo, su amor, quedaría sometida para siempre a la misma pena, y, por tanto, sería tenida por enemiga de toda mujer honrada.

XIX. A estos juicios se añade otro nada despreciable. Un caballero solicitó el amor de una dama, que ésta se negó rotundamente a concederle. Como respuesta, le envió unos regalos muy valiosos que ella aceptó con cara sonriente y ávido corazón. Después, sin embargo, se mostró esquiva en el amor y su respuesta fue rechazarle de nuevo. El caballero manifestó sus quejas, creyendo que el aceptar los regalos era expresión del amor, una esperanza que ahora le negaba sin motivo. La reina respondió así:

«O la dama rechaza los regalos ofrecidos pensando en su amor, o los compensa con el favor del amor, si no tendrá

9. Único juicio emitido por toda una corte. Algunos apoyan que es ésta una corte de Amor, pronunciándose así por la existencia de las cortes de Amor.

que soportar pacientemente que se la incluya en la compañía de las prostitutas.»

XX. La reina fue preguntada también sobre qué amor se debería elegir: si el de un hombre joven o el de un anciano. Ella respondió con admirable sutileza:

«No por su edad sino por su sabiduría, bondad y conducta intachable es bueno o mejor el amor de un hombre. Pero, si reflexionamos un poco sobre el instinto natural del deseo veremos que los jóvenes se entregan con más avidez al placer sexual con la mujer adulta que con una jovencita de su edad. Los adultos, por el contrario, aspiran más bien a conseguir los besos y abrazos de las muchachitas que los de una mujer adulta. A su vez, tanto una mujer joven como adulta apetecen más los abrazos y caricias de los adolescentes que de los hombres maduros. ¿Por qué ocurre esto? Quizás parece mejor una explicación física.»

XXI. Otra pregunta le fue hecha también a la condesa de Champaña sobre qué cosas deben aceptar las damas de sus amantes. Ésta fue su respuesta:

«Una dama puede aceptar sin miedo los siguientes objetos: un pañuelo para limpiarse el rostro, cintas para el cabello, una cadena de oro o de plata, un broche para el pecho, un espejo, un cinturón, un bolso, un cordón para el vestido, un peine, mangas, guantes, un anillo, un frasco de perfume, perfumes, aguamaniles, pequeños vasos, bandejas, cintas que le recuerden al amado. Y, para decirlo de una manera general, cualquier objeto pequeño que sirva para el cuidado del cuerpo o realce su belleza o que pueda recordarle a su amante. Ella podría recibirlo de su amado, cuando la aceptación del regalo parezca estar libre de toda sospecha de avaricia.

»Por otra parte, queremos enseñar a todos los que militan en la filas del amor un detalle muy particular. Si una dama acepta de su amado un anillo en señal de amor, ha de colocarlo en el dedo meñique de la mano izquierda y ha de llevar la gema del anillo escondida en la parte inferior. Y ha de ser así porque la mano izquierda suele quedar libre de todo contacto deshonesto y torpe; y en el dedo meñique, porque en él, más que en ningún otro dedo, se dice que reside la muerte y la vida[10] y la piedra escondida porque todos los enamorados han de guardar en secreto su amor.

»Si, además, los amantes utilizan tarjetas de visita, absténganse de firmarlas con sus propios nombres. Y si, por cualquier motivo, asistieran a los juicios de las damas, cuídense de no revelar su nombre a los jueces, sino que propondrán sus cosas de forma anónima. Y las cartas naturalmente intercambiadas no deben ir selladas con su sello propio, si no es que tengan sellos secretos de todos desconocidos a excepción de ellos mismos y de sus confidentes. Y así se mantendrá siempre ileso su amor.»

10. Texto basado en Juan de Salísbury, *Policraticus,* VI, 12.

8. Sobre las reglas del amor

Veamos ahora las reglas del amor. Con la mayor brevedad intentaré mostrarte las reglas que, se dice, el mismo rey del Amor propuso de viva voz y dirigió por escrito a todos los amantes.

Cierto caballero de Bretaña[11] cruzaba solo el bosque real para visitar al Rey Arturo. Cuando ya se había adentrado en dicho bosque se topó inopinadamente con una joven bellísima, montada en un hermoso caballo y entretejiendo sus cabellos. De manera precipitada la saludó, y ella le respondió cortésmente:

–No podrás, bretón –le dijo–, encontrar lo que buscas, por mucho que te empeñes, sin el auxilio de nuestra ayuda.

Cuando el caballero oyó esto pidió inmediatamente a la joven que le explicara el motivo por el que atravesaba el bosque, así podría creer después lo que ella le dijera.

–Cuando solicitaste el amor de cierta dama de Bretaña –le dijo ella–, te manifestó que nunca lo podrías alcanzar

11. Antes de las 31 reglas del amor Andrés el Capellán sitúa una novelita del ciclo artúrico que tiene diversas versiones en la Edad Media.

sin traerle antes el halcón victorioso que está en la corte del Rey Arturo sobre una percha de oro.

El bretón reconoció, entonces, que todo lo dicho era verdad.

–No llegarás a poseer el halcón que buscas –prosiguió la joven– si antes no demuestras, combatiendo en el palacio del Rey Arturo, que gozas del amor de una dama más hermosa que cuantas viven en la corte real; pero no podrás entrar en palacio si no muestras antes a los guardianes el guante del halcón. Esto es imposible sin obtener la victoria, en un doble combate, sobre dos esforzados caballeros.

–Reconozco –respondió el bretón– que si no vais a venir en mi auxilio no podré consumar esta hazaña. Quiero, en consecuencia, ponerme bajo vuestra protección, y os suplico que me prestéis vuestra ayuda en esta batalla y que, con vuestro consentimiento, sea capaz yo de conquistar el amor de la mujer más hermosa.

La joven le dijo:

–Si tienes tanto arrojo como para no tener miedo de realizar lo que hemos hablado podrás conseguir de nosotros lo que pides.

–Todos mis deseos –contestó el bretón– quedarían cumplidos, si os dignarais concederme lo que os pido.

–Concedido, pues, todo lo que pides –dijo la joven. Le dio un beso de amor y le ofreció el caballo que montaba–. Este caballo –añadió– te llevará a todos los lugares que desees, pero tú has de avanzar sin miedo y enfrentarte con todo tu valor a cuantos se te interpongan. Guarda con diligencia esto en la memoria: cuando hayas vencido a los dos primeros que defienden el guante, no lo recibas de ellos; cógelo tú mismo de la colmena de oro de la que está colgado. De lo contrario no podrás conseguir la victoria en el combate del palacio ni realizar lo que deseas.

Tras esto, el bretón se vistió sus armas y, obtenido el permiso, empezó a adentrarse en el bosque. Atravesando lugares muy agrestes y abruptos llegó finalmente a un río de aguas de una profundidad y anchura sorprendentes, cuya travesía, por la desmesurada altura de sus orillas, resultaba imposible para cualquiera. No obstante, caminando durante mucho tiempo por la orilla, llegó finalmente a un puente. Tenía esta forma: era de oro y sus extremos se apoyaban en ambas orillas; su centro, en cambio, se hundía en la corriente y temblaba bajo las olas borrascosas. Un caballero de feroz aspecto, montado a caballo, le espera en el extremo del puente al que había llegado. Le saludó muy cortésmente, pero el caballero se negó con desprecio a devolverle el saludo.

–¿Qué buscas, bretón –le dijo–, armado como vienes desde tan remotos lugares?

–Trato de pasar el río por el puente –le respondió.

–Más bien buscas una muerte que ningún extranjero ha podido evitar –repuso el guardián del puente–. No obstante, si quieres alejarte y deponer todas tus armas, seré misericordioso e indulgente con tu juventud, pues fue ella la que te trajo con una ingenuidad tan insensata a campos ajenos y a reinos extraños.

El bretón respondió:

–Si depusiera las armas, no conseguirías una victoria merecedora de alabanza, pues tú, armado, vencerías a un inerme. En el caso, en cambio, de que impidieras transitar por un lugar público a quien va armado, habría que apuntarte una victoria gloriosa. Si, en efecto, no se presenta pacífica la entrada del puente, me abriré camino con la espada.

Por su parte, el guardián del puente, al oír que el joven pedía el paso con la espada, montó en cólera y empezó a rechinar los dientes:

–En mala hora, joven, te envió Bretaña a este lugar –le dijo–, porque perecerás en esta soledad a golpe de espada, y no podrás contar a tu dama las noticias de este reino. ¡Ay de ti, desgraciado bretón!, que no temiste llegar a estos lugares a buscar tu muerte por requerimiento de una dama cualquiera.

Y clavándole al caballo las espuelas, arremetió contra el bretón, le embistió con su afilada espada y comenzó a inferirle crueles golpes hasta que, chocando violentamente con el escudo, la espada le atravesó la carne por el costado, rompiendo dos pliegues de su coraza de manera que la sangre comenzó a manar abundantemente por la herida. El joven, sin embargo, excitado por el dolor, dirigió la punta de su lanza contra el caballero del puente y, en medio de una lucha encarnizada, le traspasó el cuerpo derribándole del caballo ignominiosamente sobre la hierba. El bretón quiso entonces cortarle la cabeza, pero la muy humilde súplica del guardián consiguió el perdón que solicitaba.

Sin embargo, al otro lado del puente había apostado un hombre de inmensa estatura que, cuando vio que el guardián era vencido por el bretón y que a continuación éste proseguía su marcha por el puente de oro, comenzó a agitarlo con tanta fuerza que, sumergido como estaba en las aguas, se dejaba de ver su estructura durante casi todo el rato. El bretón, por su parte, plenamente confiado en la bondad de su caballo, no desistió de emprender virilmente la travesía y, tras muchas zozobras y dificultades, y diversas inmersiones, llegó, por fin, gracias al brío del caballo, al otro lado del puente. Llegado que fue ahogó en el agua al agitador del puente y se vendó las heridas del costado lo mejor que pudo.

Después de esta primera hazaña, el bretón comenzó a cabalgar a través de hermosísimos prados. Y, recorrido que hubo diez estadios, el camino le llevó a un ameno prado, donde flores de todas clases exhalaban su perfume. En el prado se erguía un palacio que maravillaba por su construcción: era redondo y de singular belleza; por ninguna de sus partes pudo distinguir una puerta ni ver un hombre. Sin embargo, en ese mismo prado encontró mesas de plata cubiertas con blanquísimos manteles y, sobre ellos, toda clase de comida y bebida. En ese hermosísimo prado había también una concha de plata purísima con pienso y agua suficiente para los caballos.

Dejando al caballo pacer a su gusto, él dio la vuelta al palacio. Nada le permitió reconocer, sin embargo, un acceso al recinto, y pudo constatar la ausencia de habitantes en el lugar, así que se acercó a la mesa y con gran avidez comenzó a comer lo que estaba servido en ella. Poco después se abrió una puerta tan de repente y con tal ruido que pareció que estallaban truenos allí cerca. Al instante, salió por la misma puerta un hombre con estatura de gigante, que traía en las manos una maza de cobre de enorme peso, que agitaba sin esfuerzo como si fuera una paja[12].

–¿Qué hombre de tanta presunción eres tú –le dijo– que no has temido venir a estos lugares regios y comerte con tanta osadía e irreverencia los manjares de los caballeros de la mesa real?

–La mesa real –respondió el bretón– debe ser ofrecida en abundancia a todos, y no conviene negar a nadie la comida ni la bebida regia. También a mí me es lícito probar los manjares dispuestos para los caballeros, pues sólo me inquieta un asunto que es propio de caballeros, y es también cosa de

12. Este gigante parece que deriva, según algunos, del Brand de la leyenda gala.

caballeros lo que me trae por estos parajes. Doble es, por tanto, tu descortesía al prohibirme esta mesa regia.

–Aunque sea ésta la mesa real –repuso el portero–no está permitida a cualquiera, sino a aquellos que están al servicio de este palacio, y que no permiten pasar a nadie, a menos que luche con los guardias de palacio y los venza. Si en este combate sucumbe alguno, no cabe remedio para él. Levántate, por tanto, de la mesa y vuelve corriendo a tu casa o bien lucha, sigue tu camino y explícame cuál ha sido el motivo de tu llegada.

–Busco el guante del halcón –le dijo el bretón–, y éste es el motivo de mi venida. Una vez que lo consiga, pienso seguir adelante en mi lucha y, vencedor, tomaré el halcón en la misma corte de Arturo. ¿Dónde está el llamado guardián de palacio que quiere impedirme entrar a los lugares secretos?

–¡Ignorante! Estás dominado por una gran locura, bretón –le respondió el portero–. Antes podrías morir y revivir diez veces que conseguir lo que dices. Yo soy ese guardián de palacio, el que, implacable, hará frustrar tu empeño y despojará a Bretaña de tu juventud. Pues tanta es mi fuerza que ni siquiera doscientos caballeros podrían resistir mi cólera.

–Aunque asegures que posees mucha fuerza, quiero entrar en combate contigo –le respondió el bretón–. Así podrás comprobar la clase de hombres que produce Bretaña. No está bien, sin embargo, que un caballero entre en combate con un hombre de a pie.

–Veo que tu fortuna –dijo el portero– quiso que te acercaras a estos lugares de muerte donde mi diestra mató de una forma horrible a más de mil. Pero quiero luchar contigo, que vas montado, aunque no me encuentre entre los de a caballo, porque si sucumbes a manos de uno de a pie, creerás con razón que cualquiera que sea el valor de un caballero, yo habría de vencerlo.

–No quiera Dios –repuso el bretón– que un jinete entre en liza con un hombre de a pie. Conviene que ambos entremos en combate a pie. –Y, empuñando las armas, arremetió denodadamente contra el enemigo que le hacía frente, dañando levemente su escudo con la punta de la espada. El guardián de palacio, montando en cólera y despreciando la exigua estatura del bretón, hizo vibrar con tanta furia su maza de bronce, que el escudo del bretón quedó totalmente fuera de servicio por la fuerza del golpe. El bretón quedó totalmente aterrorizado. El guardián, pensando que con un segundo golpe lo dejaría fuera de combate, levantó en alto su maza para herirle de nuevo. Sin embargo, antes de que el arma recayera sobre él, el bretón, velocísimo y sagaz, hirió con su espada el brazo del guardián. Lanzó a tierra la mano derecha cortada junto con la maza y, cuando ya se disponía a rematarlo, el guardián gritó y le dijo:

–¿Eres tú, por ventura, el único caballero descortés que nos envió la dulce Bretaña, pues con un golpe de espada pretendes rematar al vencido? Porque, si quisieras perdonarme la vida, con muy poco esfuerzo te haría conseguir lo que buscas, ya que sin mí no podrás conseguir nada.

–Te perdonaré la vida, portero, si cumples lo que prometes –replicó el bretón.

Y dijo el guardián:

–Si esperas un momento, te daré al instante el guante del halcón.

–Ladrón y embaucador de hombres es lo que eres –le respondió el bretón–. Ahora es cuando de verdad sé que quieres engañarme. Enséñame tan sólo el lugar donde se esconde vuestro guante, si de verdad quieres conservar la vida.

El guardián condujo al bretón a lo más secreto del palacio, donde una bellísima columna de oro sostenía todo el peso del edificio. De ella colgaba el codiciado guante; lo cogió con decisión, agarrándolo con la mano izquierda. Al instante comenzó a resonar por todo el palacio un griterío y un llanto, a pesar de que no se veía a nadie. «¡Ay! ¡Ay!, que el enemigo, contra nuestra voluntad, huye victorioso con su botín.» Salió del palacio, subió al caballo que ya estaba enjaezado y reemprendió su viaje hasta llegar a otros lugares bellísimos, donde se extendían prados preciosos, cuidados con todo primor, en medio de los cuales se levantaba un palacio de oro construido con gusto exquisito. Su longitud era de seiscientos codos y su anchura de doscientos. Su techo y la fachada exterior eran de plata; el interior, en cambio, era todo de oro y adornado con piedras preciosas. El palacio estaba dividido en diversas estancias, y en la parte más noble se encontraba el rey Arturo sentado en su trono y rodeado por hermosísimas damas, cuyo número no me pudo determinar. Le rodeaban también muchos y muy elegantes caballeros. En este mismo palacio se hallaba la finísima percha de oro, hermosa de verdad, en la que posaba el codiciado halcón de oro. Y allí cerca yacían sujetos por cadenas sus dos perros guardianes.

Pero antes de que se pudiera entrar en palacio, se levantaba una barbacana muy fortificada, concebida como defensa del mismo. La custodiaban dos aguerridos caballeros que no permitían a nadie traspasarla, sin mostrar el guante del halcón. Cuando el bretón los vio, les enseñó rápidamente el guante.

–Este camino –le dijeron, abriéndose paso– no favorece a tu vida; más bien, te conduce a terribles sufrimientos.

Pero el bretón, entrado que hubo al palacio, saludó al rey Arturo. Los caballeros, ansiosos, le preguntaron a qué había venido, a lo que respondió que a llevarse el halcón.

–¿Por qué quieres el halcón? –le preguntó uno de los caballeros.

–Porque gozo del amor de una mujer –respondió el bretón– más hermosa que la de cualquier caballero de esta corte.

–Pero para poder llevarte el halcón –le contestó el aludido caballero– deberás defender antes lo que afirmas, en un combate.

–Con mucho gusto –asintió.

Y, habiéndole conseguido un escudo adecuado, los dos caballeros se situaron en la palestra del palacio, ya armados, y, tras espolear a los caballos, arremetieron fuertemente uno contra otro. Quebrados los escudos y rotas las lanzas, siguieron batiéndose con las espadas hasta despedazar sus armaduras. La lucha se prolonga y el caballero del palacio es entonces herido certeramente por un doble golpe en la cabeza. Tan duro fue que la vista del caballero empezó inmediatamente a enturbiarse, hasta el punto de no poder ver absolutamente nada. El bretón se dio cuenta y, con rapidez y audacia, le propinó un fuerte golpe que le derribó, ya vencido, del caballo. Tomó entonces el halcón y al mirar a los perros vio un manuscrito colgando de la ya mencionada percha de oro, sujeto por una cadena también de oro.

Al preguntar, interesado, por ella recibió esta respuesta:

–Es el manuscrito en que están escritas las reglas del Amor, que el mismo rey del Amor dictó de viva voz a todos los amantes. Te conviene quedártelo y enseñar a todos los amantes estas reglas; si es que quieres, llévate en paz el halcón.

Una vez que hubo recibido cortésmente permiso para marchar, el bretón tomo el manuscrito y regresó sin dilación ni contratiempo junto a la dama del bosque, a la que encontró en el mismo lugar en que la había dejado paseando. Ésta se alegró muchísimo de su victoria y le dejó marchar diciéndole:

–Vete con mi permiso, querido mío; vete, que te espera la dulce Bretaña. Pero, por favor, no consideres dolorosa esta partida, pues siempre que quieras volver solo a estos lugares, me encontrarás aquí.

El bretón recibió un beso y lo repitió treinta veces. Después reemprendió contento el ameno camino hacia Bretaña. Allí estudió las reglas escritas en la carta y las hizo llegar a todos los amantes, a tenor de la respuesta anteriormente recibida. Éstas son sus reglas:

I. El matrimonio no es excusa suficiente para no amar.
II. El que no siente celos no puede amar.
III. Nadie puede estar comprometido con dos amores.
IV. Consta que el amor crece o disminuye siempre.
V. No sabe a nada lo que el amante consigue contra la voluntad de su pareja.
VI. El varón sólo puede amar a partir de la plena pubertad.
VII. Al amante superviviente se le prescriben dos años de luto tras la muerte de su compañero.
VIII. Nadie debe verse privado del amor sin una razón de peso.
IX. Nadie puede amar, si no es incitado por el amor.
X. El amor suele huir siempre de la casa de la avaricia.
XI. No conviene amar a aquellas mujeres con las que uno se avergonzaría casarse.
XII. El verdadero amante no quiere más abrazos que los de la mujer que ama.
XIII. El amor a voces suele durar raras veces.

XIV. Hace despreciable el amor una conquista fácil; una difícil lo hace valioso.
XV. Ante la mirada de su amada todo amante suele palidecer.
XVI. La contemplación imprevista de la amada hace estremecer el corazón del amante.
XVII. Un nuevo amor ahuyenta al anterior[13].
XVIII. Sólo la virtud hace a alguien digno de amor.
XIX. Cuando el amor mengua, desaparece rápidamente y raras veces se rehace.
XX. El enamorado siempre está temeroso.
XXI. Los verdaderos celos siempre acrecientan el deseo de amar.
XXII. Los celos y el deseo de amar crecen con la sospecha del amante.
XXIII. De amor acosan a quien poco come y duerme.
XXIV. Todos los actos del amante se pierden en el pensamiento de la amada.
XXV. Nada considera bueno el verdadero amante, sino lo que cree que agrada a su amada.
XXVI. El amor no puede negar nada al amor.
XXVII. El amor no puede hartarse de las caricias de su amante.
XXVIII. La más leve sospecha predispone al amante a pensar lo peor de su amada.
XXIX. No suele amar aquel a quien arrastra una pasión desenfrenada.
XXX. El verdadero amante tiene siempre ante sí la imagen de su amada.
XXXI. Nada impide que dos hombres amen a una mujer, ni que dos mujeres amen a un hombre.

13. Cicerón, *Tusculanas,* IV, 35.

Tales son las reglas que, como dije, trajo consigo el bretón y que, de parte del rey del Amor, entregó, junto con el halcón, a su dama, por cuyo amor tantas calamidades sufrió. Ella, reconociendo su plena fidelidad y dándose cuenta de su arrojo y valentía, premió sus hazañas entregándole su amor, y ante una asamblea de numerosas damas y caballeros hizo públicas dichas reglas del Amor, mandando a todos los amantes su fiel cumplimiento, por orden terminante del rey del Amor. Toda la asamblea las aceptó y prometió obedecerlas para no caer en el castigo del Amor. Asimismo, todos los que, convocados, estaban en la asamblea, se llevaron las reglas escritas y las difundieron por diversas partes del mundo a todos los amantes.

Libro tercero

Reprobación del amor

Amigo Gualterio: después de atenta reflexión, y como respuesta a tu petición, te diré que nada te quedará oculto sobre el arte del amor si prestas oídos atentos a lo que queda escrito. Por el afecto que te tengo, y deseando cumplir tus deseos, te he expuesto en este pequeño libro la doctrina densa y completa del amor. Sábete que lo he hecho, no porque crea que tú u otro cualquiera necesite amar, sino para que nunca puedas reprocharme en nada mi torpeza. Creo, por el contrario, que quien pone todos sus esfuerzos en el amor echa a perder sus posibilidades.

Lee, por tanto, este librito, no como si quisieras hacer tuya la vida de los amantes, sino para que, confortado con su doctrina, conocedor de las mujeres y capaz de suscitar la seducción de las mismas, puedas conseguir la recompensa eterna, absteniéndote de dicha seducción, y así merecer una mayor gloria junto a Dios. Pues agrada más a Dios quien tiene la ocasión de pecar y no usa de ella, que otro a quien no se le ha dado la ocasión de delinquir.

Una persona inteligente tiene muchas razones que le obligan a rechazar todos los actos del amor y a oponerse siempre a sus exigencias. Nadie puede resistirse a la primera de estas razones. Nadie, en efecto, puede agradar a Dios aunque sean muchas las obras buenas que realice, si pretende entregarse a los servicios del amor. Porque Dios odia, y en ambos Testamentos manda castigar a los que fuera del matrimonio se entregan a las obras de Venus o se recrean en todo género de lujuria[1]. ¿Qué de bueno se podrá hallar allí donde nada se hace según la voluntad divina? ¡Ay! ¡Qué dolor tan grande, sin embargo, qué amargura inunda mi corazón cuando, lleno de dolor, veo que por culpa de las vergonzosas e inconfesables obras de Venus los hombres se ven privados de los premios del cielo! ¡Oh!, desgraciado en verdad, estúpido y digno de ser tenido peor que una bestia aquel que antepone a la felicidad eterna un momentáneo placer carnal y trata de librarse de la llama del infierno que no cesa.

Atiende, pues, Gualterio, aplica tu agudo ingenio y dime qué honor puede merecer un hombre que, despreciando al Rey de los cielos y desobedeciendo sus mandatos, no teme aliarse con el viejo y eterno enemigo por el amor de una mujerzuela cualquiera. No habría tenido Dios ninguna razón para prescribir la celebración del matrimonio si la relación carnal no se realizase sin pecado, pues, de ese modo, la multiplicación de su pueblo sería mayor que a través del matrimonio.

Asombra, por tanto, la estupidez del hombre que, abrazando la viles obras terrenas de Venus, pierde la herencia eterna que el mismo Rey celestial recuperó con su propia sangre para todos los hombres. Constituye además para el hombre la mayor indignidad, y una injuria para Dios todo-

1. El adulterio se condena frecuentemente tanto en el Antiguo como en el Nuevo Testamento. He aquí algunos pasajes: Éxodo, 20; Levítico, 20, 10; Proverbios, 6, 32; Deuteronomio, 22, 23; Mateo, 19, 18; Marcos, 10, 19; Lucas, 18, 20; Apocalipsis, 21, 8.

poderoso, ceder a la seducción de la carne y a los placeres del cuerpo para volver a caer en las redes del Tártaro, de las que ya nos libró el mismo Padre celestial con el derramamiento de la sangre de su Hijo.

Hay también una segunda razón que se opone a los amantes: por el amor carnal se hiere al prójimo a quien por mandato divino debe amor como a sí mismo[2]. Incluso, sin tener en cuenta esta ley, atendiendo sólo a la utilidad del mundo, estamos obligados a amar al prójimo. Nadie, en efecto, puede prescindir de los demás, ni siquiera por un momento.

Una tercera razón nos aconseja a todos evitar este amor desordenado: por él un amigo se separa de otro, surgen las mayores enemistades entre los hombres y también se cometen asesinatos y otras muchas desgracias. Nadie, por ejemplo, que estuviera unido a otra persona por lazos de afecto y amistad y se diera cuenta de que ésta está enamorada de su mujer, o de su hija o de otra persona allegada, dejaría de sentir al instante los celos del odio o el veneno de la rabia. Pero se cree que el que desdeña los deberes de la amistad a cambio de los deleites del cuerpo sólo vive para sí mismo. Y en consecuencia, todo hombre habrá de alejarse de él como de un enemigo de la raza humana y huir de él como de una bestia venenosa. ¿Es que el hombre puede encontrar algo más necesario y útil que tener amigos fieles? Ni el fuego ni el agua, según el testimonio de Cicerón, son tan necesarios como la compañía de los amigos[3]. Y si alguien encontrara entre todos los hombres un solo amigo lo tendría por el más preciado tesoro. Nada en este mundo, en efecto, se puede comparar a un amigo. Son

2. Lucas, 10, 27.
3. Cicerón, *De amicitia*, 22.

muchos los que se dicen amigos, pero dejan sin sentido este nombre, pues su amistad desaparece con las circunstancias. El verdadero amigo se muestra todavía más fiel en la adversidad y aparece más constante en todo cambio de fortuna. A esto alude el viejo proverbio que dice: «Cuando seas feliz, contarás con muchos amigos; cuando los tiempos se nublen, te dejarán solo»[4].

En su libro sobre la amistad, el elocuente Tulio describe lo que vale y lo útil que es un amigo. Una vez que hayas captado en este libro la utilidad y la necesidad de la amistad, podrás conocer con claridad cómo y en qué grado ha de ser juzgado quien pospone la amistad al lujurioso placer de la carne.

Hay otra razón que nos prohíbe el pecado del amor: por su propia naturaleza, todos los pecados ensucian el alma[5]; éste, en cambio, es el único que mancha al mismo tiempo el alma y el cuerpo. Ha de evitarse, por tanto, más que los otros pecados. No sin razón, en efecto, la autoridad divina establece que la fornicación es más grave que ningún otro pecado.

Otra razón parece demostrarnos que debemos desechar el amor carnal: quien ama está fuertemente sometido a cierta esclavitud y posee el temor de que casi todo va a perjudicar su amor; su espíritu se sobresalta por la más leve sospecha y queda fuertemente herido en lo más profundo de su corazón. Los celos hacen temer al amante toda conversación o paseo de su amada con un extraño, y lo mismo sucede con un retraso imprevisto, porque «el amor es algo que suscita una preocupación llena de temores»[6]. Nada, en efecto, se atreve a pensar o hacer el amante si va en contra

4. Ovidio, *Tristia,* IX, 5-6.
5. *Primera epístola a los corintios,* 6, 18.
6. Ovidio, *Heroidas,* I, 12.

del más pequeño deseo de su amada, temiendo que se puedan alterar sus intenciones o su fidelidad. Ni la vigilia ni el sueño pueden robarle esta preocupación: al que de verdad hiere la espada del amor, el recuerdo de la amada le tortura de continuo, y ni la gloria, ni las riquezas de este mundo, ni cualquier otra dignidad es capaz ya de apreciar si no es en la medida en que goce del amor de su amado, conforme al dictado de su corazón. Así pues, aunque un amante fuera dueño del mundo, si su amor sufriera mengua o contrariedad, consideraría todo lo que posee como la mayor de las miserias, pues el amante cree que la pobreza no puede dañarle mientras el amor secunde sus deseos. Lo que más teme un amante es hacer o decir algo que de alguna manera pueda suscitar la ira de su amada o turbarla. ¿Quién, por tanto, es tan necio o tan loco que quiera conseguir aquello que conduce al hombre a doblegarse a un poder extraño en tan feroz servidumbre, viéndose así obligado a seguir en todo los deseos del otro? Piensa además que, aunque a veces el amigo no se ofenda por el amor que sentimos, pues a él le es indiferente, le será imposible sentir, sin embargo, las mutuas manifestaciones de la amistad mientras domine en nosotros ese amor verdadero. Quien está herido por los dardos del amor no piensa ni cree útil otra cosa que no sea agradar a su amada y estar totalmente a su servicio. Por eso paga mal a su amigo, abandonándole y dándole de lado. En consecuencia hemos de considerar un desgraciado al que sólo vive para sí mismo y para su amada, y al que, despreciando la ayuda y la utilidad de todos los demás, la sustituye por el amor de una sola mujer. No sin razón, por ello, parece que debe ser abandonado por todos sus amigos e incluso marginado por todos los hombres.

Otra razón parece enemiga del amor: del amor surge una pobreza detestable y por él se llega a la cárcel de la miseria. De forma inexorable, el amor constriñe al hombre a regalar indistintamente lo que se puede dar y lo que no. Esto –como dice la antigua sabiduría[7]– no es generosidad sino prodigalidad, cosa que la divina Escritura califica de pecado mortal[8]. Ninguna fortuna, en efecto, es suficiente para satisfacer esta prodigalidad que lleva a cualquiera de forma insolente al mayor abismo de las miserias y, lícita o ilícitamente, le obliga a acumular riquezas que le permitan dar pábulo a su pasión[9] y mantener ileso su honor en este mundo. Pues a quien acostumbra a nadar en la abundancia y a gozar de los placeres de la vida y de la carne, si después cae en las tinieblas de la pobreza, todo el mundo le parece oscuro, y no teme cometer toda clase de crímenes con tal de recuperar la fortuna perdida para volver a sentir los placeres anteriores. No es posible imaginar crimen en este mundo que el amante dude en cometer, si por él su pobreza se convierte en opulencia para seguir alimentando su amor.

Guárdate, pues, de buscar una causa, cuyas consecuencias te será difícil evitar. Mira si no la reputación de un hombre que ha cometido robos, rapiñas, hurtos y otras atrocidades, y mira con qué cara puede vivir entre los hombres quien ha sido hallado reo de los pecados que hemos mencionado. ¿Hay algo, entonces, que pueda hacer más despreciable a un hombre ante los demás que verse sometido al suplicio de la pobreza por el amor de una mujer?

Hay también otra razón bastante convincente que va contra cualquier amante: si el amor le causa una vida de

7. Aristóteles, *Ética a Nicómaco*, IV, 6.
8. Proverbios, 18, 24; Lucas, 15, 24-25.
9. Ovidio, *Remedia amoris*, 749.

sufrimientos intolerables, mayores los sufrirá después de la muerte. ¡Oh! Qué sorprendente debe parecer a todos ese bien que promete a los vivos un dolor incesante, y amenaza a los que mueren con suplicios eternos; y que promete a todos los amantes una herencia que, según la Sagrada Escritura, consiste en las tinieblas exteriores, donde habrá llanto y rechinar de dientes[10]. Si quieres, Gualterio, seguir mis consejos, deja que otros consigan tales bienes. Por lo que se refiere a los sufrimientos que acucian en vida a los amantes –aunque ya hablé por extenso de ellos antes–, no creo, sin embargo, que nadie pueda conocerlos en profundidad si la experiencia, que es maestra, no se los ha enseñado.

Con otra razón se prueba también que se ha de evitar el amor: la castidad y la continencia de la carne se cuentan entre las mismas virtudes y, necesariamente, habrá que contar, por tanto, entre sus contrarios a los vicios, la lujuria y los deseos de la carne. Todo hombre, en consecuencia, ha de evitarlos, pues los hombres que viven en la tierra no desean otra cosa que tener un nombre que los demás estimen glorioso y que su fama se difunda por el mundo. Nadie, en cambio, podrá conservar su fama limpia e intacta entre los hombres ni su buen nombre, a menos que se vea revestido con el ornato de las virtudes, y nadie puede poseer el ornamento de las virtudes si sigue manchado con la negrura del pecado, por mínimo que éste sea. Porque «la virtud y el vicio no pueden estar de acuerdo ni habitar en la misma casa»[11].

Quiero, incluso, dar un paso más y añadir que tanto en el anciano como en el joven, en el clérigo como en el laico,

10. Mateo, 8, 12; 22, 13; 25, 30.
11. Ovidio, *Metamorfosis,* 1, II, 846-847.

en el plebeyo como en el caballero, en la mujer como en el varón, se alaba la honestidad y la castidad, así como la integridad corporal, y se condena la depravación de la carne. Aunque alguien consiga el amor de una mujer de la más alta posición, no podrá evitar que su fama se vea dañada, y con muchísima razón, entre los hombres buenos y sensatos de cualquier corte. ¿Por qué, entonces, buscas el amor, si ante Dios y ante los hombres vas a ser visto como réprobo y blasfemo? No por otra cosa, ciertamente, sino porque puedes perder tu reputación en el mundo y a Dios.

Esto tampoco le reportará la gloria, si es una mujer la que quiera entregarse al servicio del amor, aunque sea amada por alguien de estirpe real. Piensa que, aun cuando a los hombres se les tolera el exceso de pasión o de lujuria, a causa de su desenfrenada sexualidad, en las mujeres es tenido como un crimen rechazable que acaba con su reputación y hace que toda persona sensata las tenga como a prostitutas inmundas, merecedoras de desprecio.

Existe además otra forma de condenar este amor: si observamos y estudiamos atentamente el asunto, llegamos a la conclusión de que no hay delito alguno que no sea consecuencia del amor. Todos sabemos que casi siempre el homicidio y el adulterio son secuelas del amor. Digamos lo mismo del perjurio, pues, a menudo, en las traiciones por amor, los juramentos que se hacen, según consta en las normas de los Santos Padres, no son juramentos sino más bien «perjurios». Que también el hurto procede del amor nos lo demuestra la séptima razón sobre la reprobación del amor que expusimos más arriba. El falso testimonio es también su consecuencia: no hay ningún género de mentira que no profieran los amantes, si están obligados por la necesidad del amor. Y todos saben que la ira y el odio nacen de él, y también que el incesto es producto suyo. No encontramos a nadie tan conocedor de las Sagradas Escrituras que sepa refrenar la lujuria ante mujeres que sean sus parientes y afines, o ante mujeres consagradas a Dios, si se ve espoleado por los aguijones del amor, hostigado por el espíritu maligno. Y de esto tenemos experiencia acumulada: así nos lo demuestra el ejemplo del sapientísimo Salomón, quien, como si fuera un bárbaro, por el amor de las mujeres no temió acercarse a otros dioses ni hacer sacrificios a los ídolos mudos[12]. Y si esto llegó a sucederle a él, a quien Dios quiso dotar de una sabiduría y ponderación superiores a las de los demás hombres, ¿qué medio de defensa nos protegerá a nosotros que, comparados con él, somos rudos ignorantes y que de alguna manera actuamos a las órdenes de otro? Así, «allí donde veas que se seca la madera verde, arde la que ya está seca»[13].

Hay todavía otra razón que parece acechar al amor: si todos los males proceden del amor, no veo que de éste derive bien alguno para el hombre, pues el deleite carnal, que con tanta avidez se busca en él, no pertenece a ningún género de bien. Sabemos, por el contrario, que es un delito condenable, que hasta en los mismos casados se tolera, pero como una falta venial que no llega a pecado. Así lo afirma el profeta cuando dice: «Mira que en culpa yo nací, en el pecado me concibió mi madre»[14].

Reprobamos además el amor con este argumento: el amor no sólo conduce a los hombres a la privación de la herencia celestial, sino que también les arrebata los honores de este mundo. No se encuentra clérigo alguno de tan noble linaje ni de tan alta prosapia que haya conseguido

12. I Reyes, 11, 4.
13. Lucas, 22, 31.
14. Salmos, 51, 7.

fácilmente la dignidad eclesiástica, si se sabe de él que está entregado al servicio del amor. Merece, en cambio, que se le prive de los honores que ya posee y que los hombres le tengan por un ser infame. De la misma manera, ningún laico puede ser honrado por su prudencia ni alabado por su probidad que no pierda su primera reputación o se le estime menos idóneo para desempeñar un cargo honorífico, si consta que está manchado por el vicio de la carne. Y por noble, prudente y hermosa que sea una mujer, si se sabe que está unida sentimentalmente a alguien, será objeto de desprecio de todos y toda persona sensata rehuirá su contacto.

A todo esto añadiré que cualquier amante es lento y perezoso para todo, excepto en aquellas cosas que parecen tener alguna relación con el amor que le ocupa. Ningún asunto suyo, en efecto, preocupa al enamorado, ni el de su amigo; ni escucha a quien le habla de cualquier acontecimiento, ni llega a enterarse de las palabras de quien le pide algo, a menos que tengan relación con su amor. Si así fuere, aunque se le hablara un mes seguido de ello, no perdería ni jota de la conversación: ¡tan ávidamente recoge las palabras relativas a su amada que nunca se cansa de escuchar lo mucho que se habla de ella!

Por lo demás, sabemos sin duda alguna que el mismo Dios es origen y principio de la castidad y del pudor. La autoridad de la Escritura nos enseña, por su parte, que el diablo es el autor del amor y de la lujuria. Y, por tanto, la razón nos obliga a guardar el pudor y la castidad y a evitar totalmente la lujuria, pues lo que el diablo ha realizado en modo alguno puede ser bueno para el hombre, ni merece elogio alguno. En cambio, lo que Dios ha hecho no puede producir ningún mal efecto ni resultar dañino para el hombre. Sabed, entonces, que sufre ceguera mental quien, olvidado de sus deberes para con Dios, apuesta por servir al diablo.

El diablo, en efecto, promete muchas cosas placenteras a sus caballeros, para ofrecerles después otras muy amargas. Hace siempre lo contrario de lo prometido, porque desde el principio fue mentiroso y no ha permanecido en la verdad[15]. Es su costumbre presentar una recompensa miserable a sus devotos, pues quien mayores servicios le presta, mayores castigos merece recibir de él y mayores torturas sufrirá eternamente. Y sabe que quien mayores ofensas le hace, más sometido queda a él. El mismo diablo confiesa que se parece al ladrón que se ofrece como guía seguro a un viajero y, tras recibir el pago, lo conduce a lugares infestados de enemigos y lo abandona para después repartirse los despojos y el botín con ellos. De igual modo, el diablo promete a sus caballeros seguidores cosas dulces y placenteras y, en cierta manera, impunidad y una vida larga; pero, una vez recibido el pago por haberlos guiado, esto es, cuando aquellos se ven comprometidos por el dinero del pecado, los lleva a lugares sembrados de emboscadas, como la muerte, donde los demonios preparan a los hombres trampas hostiles. Allí los abandona y se reparte con los enemigos los despojos y el botín, pues una vez conducidos con ingeniosos engaños al infierno y al poder de los demonios, los tortura con castigos en compañía de las otras potestades del Tártaro.

Dios, en cambio, no es así, sino que por todo lo bueno y agradable que promete nos devuelve cosas mucho mejores y más placenteras, pues Él es el Camino, la Verdad y la Vida[16], y, no sin razón, cumple sus promesas mejorándo-

15. Juan, 8, 44.
16. Juan, 14, 6.

las. Y todo aquel que quiere unirse con total confianza a los que le siguen, no sentirá las asechanzas de ningún enemigo, sino que será conducido seguro al lugar deseado y a la gloria eterna. Con toda razón, por tanto, cada uno de nosotros está obligado a rechazar el amor y los actos lujuriosos y a abrazar con todas sus fuerzas la castidad.

El amor, además, suele llevar a los hombres a complicadas y mortales guerras y a romper los pactos de paz perpetua. Con frecuencia también echa por tierra grandes y egregias ciudades, fortalezas fortificadas y los más seguros campamentos. Conduce a los más ricos hasta la desgracia de la miseria, sin que éstos hayan derrochado sus fortunas, y obliga a muchos a expiar crímenes de los que no son culpables ni ellos ni sus padres.

A éstos podemos añadir todavía otros males del amor: en efecto, rompe de forma inicua los matrimonios y obliga sin causa al marido a separarse de su esposa, cuando Dios establece terminantemente la ley, dada por Él, de que el hombre no los puede separar. «Lo que Dios unió no lo separe el hombre»[17]. Sabemos de muchos amantes que, movidos por el amor, tramaron la muerte de la esposa y la mataron con los más crueles suplicios, crimen a todas luces horrible para todos, pues, en este mundo, a nadie ha de querer el hombre como a su esposa, unida a él por legítimo derecho. Dios estableció que la mujer fuera una misma carne con su marido y mandó a la mujer que, dejando a todos los demás, se uniera a su esposo. Dice así: «Por eso dejará el hombre a su padre y a su madre y se unirá a su mujer y serán una misma carne»[18].

Añadamos que con la esposa legítima superamos la concupiscencia sin cometer pecado, vencemos los estímu-

17. Mateo, 19, 6.
18. Mateo, 19, 5-6; Marcos, 10, 7-9; Génesis, 2, 23-24.

los de la lujuria sin manchar el alma, conseguimos descendencia legítima que nos proporciona dignos placeres, tanto en la vida como en la muerte, y en ella podrá Dios conocer el fruto de los dos. Pero hay que reconocer también que a veces la prole es fruto de la fornicación, y no puede proporcionar alegría alguna al padre, ya que los hijos se ven privados de su herencia. Además, según atestigua la Escritura, los hijos nacidos de la fornicación son la ignominia de su padre. Tampoco Dios acepta tales hijos como nos muestra la enseñanza de la Sagrada Escritura, que dice: «Los hijos del adulterio son abominables a Dios»[19].

Si, por tanto, todas las cosas abominables proceden del amor; y si ya sabemos que nada bueno sale de él, sino penas infinitas para los hombres, ¿por qué, joven estúpido, pretendes amar y privarte de la gracia divina y de la herencia eterna? Aprende, pues, mi carísimo amigo, tanto a mantener la castidad de tu cuerpo como a vencer con la virtud del alma los placeres de la carne y a mantener limpia tu copa para el Señor. Pues, aunque el fuego de la carne te queme de tal manera que la continencia corporal te sea demasiado difícil de guardar, si quisieras aceptar mi consejo, te sería fácil alcanzar sin demora tanto la continencia como la castidad, pudiendo así rechazar sin mayor dificultad el deseo carnal. Que tus pensamientos, por tanto, nunca te lleven al deseo carnal. Acuérdate también de evitar de forma radical lugares, momentos y personas que puedan precipitarte en la voluptuosidad y provocar tus deseos. Si lo propicio de un lugar o circunstancias de un suceso inesperado te acucian a hacer el amor con una mujer que te invade, trata de rechazar tal deseo varonilmente y abandona al instante los lugares que motivan esa situación. Mas si el aguijón de la carne hubiera co-

19. Sabiduría, 3, 16; Eclesiástico, 41, 6.

menzado ya a atormentarte, cuida de no llevar a efecto tu deseo o que tu consentimiento llegue a mancharte. Ten presente que si en las pocas ocasiones en que te ves envuelto en la lucha contra la lujuria te muestras constante y vencedor, serán luego raros o nulos los asaltos que sufras. La lujuria, en efecto, es de tal condición que nos vence cuando la perseguimos y huye cuando huimos[20].

Si, por tanto, estás dispuesto a escuchar lo que se te dice, te será fácil hacer frente a sus embestidas. No quiera Dios que el contacto de Venus pueda manchar a mi hombre de tan alta nobleza y de probidad tan notoria, viviendo amancebado con una mujer o mancillado por una mujer corrupta, pues un riguroso examen sobre la condición y estado de la mujer es lo más abyecto y repugnante del mundo.

Pasemos por alto ahora esto para que no parezca que a través de las mujeres estamos acusando de alguna manera a la naturaleza. Por otra parte, toda persona sensata conoce bien sus propios defectos. De momento, sólo nos interesa disuadirte totalmente del amor y exhortarte a guardar castidad. Has de saber que nada nos sería más grato en esta vida que llevar a cabo nuestro deseo con la ayuda divina, pues la castidad y la continencia es algo que todos deben tener y conservar ante Dios y ante los hombres por todos los medios. La carencia de estas dos virtudes impide al hombre realizar cualquier buena acción. Y si consta que alguien las tiene, se pasarán por alto muchos de sus excesos y se olvidarán algunos de sus pecados. Porque, si un hombre es casto y generoso, difícilmente quedará herido por quien le difamara y dañara su reputación.

Serás, por tanto, sensato, si te aplicas con todas tus fuerzas a alcanzar esta virtud que enaltece cuanto de bueno

20. Alain de Lille, *Summa de arte praedicatoria*, V.

hay en el hombre, y que tiene el poder de encubrir los deslices de cualquiera. No te sorprenda que haya dicho «casto» y haya añadido a continuación «generoso». Pues cuando en el hombre no hay generosidad, toda otra virtud parece muerta y no suscita alabanzas, según el texto de Santiago que dice: «Así también la fe, si no tiene obras, está realmente muerta»[21]. Y, en consecuencia, toda virtud que no esté revestida de largueza se considera muerta.

Otra clara razón tienen en su contra los amantes: el cuerpo humano queda debilitado por el amor y las obras de Venus, perdiendo por ello los hombres sus fuerzas en el combate. Una triple causa bastante razonable debilita a los amantes: primeramente porque, según lo demuestra la ciencia médica, la potencia del cuerpo disminuye muchísimo por la práctica de Venus; en segundo lugar, porque el amor hace que el cuerpo coma y beba menos y, lógicamente, su energía queda reducida; y, finalmente, porque el amor quita el sueño y priva al hombre de todo descanso. La privación del sueño acarrea una mala digestión y un mal cuerpo, cosa que podemos saber por la misma definición médica del término «sueño», pues, como dice Johanicius: «el sueño es el descanso de las fuerzas animales unido al aumento de las naturales»[22]. La pérdida del sueño no es, por tanto, otra cosa que el cansancio de las fuerzas animales junto con la merma de las naturales.

Por una cuarta razón, ciertamente no despreciable, podemos afirmar que el cuerpo humano se debilita: creemos que, por el pecado, todos los dones de Dios en el hombre quedan disminuidos y se reduce el tiempo de vida. Y, puesto que el vigor del cuerpo es un don tan importan-

21. *Epístola de Santiago,* 2, 16-17.
22. Avicena, anteriormente atribuido a Johanicus, médico del s. XII.

te y esencial, no obrarás bien si, por cualquier causa, tratas de adquirir algo que pueda privarte de dicho don o, bajo cualquier pretexto, lo debilitas. Has de entender que del amor no sólo procede lo dicho anteriormente, sino la misma enfermedad física. Así, con una mala digestión se perturban los humores internos y de ahí surgen las fiebres y enfermedades sin cuento. La pérdida del sueño produce asimismo con muchísima frecuencia alteraciones en el cerebro y en la mente que vuelven loco y furioso al hombre. Las ideas obsesivas que día y noche asaltan a los enamorados provocan la debilitación del cerebro, de la que se derivan enfermedades físicas. Me acuerdo ahora de que hace tiempo encontré en ciertos libros de medicina que las prácticas de Venus envejecen a los hombres prematuramente y, por lo tanto, trato de convencerte de no amar.

Por otra razón quiero llevarte a no amar: porque cuando un hombre sensato se enamora la sensatez deja de asistirle. Pues, aun cuando esté lleno de cordura, si se deja arrastrar por prácticas venéreas, su sensatez no acierta a dominar sus impulsos lujuriosos ni a refrenar sus actos mortíferos. Hasta se dice que las personas sensatas enferman más fácilmente de amor y se entregan con más intensidad a los deleites de la carne que quienes carecen de conocimiento; aunque cuando los varones sensatos han sucumbido al amor, suelen despreciar después los excesos lujuriosos más que los menos dotados de sensatez. ¿Quién, en efecto, estuvo tan lleno de ponderación como Salomón, el cual, por una lujuria sin medida y por amor a las mujeres, no temió adorar a dioses extraños? ¿Y quién tuvo una sabiduría tan grande y tan célebre como la del profeta David, que, a pesar de tener incontables concubinas, deseó apasionadamente a la mujer de Urías, la mancilló, adulterando con ella, y mató a su marido como si fuera un vil homicida?[23]. ¿Qué amante de mujeres sabrá, entonces, dominar su pasión, si en hombres como éstos, guiados por la sabiduría, perdió ésta toda su fuerza y no pudo frenar su lujuria?

Con esta otra razón condenamos también a los amantes: jamás podrás encontrar el amor mutuo que buscas en la mujer. Nunca, en efecto, mujer alguna amó a un hombre, ni jamás se sintió unida a él con el vínculo del amor recíproco. La mujer sólo busca enriquecerse en el amor, y no da a su amante satisfacción plena. Que nadie se extrañe de esto, pues nace de su misma naturaleza[24]. En efecto, toda mujer, por la condición de su mismo sexo, está tocada por el vicio de la testarudez y de la avaricia, atenta siempre al dinero y al lucro, en actitud vigilante del oro.

He viajado por muchas partes del mundo y, tras minuciosas indagaciones, no he podido encontrar a nadie que pudiera aseverarme haber encontrado a una mujer que no exigiera con insistencia repetida lo que no se le había ofrecido, o que no diera largas, ya iniciado el amor, si no veía un montón de regalos, ya ofrecidos o exigidos por ella. Y aunque hubieres dado a una mujer riquezas incontables, si advierte tan sólo que tardas en darle el regalo que espera o si simplemente se entera de que te has vuelto pobre, te considerará como a un forastero desconocido, y terminarás resultándole pesado y molesto. Te diré más: no podrás encontrar mujer alguna que esté unida a ti por amor tan grande o de tanta y sólida fidelidad en su amor que se resista si se le acerca alguien ofreciéndole cualquier tipo de regalo. Es tal el ansia y codicia de las mujeres que unos regalos generosos rompen en ellas todas las barreras de la

23. Reyes 2 (Samuel 2), 2.
24. Ovidio, *Ars amatoria*, II, 279-280.

castidad. Si, pues, te acercas a ellas con la mano abierta, ninguna te dejará ir de vacío en lo que le pidas. Pero, ¡ay de ti, si no llevas generosas propuestas! No te acerques a las mujeres para pedir nada, pues aunque tuvieras la categoría de rey, si no llevas algo, no conseguirás nada de ellas, y podrías verte arrojado de forma vergonzosa lejos de su presencia. Por su avaricia todas las mujeres son ladronas e incluso se cree que poseen cofres para su botín. No se encuentra mujer alguna, por alta que sea su alcurnia y grande su riqueza, cuyo pudor no se vea manchado por una oferta de dinero, y que no se deje corromper por la abundancia y esplendidez de un hombre, aunque degenerado y despreciable. Y la razón es precisamente la siguiente: ninguna mujer se considera la suficientemente rica, lo mismo que ningún beodo cree haber bebido suficiente. Y así, aunque la tierra y las aguas se convirtieran totalmente en oro, difícilmente podrían mitigar la avaricia de una mujer.

Añádase a esto que la mujer no sólo es avariciosa por naturaleza, sino también envidiosa, maldiciente, ladrona, esclava de su vientre, inconstante, de doble palabra, desobediente, respondona contra todo lo prohibido, tocada del vicio de la soberbia y ávida de vanagloria, mentirosa, borracha, charlatana, incapaz de guardar un secreto, lujuriosa en exceso, dispuesta a todos los vicios y sin un amor verdadero al hombre.

Y la mujer es avara, porque no hay maldad en el mundo que ella misma no se atreva a cometer por dinero, y porque no es capaz de ayudar con su riqueza a cualquiera que esté necesitado. Podrías más fácilmente rayar un diamante con la uña del dedo que conseguir, valiéndote del ingenio, que una mujer te dé algo por propia voluntad de su peculio. Pues, así como Epicuro cree que el sumo bien consiste en los placeres del vientre, así también la mujer piensa que la gloria de este mundo estriba en las riquezas y en la habilidad para conservarlas. No hay, en efecto, mujer alguna tan ingenua y alocada que no sepa guardar sus posesiones con extremada avidez y conseguir lo ajeno del modo más sutil. Diré todavía más: una simple mujer es mucho más cauta en la venta de una gallina que el más hábil abogado en el traspaso de un gran castillo. Y no hay mujer unida a un hombre con amor tan grande que no intente con todo su ingenio despojar a su amante de todas sus riquezas. Esta regla nunca falla y no tiene excepción alguna.

Por regla general, toda mujer es también envidiosa, pues la consumen siempre los celos de la belleza de otra mujer, cosa que le impide ser feliz. Hasta el punto de que si llega a sus oídos el elogio que se hace de la belleza de su propia hija, no pueda evitar llegar a ser también víctima de los celos y de la envidia. La misma miseria de sus convecinas y su desastrosa pobreza se le antojan lujosa opulencia y abundancia de medios; algo que nos permite creer que el antiguo proverbio se refería, sin excepción alguna, al sexo femenino, cuando dice: «La cosecha en el campo ajeno es siempre más abundante y el ganado del vecino tiene las ubres más llenas»[25].

Y casi nunca sucede que una mujer alabe la limpieza de costumbres o la belleza de otra. Y, caso de alabarla en un punto, al instante añadirá palabras detractoras, capaces de destruir los anteriores elogios. En lógica consecuencia, se deduce que la mujer es calumniadora, que la maledicencia surge de la envidia y del odio. Nunca la mujer quiso quebrantar esta regla; al contrario, la cumplió hasta el detalle. Tampoco es fácil encontrar a una mujer que haya sabido refrenar alguna vez su lengua o guardarse sus palabras ca-

25. Ovidio, *Ars amatoria*, I, 349-350.

lumniosas. Y prueba de ello es que toda mujer está convencida de que suscita elogios y acrecienta su fama cuando echa por tierra la de los demás. Es algo que demuestra de forma patente que la mujer carece de todo principio, pues todo el mundo sabe, y es casi una ley general, que la calumnia sólo ensucia el buen nombre del que la profiere y grava su reputación. Y no por ésas dejan las mujeres de calumniar y de denigrar las virtudes de las personas buenas, obligándonos con ello a afirmar que ninguna mujer posee el principio de la sabiduría. Por tanto, la mujer es totalmente ajena a todo aquello que suelen tener las personas sensatas, pues cree a la ligera cuanto se dice de ella, no tiene rubor en alabarse a sí misma y realiza cosas contrarias a la sabiduría, algo que nos sería molesto enumerar con detalle aquí.

Es igualmente sabido que la mujer está manchada por el vicio del robo. Prueba de ello es que cualquier mujer se afana con todas sus fuerzas en arrebatar la totalidad de sus bienes no sólo a otros hombres, sino también a su marido, aunque posea una buena relación con él, sin dejar que nadie disfrute de lo robado. Es tanta la avaricia que domina a la mujer, que nunca cree que obre contra los principios de la ley divina y humana, y sólo piensa en enriquecerse a costa de los demás. No dar nada a nadie y guardar afanosamente cuanto ha adquirido, sea justa o injustamente, le parece la mayor virtud, y cree que esta conducta ha de ser alabada por todos como algo bueno. De esta regla no se libra ninguna, ni siquiera la reina.

Tan esclava es la mujer del vientre que no sentiría vergüenza de aceptar cualquier cosa, si estuviera segura de que, a cambio, recibiría una comida espléndida. Cuando siente ganas de comer, cree que no podría haber suficiente comida para ella. Nunca espera poder saciarse, ni quiere tener un compañero a la mesa, sino que come siempre a solas y en lugares ocultos. Y eso le encanta. Y si, por una parte, el sexo femenino es avaro y esclavo de la avaricia, por otra, gasta todo lo que tiene en comer, hasta el punto de que no se ha visto mujer alguna que no encubriera el vicio de la gula.

Todo esto lo podemos observar en Eva, la primera mujer que, si bien fue creada directamente por Dios sin intervención del hombre, no tuvo miedo de comer el fruto prohibido y por su glotonería mereció ser arrojada del paraíso. Por tanto, si aquella mujer creada por la mano de Dios fue incapaz de reprimir su gula, ¿podrán las demás, que fueron concebidas en pecado en el vientre de su madre, vivir sin cometerlo? Ten, pues, como norma general, que no te faltará nada con una mujer a quien procures una mesa espléndida y frecuente.

También se encuentra, por regla general, la mujer inconstante: no hay ninguna que tenga la suficiente estabilidad en cualquier asunto, como para que en poco tiempo no tambalee su fidelidad ante una palabra persuasiva. Es como cera que se ablanda, siempre dispuesta a tomar nueva forma y a cambiar según el sello que recibe. Por muchas que sean sus promesas, no puedes estar seguro de una mujer cuya voluntad y propósito de cumplirlas cambian a cada momento. Ni una hora mantiene su espíritu en una misma posición. No en vano dice Marciano: «No aguardes, decídete, pues la mujer es siempre mudable e inestable»[26].

No esperes, por tanto, gozar de cualquier promesa de mujer, si antes no estás seguro de recibir lo prometido. No conviene tampoco que los derechos civiles se basen en la promesa de una mujer. Lleva siempre contigo un saco para

26. Virgilio, *Eneida*, IV, 569.

echar las promesas de la mujer, pues no parece tener excepción entre mujeres aquel proverbio antiguo que dice: «Apresúrate, pues siempre dañó el diferir algo a los que lo estaban esperando»[27].

Sabido es también que todas las mujeres utilizan un doble lenguaje, pues una cosa es lo que guardan en el corazón y otra lo que dicen con la boca. Ningún hombre puede gozar de tanta intimidad y cariño de una mujer, que esto le permita conocer todos los secretos de su alma o si le habla con sinceridad. Pues la mujer no confía en ningún amigo y cree que todos la engañan; sin duda por eso mismo vive en el engaño y todo lo que dice sale de la duplicidad de su corazón, mostrando así los repliegues de su mente. No estés nunca seguro de las promesas o juramentos de una mujer, pues carecen de sinceridad. Así, pues, procura siempre mantenerle ocultos tus planes, y no le confíes tus secretos para que, de esta manera, puedas burlar su astucia con tu arte y esquivar sus engaños. Sansón, en efecto, cuya probidad todos conocen, fue engañado por la hipocresía de una mujer a quien no supo ocultar sus secretos, y por eso, según la Escritura[28], fue vencido por el ejército de sus enemigos, que le hicieron prisionero y privándole al mismo tiempo de la robustez del cuerpo y de la visión. Sabemos de otras muchas mujeres que, con la duplicidad de sus palabras, traicionaron miserablemente a sus maridos y amantes por el simple hecho, según se dice, de que ellos no supieron ocultarles sus secretos.

El vicio de la desobediencia corroe también a la mujer. No hay ninguna en el mundo tan sensata y discreta que, si

27. Lucano, *Farsalia*, I, 281. Aunque el Capellán no lo toma directamente de él, sino de Hildeberto de Le Mans.
28. Jueces, 16, 15-21.

se la prohíbe el abuso de alguna cosa, no intente con todas sus fuerzas ir contra lo que se le ha prohibido o negado. Sin excepción alguna, por tanto, se puede aplicar a las mujeres el dicho del Sabio: «Nos empeñamos en alcanzar lo prohibido y vamos tras lo que se nos niega»[29]. Se habla también de un hombre muy sabio que tenía una mujer a la que aborrecía. No queriendo matarla para evitar de este modo el crimen, y consciente de que su mujer gozaba intentando conseguir todo lo prohibido, preparó una copa hermosísima, le ofreció el mejor y más oloroso vino mezclado con veneno, y le dijo: «Esposa queridísima: guárdate de tocar esta pequeña copa, y no intentes de ninguna manera probar este licor, pues es venenoso y fatal para la vida humana». La mujer, sin embargo, despreciando la prohibición del marido, cuando todavía éste no estaba lejos, tomó la bebida prohibida y quedó muerta por el veneno. Pero, ¿por qué citar este caso cuando sabemos de otros más destacados? ¿No fue Eva, la primera mujer creada por la mano de Dios, la que pereció también por un pecado de desobediencia, y la que perdió la gloria de la inmortalidad llevando con su pecado a la muerte a todos sus descendientes? Si, por tanto, quieres que la mujer haga algo, mándale lo contrario y lo conseguirás.

La soberbia suele también mancillar el sexo femenino. Una mujer impulsada por la soberbia no es capaz de poner freno a su lengua ni retener sus manos para no cometer el crimen ni prorrumpir en imprecaciones, pues cuando la ira la domina realiza toda clase de maldades. Se fatiga inútilmente quien intenta calmar a una mujer airada: aunque la atara de pies y manos y le infligiera toda clase de castigos, no podría hacerla desistir de sus malas intenciones ni

29. Ovidio, *Amores*, III, 17.

apaciguar su espíritu soberbio. La más insignificante palabra, incluso sin motivo, enciende la ira de cualquier mujer y su altanería sube hasta el infinito. No conozco a nadie que haya visto a una mujer que supiera refrenar su soberbia. Y ninguna se ve exenta de esta regla.

Parece, además, que toda mujer desprecia a las otras, y ya es sabido que el desprecio nace de la soberbia. Nadie, en efecto, puede despreciar a otro si no es desde una soberbia arrogante. Por otra parte, cualquier mujer, no sólo si es jovencita, sino también si es vieja y decrépita, pone el mayor cuidado en la exaltación de su belleza, cosa que claramente tiene su origen en la soberbia, como demuestran las palabras del Sabio: «La ostentación acompaña a todos los hombres; la soberbia corre tras la belleza»[30]. La conclusión es evidente: ninguna mujer puede alcanzar en plenitud las costumbres más egregias, pues, como dice Claudiano: «La soberbia mancha las más nobles costumbres cuando se junta con ellas»[31].

La vanagloria delata también a la mujer, pues no se podría encontrar ninguna en este mundo a quien no agrade por encima de todo el elogio y que no crea que todo lo que le dicen redunda en su elogio. Esta falta se podría descubrir también en Eva, la primera mujer que comió el fruto prohibido para poder alcanzar la ciencia del bien y del mal. Ni se encuentra mujer de bajo linaje que no afirme tener unos padres nobles o descender de un tronco ilustre, o que no se jacte en todo momento de ello. Y esto es lo que la vanagloria va siempre buscando como suyo.

La mentira vive asimismo en cualquier mujer, pues no hay ninguna que no simule cosas falsas e invente mentiras

30. Ovidio, *Fastos*, I, 419.
31. Claudiano, *Panegírico del cuarto consulado de Honorio*, I, 305-306.

con talante ingenioso y audaz. Por la cosa más insignificante llega a mentir, jurando más de mil veces e inventado, por una levísima ganancia, infinitas mentiras. Incluso se dan toda clase de artes para cubrir todas sus mentiras y suelen urdir un falso crimen en una hermosa patraña. Ningún hombre sería capaz de tener sospechas tan fundadas contra una mujer, que pudieran obligarla a confesar su trasgresión, a menos que fuera sorprendida en su delito.

La mujer es también muy amiga del vino, pues lo bebe hasta emborracharse. Efectivamente, no hay mujer que se avergüence de beber cada día el mejor falerno[32], acompañada de cien comadres. Nunca estará plenamente satisfecha por mucho vino que beba, ni rehusará otra copa que se le ofrezca. Piensa, por el contrario, que el vino mezclado es su mayor enemigo y que beber agua suele ser muy nocivo. Así, si encuentra un vino puro sin mezcla de agua, prefiere sufrir una pérdida grande de dinero que dejar de probarlo hasta que el cuerpo aguante. No hay, por tanto, mujer alguna que no caiga muy a menudo en el vicio del vino.

Toda mujer es charlatana, pues ninguna es capaz de reprimir su lengua de disparar imprecaciones. La pérdida de un solo huevo las hace gritar todo el día, ladrando como perros, y molestan a su vecina por el motivo más insignificante. Cuando está reunida con otras nunca les cede la palabra: se esfuerza siempre por hablar ella la primera y dirigir la conversación, sin que se cansen de charlar ni su lengua ni su espíritu. Con frecuencia vemos a muchas mujeres con tantas ganas de hablar que hasta cuando están solas hablan consigo mismas e incluso en voz alta. Todavía más: rechaza descaradamente cuanto se le dice sin ser ca-

32. Clásico vino de Falerno, al que hace referencia la literatura latina.

paz de asentir jamás a la opinión de nadie; antes al contrario, pretende imponer la suya en todo momento.

A esto hay que añadir que la mujer no sabe guardar un secreto. Pues cuanto mayor es el secreto que se le fuerza a guardar, con más avidez corre a revelarlo a todo el mundo. Y todavía hasta ahora no se ha podido encontrar mujer alguna que guardara un secreto que se le hubiera confiado, por grande que fuera o aunque su revelación pudiera causar la muerte de alguien. Cualquiera que sea el secreto confiado a la lealtad de una mujer, parece quemarle por dentro si al instante no lo revela, y que a la postre ha de serle dañoso. Y aunque, según la regla mencionada con anterioridad, les mandes lo contrario, no podrás evitar que obren de este modo, pues lo que más gusta a cualquier mujer es hablar de las últimas noticias. Trata, por tanto, de mantener en secreto tus asuntos delante de ellas.

Toda mujer del mundo es también lujuriosa. Ninguna, en efecto, por ilustre que sea su rango, si conoce a un hombre poderoso en las obras de Venus lo rechaza, por humilde y vil que sea su condición. Ni tampoco hay varón lo suficientemente fuerte en las obras de Venus que pueda saciar de algún modo la pasión de una mujer. No hay mujer en este mundo tan íntimamente unida a un amigo o atada a su marido que rechace a otro amante, sobre todo si es rico. Es aquí donde se puede ver la máxima lujuria y codicia del sexo femenino. Tampoco hay mujer en este mundo lo suficientemente constante o tan ligada por sus compromisos que, cuando se le acerca el amante del placer y la invita sagaz e insistentemente a disfrutar de los placeres de Venus, se atreva a rechazar sus ruegos o a defenderse de sus impertinencias. Y tampoco esta regla tiene excepción en mujer alguna. Piensa, por tanto, ¿qué se habrá de pensar de una mujer que, siendo feliz y teniendo un amigo honorable o un marido fiel, quiere probar los placeres de otro? Y esta mujer se comporta así porque le acucia una lujuria desmedida.

La mujer es también propensa a todos los males. A la menor ocasión y sin miedo alguno comete la mayor maldad de este mundo, y ante la más leve invitación se entrega fácilmente a todo pecado. No vive mujer en este mundo, sea reina o emperatriz, que deje pasar su vida sin consultar, según la costumbre de los paganos, a los augurios y se entregue con total credulidad a las diversas clases de adivinación. No hay tampoco mujer que no practique asiduamente los infinitos maleficios de la magia. No emprende acción alguna en que para empezarla tenga que esperar el día y la hora, o que no la inicie sin encantamientos. No se casa ni celebra un funeral, ni siembra un campo, ni se atreve a entrar en una casa nueva ni hace nada sin consultar al augurio femenino, o sin que sea aprobado por los presagios mágicos de las mujeres. Por algo, el sapientísimo Salomón, conociendo como conocía las maldades y crímenes de la mujer, habló en general de sus vicios y perversidad, al afirmar: «No hay mujer buena»[33]. ¿Por qué, pues, Gualterio, buscas tan ansiosamente su amor?

La mujer no ama a un hombre con todo su corazón, pues no hay una que se mantenga fiel a su marido o a la que no se la vea vacilar cuando llega otro hombre. Es, en efecto, incapaz de rechazar el oro, la plata o cualquier otro regalo que se le ofrezca, o de negar los placeres del cuerpo a quien se los solicita. Y sabedora de que nada hiere tanto a su amante como el ofrecimiento de los placeres de su cuerpo a otros, podrás ver el cariño que siente ella por un hombre, cuando se pone en brazos de un extraño, o de un pe-

33. Eclesiastés, 7, 29.

regrino, arrastrada por la avidez del oro y de la plata, aun cuando su desvergüenza llene de confusión el alma de su amante y rompa la fidelidad que él le guardaba. Tampoco mujer alguna se siente tan atada a su marido que, cuando ve que éste deja de hacerle los regalos acostumbrados, no se entibie en sus relaciones amorosas o se comporte como una extraña. No parece conveniente que ningún hombre prudente se ate al corazón de una mujer, puesto que, a su vez, ella no siente afecto por ninguno. Se deduce, por las numerosas y sólidas razones antes expuestas, que hay que condenarlas.

El amor resulta, además, odioso por otra razón. Con mucha frecuencia impone pesos desiguales y obliga al hombre a amar a la mujer sin que él pueda conseguir ser amado por mucho que la solicite. Y ella, a su vez, no puede sentir amor, porque no se siente instigada por su aguijón. No conviene someterse, por tanto, a la decisión de quien te quiere obligar a buscar con todas tus fuerzas algo que, luego, él mismo te habrá de negar. Pues, si el amor quisiera ser tenido por juez justo, obligaría a los amantes a amar sólo aquello que de forma instantánea o tras nobles esfuerzos les uniera. Y puesto que no obra así, es claro que se ha de rechazar su servicio, pues no se ha de amar la compañía de quien te arrastra a la guerra e, iniciado el combate, se pasa al enemigo proporcionándole sus armas de defensa.

Mi respetable amigo, no te conviene consumir tus días en el amor, algo tan condenable, por las razones que ya expusimos. Porque, si el amor te hace carecer de la gracia del Rey Celestial; si te priva de amigos y te cierra la puerta de los honores de este mundo, y por él ves destruida la aureola de tu laudable reputación; si con avidez devora todas las riquezas; y si, como dije antes, es fuente y origen de todos los males, ¿por qué esa loca carrera tras el amor?[34]. O ¿qué podrías alcanzar de él que merezca la pena como compensación de tantas calamidades? Como ya te advertí anteriormente, por muchas vueltas que le des, no llegarás a conseguir lo que por encima de todo buscas en el amor: amar y ser amado, pues ninguna mujer responde al amor con su amor. Si trataras ahora de averiguar a fondo qué cosas se dan cita en el amor, llegarías a conocer en toda su verdad por qué razones se ve cualquiera ineludiblemente obligado a evitar con todas sus fuerzas el amor y a pisotear sus mandatos.

La doctrina que te ofrecemos en este pequeño libro, examinada con detención e imparcialidad, presenta dos puntos de vista diferentes: en la primera parte atendemos a tu ingenua y juvenil petición y, dejando a un lado nuestra pereza, te hemos expuesto en ella el arte de amar completo y dispuesto, según su orden lógico, tal como era tu vivo deseo. Conseguirías la total satisfacción de los placeres del cuerpo si quisieras llevar a la práctica esta doctrina, tal como se desprende de la lectura atenta de este librito, pero te verás privado de la gracia de Dios, de la compañía de los buenos y de la amistad de los varones respetables, y tu fama sufrirá no pequeño quebranto sin que puedas, finalmente, conseguir sin dificultad los honores de este mundo.

En la última parte del libro, atentos solamente a velar por tu interés, hemos añadido por propia iniciativa la reprobación del amor, aún a sabiendas de que no nos lo habías pedido y de que quizás no estabas dispuesto a que te enseñáramos cosas tan buenas. El resultado ha sido un tratado completo para ti. Si ahora quisieras estudiar con atención este tratado, comprender a fondo su contenido y

34. Alain de Lille, *Summa de arte praedicatoria,* V.

llevar a la práctica su enseñanza, llegarías a entender que nadie debe malgastar sus días en los placeres del amor. De hacerlo así, el Rey del cielo te sería más propicio en todo, merecerías tener prósperos éxitos en tu vida y conseguir los mejores y más nobles deseos de tu corazón, llegando así a alcanzar la gloria y la futura vida eterna.

Acepta, pues, Gualterio, la doctrina de salvación que te ofrecemos y rechaza las vanidades del mundo. De esta manera, cuando llegue el Esposo a celebrar las bodas más nobles y suene el clamor de la noche, estarás preparado para salir a Su encuentro con lámparas provistas de aceite y entrar con Él a las bodas divinas[35]. Haciéndolo así, no tendrás que buscar demasiado tarde, precipitadamente en el momento de tu llamada, lo necesario para adornar tu lámpara, ni llegarás a la casa del Esposo cuando la puerta esté ya cerrada ni escucharás la voz de la vergüenza. Trata, por tanto, Gualterio, de tener siempre preparadas las lámparas, esto es, prepara tú mismo los ornamentos de la caridad y de las buenas obras. Acuérdate de estar siempre en vela, no sea que la llegada repentina del Esposo te encuentre durmiendo en el pecado. Guárdate, Gualterio, de llevar a la práctica los preceptos del amor y estate en continua vigilancia para que cuando llegue el Esposo te encuentre despierto. Confiado en la juventud de tu cuerpo, no dejes que sus placeres te hagan yacer en el sueño del pecado, pensando que tardará en venir el Esposo, porque, como atestigua su propia palabra, no conocemos el día ni la hora.

35. Mateo, 25, 1-13.

Índice

Fernando de Rojas

La Celestina

L 5010

Este volumen presenta la versión más rigurosa de la TRAGICOMEDIA DE CALISTO Y MELIBEA –la publicada en Valencia en 1514–, completada con los fragmentos suprimidos de la primitiva «Comedia» de dieciséis autos y con las interpolaciones y variantes de las versiones posteriores. Las notas de Dorothy S. Severin facilitan la comprensión de términos arcaicos o desusados y un iluminador trabajo de Stephen Gilman pone de relieve la importancia de FERNANDO DE ROJAS y las claves de su contemporaneidad.

Don Juan Manuel

El Conde Lucanor

L 5028

EL CONDE LUCANOR se inserta en la importante corriente didáctica que impregna y recorre la literatura medieval. En ella, su autor, el infante DON JUAN MANUEL (1282-1348), hombre culto y creador en quien se conjugaron señaladamente la pluma y la espada, sobrino de Alfonso X el Sabio y personaje importante en el turbulento escenario político de la Península del siglo XIV, reelaboró y exploró las posibilidades de la materia tradicional de aquella veta, acabando por trascenderla y alumbrar un texto que supone el paso de la prosa científica a la prosa subjetiva y estética. A cargo de Alfonso I. Sotelo, esta edición, modernizada y sin fines eruditos, pone al alcance del lector actual este texto fundamental de nuestra literatura.

Ramon Llull

Libro de la orden de caballería

L 5035

Nacido en Palma de Mallorca hacia 1235 en el seno de una rica y noble familia, RAMON LLULL (en castellano RAIMUNDO LULIO) formó parte de la corte de los reyes Jaime I y Jaime II de Aragón. En torno a 1264 un sesgo repentino en su vida hizo de él un exaltado misionero de la fe de Cristo y, sin duda, el místico más importante del Medievo. Hacia 1275, al dejar para siempre la corte aragonesa, escribió el LIBRO DE LA ORDEN DE CABALLERÍA. Dividido en siete partes «a semejanza de los siete planetas», este opúsculo, verdadero manual del buen caballero cristiano, influyó decisivamente en el «Libro del caballero et del escudero» de Don Juan Manuel y conoció, debido a su belleza y brevedad, una rápida difusión. La presente versión de este hermoso texto medieval,así como el prólogo que la acompaña, han corrido a cargo, en esta edición, de Luis Alberto de Cuenca.

Cartas de Abelardo y Eloísa

L 5609

Las CARTAS DE ABELARDO Y ELOÍSA ofrecen la rara oportunidad de asomarse sin intermediarios no sólo a la célebre y azarosa relación vivida entre el prestigioso profesor de París y su brillante alumna,sino también a la sociedad y cultura de uno de los momentos decisivos de la Edad Media, aquel que vio la formación de la escolástica y el alumbramiento de las universidades. El presente volumen, traducido y preparado por Pedro R. Santidrián y Manuela Astruga, ofrece las ocho cartas que integran esta correspondencia –la famosa «Historia Calamitatum», cuatro cartas «personales» y las tres cartas «de dirección» en que Eloísa solicita y Abelardo proporciona un tratado o regla para las monjas del Paráclito–, además de un conjunto de textos complementarios que ilustran los últimos años del maestro y la relación apasionada de un profesor y su alumna lanzados «hacia la aventura suprema del saber».

Tristán e Iseo

BT 8705

Paradigma de la historia de una pasión amorosa enfrentada a un destino trágico, TRISTÁN E ISEO gozó desde sus primeras versiones medievales de una gran celebridad. A partir del siglo XII fueron numerosas las variantes de esta leyenda, vinculada más tarde a las hazañas de los caballeros de la corte artúrica y cuyos ecos llegaron hasta el siglo XIX, sirviendo de motivo inspirador de la poesía de Arnold y Tennyson y de una ópera de Wagner. Para la presente edición, Alicia Yllera ha reconstruido el texto a partir de los fragmentos conservados de los poemas franceses del siglo XII de Thomas y Beroul, apoyándose en las versiones de Eilhart y de Gottfried y en las adaptaciones al francés moderno elaboradas por A. Mary y J. Bedier.